最佳男主角
作者－武小萍

目　錄

第一章

深夜　郊區

萬籟俱寂，天星稀疏，唯獨路燈盡忠職守站立路旁，照亮街道，爲夜行路人提供光線。偶有幾隻夜不宿眠的流浪貓經過，或與冤家路窄的流浪狗彼此齜牙咧嘴對峙，然後展開你追我逃的老戲碼。通常狡猾的貓會在無車的大馬路陪流浪狗玩一陣子，然後轉進巷子裡，最後跳至高處，睥睨底下狂吠的狗。不過，今晚兩方人馬發現不太對勁，直覺警告牠們別玩，有事要發生了。念頭才起，一輛汽車突然從巷子衝出往牠們急駛而來。幸好駕駛看到牠們，急踩煞車，讓兩種互不對盤的動物趁此空檔趕快各自逃命。

牠們幸運逃過一劫，車内駕駛者則還在爲自己拚命。

他必須儘快逃離此處，他不能被抓到，否則前功盡棄！

他是名臥底警察，爲了拿到犯罪集團的販毒證據他當了五年的『壞人』。眼睜睜看著他們無惡不作，自己卻束手無策，但今晚他終於取得隨身碟！正準備離開時不幸被老大的兒子撞見，他以爲能蒙騙過，但長久以來的懷疑讓老大的兒子毫不猶豫拔槍向他射擊。他有驚無險的躲過子彈的攻擊，跳上早已準備好的汽車加速逃逸。老大的兒子豈會輕易放過他，一路窮追不捨。

他們就在這郊區不停的追逐，險象環生，他不怕也不慌，因爲已經演練過無數次逃生路線。

更多的汽車加入追逐。他知道自己一定會被子彈攻擊，於是把頭伏低到儀表板之下。果然，右後鏡爆裂，接著是引擎受波及。第三發預計是駕駛前方玻璃，他只要用手護住臉即可以免於受傷，但一顆崩裂的「玻璃」好巧不巧的掉進他的眼內，他眨了幾下眼睛欲排除異物。

此時一隻全身雪白的崽貓忽然出現在路中央。出於本能反應，他急踩煞車同時進行閃避動作。原本這裡安排了一個漂亮的甩尾車技，卻被白貓打亂步驟，眼看車子就要往一棟廢棄的民宅衝去。儘管他緊急將方向盤轉正，車輪竟在此時爆胎，接著整輛車開始失控打轉，重重地撞上民宅……。

「唐杰！」

「叫救護車！」

「快聯絡潔瑪！」

一早，聞風而至的記者們趕到醫院，院外媒體區氣氛緊繃。院方公關謹守本分，官方式——模擬兩可——回答他們的提問。記者哪有這麼好打發？逐漸提高音量，逼得公關不得不出聲攔阻。

「細節的部分，經紀公司會爲各位解答。現在，請小聲一點，不要吵到其他住院病人。」

剩下就是警衛的工作，趕人。

於是記者們轉往奔向經紀公司，擠爆會議室，希望得到更多完整的訊息。完全沒人知道現場發生什麼情況，即使詢問當時在場的人，他們奉導演之命三緘其口，一律回答不知道。

潔瑪與記者打過無數次交道，深知他們有時是推波助瀾的好幫手，有時是惡名昭彰的殺手，端看當時人事物的發展取向而定。聽說鯊魚不見得會吃人，但只要有一點血腥味……。這群如犬狼的煞星豈會輕易放過這條濺血的新聞，儘管它是個不幸。經紀公司明白必須給大衆一個答案，否則謠言滿天飛，傳到最後不曉得會變成什麼樣，例如唐杰受傷，唐杰受重傷，唐杰昏迷不醒，唐杰住加護病房，唐杰已死亡……。

所以，要讓媒體知道眞相？

不，暫時先編個謊，等事情過後會有其它新聞取代這件事。

想定後，潔瑪朝她的兩位好夥伴、好朋友望去，他們對她點點頭，以示支持。她挺直背脊，心中默念十秒，接著打開通往會議室的門。

鎂光燈以及爭先恐後的詢問聲沒有令她慌亂——儘管心亂如麻，腿在發抖。站定後，她東張西望，評估現場情勢，然後舉起手，媒體頓時安靜下來，手中的工具已準備好或拍或錄。

「稍早，」她停下來清清喉嚨。從沒這麼乾過。「唐杰在拍片現場發生意外，目前正在醫院急救。有什麼最新消息，我會通知大家。」她想立刻轉身走人，但他們一定要問飽、問滿、問到爽。與其讓他們亂猜亂寫，不如給他們她的「劇本」。

「妳用『急救』兩個字，表示他很嚴重是嗎？」瞪大的眼睛裡充滿冷血的好奇心。

「那只是個用語，不代表輕重。」潔瑪說，聲音竭力保持鎮定。

「唐杰傷勢如何？」

「目前尚未得知。」如果你們放過我，我就可以趕過去瞭解。潔瑪苦澀的想。

「聽說他傷得很嚴重，頭、胸、腹皆受到重擊，會有生命危險嗎？」

記者歪打正著的話讓潔瑪心更沉、更慌。這個問題需要立即回應，以免媒體起疑。

「不會。醫生正在救治。」她表現得鎮定自若，看不出慌亂與緊張，心理素質很強。

「妳認為唐杰多快就能出院？」

「他年輕力壯，一定很快就會與大家見面。」

「事情是如何發生的？」

記者問潔瑪，坐在旁邊的魯彥主動從她手中拿過麥克風發言，她面無表情的坐下。

「目前還不知道原因，詳細情形還要再調查瞭解。」

「劇組會因為這件事而停拍嗎？」

「其他演員會繼續拍攝，等唐杰恢復回來再補拍他的戲份，不會影響電影進度。」

「這場戲原本應該由替身上場，為什麼沒有這麼做？」

「唐杰出道以來一直很敬業，才會有今天的成就。他要求親自上陣一點也不意外。」

「唯一的意外就是他發生意外，對不對？」話一出口，空間突然靜默。

魯彥放下麥克風，雙臂交叉於胸前，責難的眼神直直射向發問的記者。後者膽怯，不敢直視這位以嚴厲著稱的名導演，魯彥。其他記者紛紛投以「你問這什麼鬼問題」的眼神。

潔瑪拿起麥克風。「稍後有什麼消息，我們會再告訴大家。」然後頭也不回的離開會議室。

她與兩位好友急奔醫院，懷抱希望唐杰只是輕傷。可是，得到的消息直接讓她跌入萬丈深淵。

「你說什麼？植物人!?」

「是的。主要傷勢在頭部，但胸部、腹部亦皆有不可逆的內傷。」

「可是國外有植物人醒來的案例！」

「呃，他醒來的機率……很低。就算醒了，身體的功能也無法回復到出事前的狀況。」醫生據實以告，覺得自己很殘忍。「我們會盡全力保護他的隱私。其餘的，盡人事聽天命。」

潔瑪聽完後腦門轟然一響，昏倒於地。再度醒來，她表情木然，一時分不清東西南北。

陪在一旁的佩姬與巴比趨前關心，語氣擔憂不已：「潔瑪？」

「……扶我起來。」她氣若游絲的說。在好友的攙扶下她起身，又跌回病床上。

「再躺一下吧，潔瑪。妳需要休息。」

她置若罔聞。「我該怎麼辦……？我該怎麼辦？」

佩姬與巴比面面相覷，不知如何安慰她。

「也許會有奇蹟。」巴比聳聳肩，雙手一攤，面露輕鬆的假笑。這個動作招來佩姬的怒視。

她攀著佩姬的手臂，眼神空洞的問：「我要怎麼跟父母說，他們的兒子再也無法醒過來？」她抱著佩姬崩潰地大哭出聲。「唐杰……，我要我的弟弟醒來！」

相識十多年，他們第一次見到她如此脆弱無助。面對不幸他們感同身受，但此時此刻除了陪她掉眼淚，一籌莫展。

拍戲有一定程度的危險，道劇組很注重每一個細節上的安全以保護演員，但他們永遠不會知道是顆『糖玻璃』和白貓闖的禍。除非唐杰醒來告訴大家，否則這個秘密將就此雪藏在他的眼底。

＊＊＊＊＊＊＊＊＊

一年半後

「喂，你等一下要去哪裡？」

「回家休息呀。連續四天沒睡好，想回家補個眠。」

「你回到家照樣繼續滑手機，老了肯定得嚴重睡眠障礙。」佩姬風涼的說。

「沒辦法，習慣了。」巴比聳聳肩，拿起桌上的咖啡啜飲，不是很在乎健康的樣子。佩姬懶得嘮叨，把頭往後一仰，頹廢地癱在便利商店的椅背。「很累呀？」。

「現在的年輕人真不耐操，練七小時的舞就喊瘦喊痛，還想當藝人咧，作夢比較快啦！」

「別對他們太嚴苛，不是每個人都像唐杰那麼認真又拼命。」巴比下意識提及他。

佩姬猛地坐起來，罵道：「煩欸你！哪壺不開提哪壺。害我心情更惡劣。」

巴比知道自己舉錯例，連忙閉嘴。兩人繼續沉默。

「喂，你現在不是羅伯威的化妝師嘛，聽說他想追潔瑪？」

「我有名字，請叫我巴比。」

「不要。每次叫你好像在叫芭比娃娃似的。」他們已爲名字一事吵過好幾次架。

「他問我有關潔瑪的事，吧啦吧啦問一堆問題。」巴比邊說邊揮舞空著的手，畫圈圈。

「你怎麼回答？」

「誰理他。他算哪根蔥要追潔瑪？哼。」巴比嗤之以鼻。「老愛跟女藝人搞曖昧。」

佩姬撓撓頭。「讓他追也沒關係呀。你知道的，自從唐杰出事，她一直情緒低落，有個人追她或許可以讓她開心點。」

巴比從手機抬眼，提醒道：「剛才是誰說不要談唐杰？」他看了看四周，壓低聲音，「要談也得小聲談。總之，我討厭羅伯威，不要濫竽充數。別擔心，我會替潔瑪找一個適合的男人。」

「演藝圈的好男人都已經結婚了。」

「那就找圈外的。」他一派輕鬆的說，好像滑滑手機好男人就會從手機裡掉出來。

「我看難喔。」她悲觀的說，「唐杰的情況愈嚴重，她的發言就愈離譜。」

這句話終於讓巴比放下手機。兩人對視，不發一語。

唐杰是演藝圈難得一遇的頂級藝人，不但外形俊俏，還跨足影、視、歌三種不同領域。除了他自己的努力，姊姊潔瑪的栽培提拔也功不可沒。唐杰的名聲如日中天並沒有驕傲，對廣大的「糖粉」友善、感恩，對記者有耐性，人緣相當不錯。有人封他「天使王子」、「全民寵兒」……。不管是什麼稱號都是對他的讚揚與肯定。

那場意外讓人難過，而後來潔瑪召開第二場記者會的內容，讓他們傻眼。

「唐杰很幸運的脫離險境——」

「所以他曾經很嚴重？」魯莽的記者打斷她的話，急著發問。

「他已經從加護病房轉到普通病房了。」

「身爲唐杰的經紀人同時也是他的姊姊，妳有什麼話要對唐杰說？」

「我希望他儘快痊癒。」潔瑪表情和煦的說。

「唐杰眞的已經脫離危險期了嗎？」總是不乏有生性多疑且敏銳的記者。

「眞的。不過，目前請大家不要去打擾他，我會定期向各位報告他的健康進度。請大家繼續爲唐杰加油打氣！」

十個月過去，以爲大家淡忘了，還是有媒體在追這條新聞，於是有了第三場記者會。

「唐杰已經出院了。他收到大家的祝福與打氣，很高興這麼多人關心他。他會很快好起來與大家見面。」

「可以採訪唐杰本人嗎？」

「當然可以。」猶記得潔瑪話一出口，他們兩個掉下巴。

「什麼時候？」

「很快。」

「什麼時候？」記者打破砂鍋問到底。

「我會安排，我向大家保證，再過不久你們就會看到他。同時希望大家不要忘記他。」

「嗨！大家好！我是甜甜。很高興與我們又見面了。」

網路直播主壓低聲音，語調興奮的聲音將兩人的思緒拉回現實。

「潔瑪信誓旦旦保證會安排。安排大家拍唐杰躺在病床全身插滿管子的模樣嗎？」佩姬說。

「今天迫不及待想跟大家介紹一個人。我們認識很久了。他一直不願意上我的鏡頭，但今天被我偷拍到了……。」

巴比歎口氣後重又低頭看手機。「不要怪她，她早已亂了分寸。妳要原諒她愈來愈絕望但又懷抱希望的慘況。而且，唐杰確實不樂觀。」

「看到沒？他現在睡著了，但睡相依然很帥，對不對？我覺得他很像某個人，一時想不起來是誰……？算了。」

「我擔心她呀。她現在騎虎難下，除非變出一個健康的唐杰，否則難保不會沒有第四場記者會，以及失控的發言。」佩姬瞥向巴比，他目不轉睛地死瞪著手機螢幕。「幾天前有記者打手機問她，說他聽到一個消息，唐杰其實尚未脫離險境。我當時在她身旁，你知道當下她怎麼回答？她竟然說再等一個月他就可以跟大家見面，大家會看到一個嶄新的唐杰！」

「他是一個非常勤奮的人喔！一大早在果菜批發市場工作，中午在小吃館打工，晚上在我父親開的『大熊來了健身館』當教練。糟糕！他醒了！我們待會見。」

見巴比只顧著看手機不理她，佩姬出拳搥他。「你到底有沒有在聽我講話？」

「欸欸欸，妳看這個人！」他把手機轉向她。「怎樣？像不像唐杰？」

佩姬隨意看了一下。「是挺像睡著了的唐杰。」不耐煩地撥開手機。「好了，我們言歸正傳。一個月後潔瑪要怎麼給大家一個交代？去哪兒生一個唐杰出來？」

巴比抬頭看佩姬，她一副不耐煩的樣子。他注視著她好久。

「幹嘛這樣看我？」巴比直瞅著她，不語。佩姬這才發現他在忖度某件事。

多年相處，吵吵鬧鬧，彼此對對方的瞭解已到達只要歪一下屁股就知道對方要放屁的程度。

她回視他，以眼神反問：你在想什麼？

巴比看看佩姬又瞪著手機，彷彿這樣就能將答案傳送給她。她「接到」訊息，消化了一下，隨即瞪大眼睛，驚呼：「你開玩笑吧？」

「不，我是認真的！」

「找個人來扮演唐杰？別鬧了。」

「妳剛才不是在擔心去哪找人嗎？瞧，人在這裡！」巴比把截圖秀給佩姬再看一次。這次她看得更仔細，看完後頭髮被撓得更亂。「你實際一點，這行不通啊。」

「潔瑪隨便找藉口說，唐杰還需要點時間復原等廢話搪塞過去。可是要復原到『何時』？總不能一個月又一個月，沒完沒了吧？」

他說得並無道理。「這要怎麼做呀？」

巴比以自信的眼神告訴她：我有辦法！

＊　＊　＊　＊　＊　＊　＊　＊

口渴，頭痛欲烈，像與人幹架被搥得半死的疼痛逐漸顯現。

誰在說話？他在哪裡？

「他是一個非常勤奮的人喔！一大早在果菜批發市場工作，中午在小吃館打工，晚上在我父親開的『大熊來了健身館』當教練。」他翻身時有了動靜，引起說話者的警覺。「糟糕！他醒了。我們待會見。」

他昏沉沉睜開眼睛，一時無法對焦。過了一會兒，漸漸看清楚有名女子在他房間，身上穿著他的T恤，雙腿光溜溜。

「甜甜？妳怎麼在這兒？」

「你忘了？昨晚我們一群人一起喝酒。你醉了，我送你回來。」

他往側邊一望，兩人的衣物都在地板上。這僅說明一件事，他們昨晚上床了。

他半靠在床頭，用手揉揉眼睛，漫不經心的說：「這下妳豈不是虧大了。」

「才不。你知道的，我喜歡你。」甜甜倚著牆面，長長的頭髮全垂在左胸，有股慵懶性感的風情。

「我是沒差，但妳老爸可不允許他底下教練這麼做，被發現我會沒工作。」

「只要你不說我不說，沒有人會知道。而且，昨天晚上機會難得。」甜甜一臉壞女孩的表情。

他輕扯嘴角，滿不在乎的說：「沒問題。如果只是玩玩，我倒是划算。」

玩玩？「我以為你喜歡我。」她很失望。他一向難以親近，沒見過他對女學員以外的女性溫和有耐性，她懷疑是否有哪個女人看過他冷峻面具下的眞面目。

身為館長的女兒有無數的追求者，但她獨鍾情於他。儘管再三示好，他對她保持適當的對話與距離。她以為他對女人不感興趣，但昨晚他……正常得不得了！

「大家喜歡妳。」他全身光裸的起身，毫不在意的從地上拾起褲子穿上，套上另一件T恤。

「這當中包括你嗎？」他沒回答。她追問：「我們以後是男女朋友？」

「交女朋友的成本太高，我養不起妳。」

「我可以養你。」

他一邊嘴角往上斜，居高臨下睥睨著她。「我的費用可不低。」

「我付得起。」

「出門記得把門帶上。」他不想與她多說，拿出手機看。遲到了。

趕著出門的他差點撞上正要敲門的房東太太。

「你是不是該繳房租啦？」

「……下個月再一起繳。」

「這句話三個月前說過了。眞付不出來只好請你搬走，要知道我是靠房租過活的，我不能——」房東太太停住不再往下說，因爲一疊鈔票堵住她的嘴。。

「這些夠嗎？」甜甜笑著問。

房東太太接過錢來數，滿意的說：「夠！還能讓他再多住一個月。」接著轉頭對他說：「這個女孩比上次那個好，你要多珍惜。」然後喜孜孜的離開。

「有其他女人來過你的房間？」甜甜吃醋的問，他不回答。

「月底發錢我會還給妳。」

「不用還，貴婦高價買你一夜春宵。」

「我不是妳手上牽著的牛。」

「我就喜歡你的骨氣！」甜甜雙手環上他的脖子。「你誤會了，我只要你的人。你開口，我隨時幫你。老爸打算再開一間分館，你可以到分館當負責人。可是，你要答應我不能再跟其他女人上床，否則我會生氣。」

他拉下她的手，不接受她的好意。「雨露均霑才公平。」

「我要霸佔你。」

「我不是椅子。還有，下次別再灌我酒。」

唉呀呀，被識破了。到口的鴨子豈能讓他飛了？

他騎摩托車到批發市場時已經七點半，遠遠就看到老闆娘怒目相向。

「泥除到囉！偶還要不要做生意？」

「對不起。」他道歉，看起來像是有人壓著他的頭逼他這麼做。

「媽，他不是故意的，妳再原諒他一次啦！」老闆娘的女兒替他求情，不想他被罵。

「泥閉嘴啦！偶是請倫來幫忙的，倫家都下班了泥才來。乾脆以後都不要來海囉！」連珠炮似的罵完後，她從圍裙裡掏出早數好的薪資直接丟到地上。「泥回家粗住已啦！」

「媽！」完了，再也看不到他了！

他面無表情的把錢從地上撿起來，銅板也不放過。

「唔路用的卡小。泥一輩主都不會有粗息啦！」

這樣羞辱性的責罵他已經練就不為所動的境界。他沒有時間憤慨，需要趕快再找下一份工作。可是宿醉還殘留在腦袋，得休息一下才能到小吃館。

他騎到公園找個陰涼處，先將手機鬧鐘設定好，隨即倒頭就睡。

鬧鐘響起。他找了間熟識的早餐店，以最少的錢幫老闆消化賣不完的早餐，然後邊吃邊看手機找工作。一無所獲。

吃完，他騎到「眞鮮味小吃館」。這裡賣炒飯和湯品，唯有這份工作稍微令他有些成就感。

「你來早了。吃過飯沒有？」小吃館是由一對老夫妻所經營，兩人對他很好，關心他。

「吃過了。我來做。」他接手工作，先洗淨食材，再按照習慣順序一一擺好，以迅速俐落的身手準備好一切，隨時迎接上門的客人。「咦，榮叔呢？」

「他昨晚上不小心在浴室滑倒，骨折開刀，現在我女兒在照顧他。今天你要辛苦一點。」

「沒問題，交給我。」他朝她一笑，要她安心。

「給我三份蝦仁炒飯、兩份火腿蛋炒飯，外帶。」

「我要兩份三色炒飯加兩碗魚丸湯，內用。」

「我要一份蕃茄蛋炒飯和紫菜湯，內用。」

客人陸陸續續上門，儘管人手吃緊，他依舊可以不疾不徐地奉上美味的餐食給客人。小吃店的生意因他得利不少，有些女客是他的忠實食客，因爲他長得陽剛又帥氣。

「我要培根高麗菜炒飯。」

「內用還是外帶？」

「外帶，喔不，內用，飯少一點。」這名上班族女性悄悄撇視他。

午餐時段一直忙到兩點半，之後邊收邊應付晚食的客人。

「阿姨，剩下的我來收，妳快去醫院看榮叔吧。」

「嗯。等下給自己做一份晚餐再走。」

「好，謝謝。」

他獨自把所有的餐具和料理檯擦得錚亮，猶如是自己開的餐館，用心維護。隨後，他拎著炒飯到便利商店喝飲料，滑手機找工作，晚一點他要再趕往下一個工作。

「大熊來了健身館」設備應有盡有，規模在業界數一數二。

換衣服中有人對他說：「欸，『熊掌』找你去。」

「知道了。」他略有隱憂，硬著頭皮敲門，裡面傳來回應。「館長，你找我？」檯面上大家叫他館長，私下敬畏地叫他熊掌，因爲他長得五大三粗，膀大腰圓，宛若頭熊。

館長戴著老花眼鏡伏案寫字，頭也沒抬的問：「有女學員要你當她的私人教練，要不要接？」

「好。」

「那就照舊拆帳。」他停了好半晌，問了第二件事：「你們昨天晚上喝酒去了？」

「大家給甜甜慶生，用餐時喝了點酒。」

館長抬起頭看他，問：「她昨天晚上沒回家，有人看到你們一起開車離開。」

他面不改色的說：「她把我放著就離開，我不知道她去了哪裡。」只要能不惹麻煩，說點謊，不難。「也許她跑去朋友家過夜。」

「你是我這裡最好的教練，對男會員嚴格敦促，對女會員溫和有耐性，我很欣賞你。不過，僅止於此。」公歸公，私歸私。他的女兒應配更好的人選。

「瞭解。」

館長揮揮手，要他離開。

工作中，他看到甜甜在指導其他學員，時不時暗地朝他送秋波。

他不是酒鬼仍提醒自己不准再喝酒。

沒有了批發市場的工作，接下來幾天他得到較好的睡眠，但仍心急於找工作。

幸運之神百分之百掠過他，有人沒工作中樂透，有人平白無故繼承家產，而他只有「背後靈」陰魂不散。

他朝後看，只有一般路人，沒有背後靈，但烏雲罩頭；昨天阿姨告訴他，他們打算營業到月底，因爲女兒要接他們到台中一起住。

有家人眞好。

當時她問：「你要不要接這個小吃館？」

「呃……，我沒空。」主要是接了也沒錢經營。

「喔，我都忘了，你兼三份工作。」

現在只剩一個工作。他悲慘的想。

他在便利商店坐了很久，沒有任何工作機會。他覺得頭昏腦脹，於是站起來準備到附近的公園走一走，看能不能驅散「背後靈」。

「喂，他去哪兒了？」佩姬問。

「我怎麼曉得。他剛剛才在我們前面，一下子像鬼一樣就不見了。」巴比四處搜尋。

「依我看，兩位才是鬼。」他突然在兩人背後出聲，把他們嚇了一大跳。「你們是誰？爲什麼跟著我？」

兩人緊張地互望一眼。「呃……，我們有件事想請你幫忙。」他們以爲神不知鬼不覺，原來人家早知道。

「什麼事？」

兩人先簡單的自我介紹，躊躇幾秒後，才一副做了重大決定的樣子開口：「我們想請你假扮一個人！」

「誰？」

「我們想請你假扮唐杰。一年前因爲拍戲受傷的藝人，唐杰。你認識他吧？」

「知道，新聞鬧得很大。他不是快好了？」

「呃……，他……目前還沒有全好。」巴比僵硬著笑容說。「可是，我們需要他露個臉，告訴大家他很好。」

「那他出來不得了，幹嘛找我？」

「我剛才說了嘛，他目前還沒有全好，而這件事有點急迫性，所以我們想找你幫個忙。你願意嗎？」面對眼前這個表情冷峻，超有個性的男人，巴比有點畏懼他的氣場。

他看看兩人，再東張西望，像在找什麼。

「你在幹嘛？」巴比問。

「這是整人節目嗎？攝影機躲在哪兒？」

「我們沒有開玩笑。這件事對我們很重要！」

「哦？」

「雖然要求不合常理，有些誇張，但我們眞的……需要你。」佩姬越說聲音越低下，顯得心虛，沒有說服力。這男人眼神銳利，誰被他看了一眼都會不由自主地縮脖子。

聽完後他沒再理會他們即轉身離開，哪知兩人仍不死心跟隨其後。

「你們到底想怎樣？」他不悅地皺起眉頭。

「我們想請你假扮唐杰。眞的！拜託！」巴比加強語氣，深怕他不信。

他們堅定的語氣稍微解開他的疑惑。不過，他依舊拒絕。「你們找別人吧。」渾身散發「興趣缺缺」的訊息。

「別走！求求你！拜託！」佩姬喊道。

「我們會付你酬勞！」巴比說了一個足以讓他止步的數字。

他審視他們的臉好一會兒，尋找開玩笑的跡象未果。他善於察言觀色，那是後天爲求生存所磨練出來的本能。

他懷疑、評估、猶豫，最後決定拒絕他們。正要開口，突如其來一陣風吹過，他感覺到似乎有人在輕推自己的肩膀。緊接著又來一陣強風，讓他的腳步不由自主的往前跨一步。是他的錯覺嗎？這股風來得太奇怪，隱約中還聽到一個聲音。

答應他們。

他怔忡住，哪來的聲音？旁邊兩個人正眼巴巴的目光望著他。

快答應！

不知何故，他突然改變了想法，重新衡量。

現在的他缺錢，下一個工作不曉得何時會有，在不久之後亦將失去第二份工作。他需要錢，很多很多的錢來扭轉他的頹勢。現實不容他多做挑剔，幾經思量，這份臨時工性質雖然怪異但金額還算不錯，解決不了他的困境，但有總比沒有好。無妨。

「我要怎麼做？」

他們鬆了口氣。「我們會給你臺詞，在鏡頭前說幾句話。就這樣。」

不難。「什麼時候開始？」

「現在！」巴比心喜。

他們誰也沒想到，此舉將會引發後續一連串意想不到的變化。

「可是，我們得先見另一個人。」

潔瑪身心俱疲地坐在椅子上假寐。她在煩惱記者會的事。眼見離承諾的時間只剩兩星期，她要如何圓自己說的謊？如何給大家看見「健康」的唐杰？重點是，她怎麼會挖這麼大的天坑給自己跳？

有人敲門，然後自行推開。

「什麼事？巴比。」

「潔瑪，我想讓妳見個人。」

她一臉慘淡的笑說：「除了唐杰，其餘免談。」

「很接近了。妳一定要來看看。快呀！」

潔瑪聽出巴比聲音裡的緊迫與堅持，只好勉爲其難站起來，跟隨他。

巴比邊走，情緒激動的提醒：「等一下妳看到他不要太驚訝。」

「誰呀？」潔瑪意興闌珊，一副不感興趣的模樣。

他們來到唐杰專屬的化妝室，巴比左顧右盼，怕被人發現什麼似的迅速把門打開，入內。

幹嘛神秘兮兮的？潔瑪露出狐疑的神色。

進門後，室內有些昏暗，見一名男子站在落地窗前。他聽到聲音慢慢轉身過來，那一幕像慢動作似的呈現在潔瑪眼前，她的表情從困惑漸漸轉變爲驚愕，接著瞪大眼睛，不敢置信地摀住自己的嘴。

「……唐杰!?」她身體晃了一下，佩姬扶住她。「這……怎麼會……!?」她慌亂地看向兩位好友，再看落地窗前的那個男人。

他還在，不是幻影，沒有離開，身體很健康，表情有點冷漠。

是唐杰沒錯！是他！

潔瑪的眼淚倏地簌簌流出來，接著毫無預警地朝他疾奔過去，雙手緊緊地環抱住他整個人。

「唐杰，你什麼時候出院的？怎麼不讓我知道？你是不是怪我很久沒有去看你？對不起、對不起，都是我的錯！我好想你，唐杰！」

巴比和佩姬沒想到潔瑪反應如此之激烈，趕緊衝上前拉開她。

「妳誤會了！潔瑪。他不是唐杰。」他們居然拉不開潔瑪。

她激動的喊：「他就是唐杰！你看，他好好的——」

「不，他真的不是唐杰。」巴比無情的打斷她。「潔瑪，他是我們找來的臨時演員，妳再看清楚一點，我幫他上了妝，戴了假髮。」

臨演？潔瑪頓時愣住，依言緩緩地抬起頭重新檢視她的「弟弟」。是的，他臉上有妝粉，臉部線條比較成熟，身體結實，而且表情沒有見到姊姊時應有的溫暖與喜悅，眼神陌生，甚至有點冰冷。他甚至伸手微微推開了她，欲保持距離，這個舉動讓潔瑪像被電到似的鬆開手，忙不迭往後退。

她全身僵住，趕緊擦掉淚水，困惑且惱怒的眼睛瞪向兩位好友：解釋清楚！

「我在無意間看到他，覺得他真的超像唐杰！於是我想……，呃，我們想，」巴比把佩姬一起拖下水。「讓他來演一下唐杰。不需要開記者會，用直播的方式告訴大家，他痊癒了，然後從此神隱！」這就是他心裡打的如意算盤。

潔瑪從激動中冷靜下來，轉頭看陌生男子。他真的很像唐杰，但比唐杰要高一點，棕色皮膚，似乎是長時間待在戶外活動常曬太陽的緣故。

倆人彼此打量對方，相較於她情緒波動，他面無表情沒說話，對剛才的事似乎漠不關心，儼然局外人模樣。

潔瑪皺著眉頭，斥道：「你們真是亂來！」說完便轉身離開化妝室。

兩人示意他留在原地，然後追出去。

「妳覺得這個點子不好？」

「荒唐的餿主意！太魯莽了，你們怎麼想得出來？」她腳步疾走。

「我們在幫妳想辦法耶。」佩姬提醒她。「妳自己說過，再兩個星期就要開『掛保證』記者會，屆時妳打算用什麼藉口？」

潔瑪驚覺的意識到此問題的急迫性，她停下腳步，惱怒且遲疑地瞪視著他們。

見她鬆動，他們加緊說服她：「妳愈是拖延，大家就愈發懷疑。」

「可是我……他……」潔瑪一時語塞。

「妳已經瞞了一年多，按照妳的『時間表』，唐杰該出來跟大家見面了。」巴比邊說邊注意有沒有別人聽到他們的對話。

他們說的沒錯。「可是，開直播讓大家看，大家就會相信？」

「人們只願意相信他們所希望的，但如果再不出現，漸漸就會有人懷疑。」巴比說，「況且，妳剛才不就誤認為他是唐杰嘛！」

「這……剛才燈光太暗，我沒看清楚。」潔瑪說出一個薄弱的理由。

「直播不需要太明亮。我們只要稍微訓練他的口條，給他一些臺詞，我相信很容易矇混過關。」

「之後呢？唐杰還有其它合約、『糖粉見面會』等等，一旦露面不可能就此不見。他要一直裝演下去？」

巴比勉爲其難補一句：「至少眼前這一關先過。」

潔瑪猶豫了，看得出她在思考可行性。「不會有問題？」

「我認爲可行。」佩姬說。她和巴比常常意見相左，如果連她都覺得可以，或許眞的能試試。

潔瑪默默往回走，兩人內心一喜，連忙跟在她後面。

潔瑪，眼前這名身著黑色套裝，梳著古典髮髻的女子就是唐杰的姊姊？

起初他不以爲意，只當是一場鬧劇或玩笑之類的臨時工作。可是，當她衝過來抱住他，情緒激動的邊哭邊自責，剎那間他心軟了……。她渾身流露的哀慟如此明顯、強烈，竟瞬間觸動了他罕有的憐惜……，他從未對女人產生這種情愫。

他不喜歡在陌生人面前表露情緒，板緊臉孔不說話是他保護自己的方式，表情嚴肅、深色套裝不也是她的保護色。可是，比起他，她直接了當的表現出女性的脆弱。

他對演藝圈不感興趣，不曉得唐杰車禍後的情況，但應該不是很好，否則用不上他。

不清楚他們到底要他做什麼事？總之，那個講話有些娘，名字也很娘的男人允諾不論成功與否都會付錢，他配合就是。

也許，最後什麼事都不用做。因爲在他看來，直播假裝唐杰這事根本很荒謬，唐杰的姊姊一定不會輕易答應。等一下若無事，那他拿了錢就可以走人了。

他心存僥倖的想。

化妝室的門重又打開，三人走進來，關上門，停留在門邊低聲交談。巴比比手畫腳，潔瑪看起來猶豫不決，最後別無選擇的輕輕點頭。

巴比朝他走來。「好，我們就按照原來的計劃進行。可以嗎？」

唔，這與他剛才想像的不一樣。算了。「悉聽尊便。」

「喔，對了，我還不知道你的名字。」

「我叫馬立安。」

「哇喔，瑪麗安。」

他危險地冷聲反問：「你的名字有比較好聽？」

巴比閉嘴，佩姬竊笑。

潔瑪望向馬立安，眼神複雜，還沒完全回復正常。見他看向自己，隨即撇開頭轉身離去。

巴比搓搓手掌準備大展身手。「好了，馬立安，我們先從你的臉開始吧。」他觸摸他的臉，搖搖頭歎道：「看來得用砂輪機幫你去角質。」

＊　＊　＊　＊　＊　＊　＊

三日後。

潔瑪預報唐杰將在今天十點開直播，早早不少人關注，一堆「糖粉」迫不及待留言；更早之前，經紀公司外圍了一大群人，以爲唐杰會在那兒現身。他們無法偷渡馬立安到唐杰專用化妝室，於是臨時改變地點到潔瑪家。

他們幫馬立安改造期間，潔瑪憂心忡忡地在旁邊踱來踱去，焦慮不已，數度緊張得想取消。

「我總覺得行不通，會穿幫的！一定有眼尖之人看出破綻。」巴比和佩姬正在專心眼前事，完全沒理會她。「萬一有人談起我們毫無準備的舊事怎麼辦？」

「不回答就行啦！這是直播，不是記者會現場。」

「我看妳快昏倒了，要不要吃點東西？」開口的是馬立安，拿著一包巧克力問她。那是她最喜歡的酒心巧克力，他未經過她的許可，逕自從她的冰箱拿來吃，太沒禮貌了。

「他的聲音比唐杰低沉。」三天以來她旁聽著他的練習，他的嗓音出人意料，就像爵士般低沉悅耳，很容易讓人聽了著迷。可是，唐杰不是這種聲音。

「這樣有沒有比較像？」馬立安刻意提高音調，像喉嚨被掐住。

「他的頭髮很短、很硬，像軍人。」

「假髮可以解決。」

「他的皮膚比較黑，比較粗糙，比較剛硬。還有，他下顎有道疤。」

「面膜、化妝。」

「他根本不像唐杰，他看起來比唐杰老很多。」

「別當著人家的面批評，潔瑪。別忘了，這只是直播，唉。」

「他比較高。唐杰一百七十三公分。」

「才高五公分。拜託，我是坐著直播。」馬立安受不了她的神經質。「要不是看在錢的份上，誰都別想往我的臉上抹這些東西。」他伸出食指揩去粉底，被巴比很快的打下來。

「你們聽，他會頂嘴。」潔瑪像發現重大瑕疵似的嚷道。

馬立安無奈的雙手一攤。回想這三天他很認眞，他們在巴比的家練習再練習，看影片揣摩唐杰如何說話、唐杰有哪些手勢、唐杰怎麼笑……。只要熟練肢體動作和語言，再加上臨場反應，應該不會有太大問題，不複雜，他覺得自己辦得到。他們也認爲他有八分像，足夠應付直播。

最大問題是這位女強人。雞蛋裡挑「毛」，硬要找出他不像唐杰的地方。

他怎麼會認爲她像受傷的鴿子？是神經質的母雞。

「妳就湊合著用。要論誰犧牲最大，絕對是我。又是去角質，又是敷臉，搞得像個娘兒們。」

「你們聽，他又頂嘴。我還是覺得不妥當，取消直播吧。」潔瑪持續說服衆人，但沒人聽她講話。她想再繼續叨唸，馬立安忽然站起來走向她，步步進逼，她睜大眼睛，方才意識到他不但高大，其氣場亦比唐杰強很多。潔瑪不由自主往後退了再退，直至牆壁，緊張的猛眨眼。

這場景的壓迫感，他要罵她，還是……親她？潔瑪渾然不知忖度他的意圖超過正常範圍。

馬立安一語不發的站定於她面前，滿臉明顯的不悅。潔瑪不甘示弱挺身迎向他，下一秒，她被困在他突然伸直兩隻手臂頂住牆壁的中間。他直勾勾的盯著她，她也回瞪回去，視線卻找不到安全降落之處，最後下垂看地板。不一會兒氣勢就煙消雲散。

「要不是馬上就要直播，我希望我們能更瞭解彼此所需。」他在笑，但笑意未達眼底。

「要……要什麼？」

「我要錢，而妳要我。」

「我……才不要你。」

他歪了歪頭，咧開了嘴角，問：「沒有我，妳接下來怎麼辦？嗯？」

「我的人生沒有你依然會過得很好。」

「那，直播要繼續嗎？」

她誤會了。可惡的傢伙，全都是他害的。

「唉，潔瑪，快點。時間快到了！」巴比唉聲嘆氣地催著。

他贏了。潔瑪不服氣的瞪著馬立安，他一臉得意的走回原位，由著他們在他臉上塗塗抹抹。

「好了！」巴比宣佈，然後將椅子旋轉過來，馬立安順勢站起來。

在化妝師巴比和助理佩姬的巧手配合下，一個健康、容光煥發的「唐杰」呈現在潔瑪面前。儘管已經有心理準備，仍然忍不住驚嘆。妝扮過的馬立安竟如此不可思議地相似唐杰，好像他從不曾受傷，就算受過傷也復原得很好。

透過馬立安，潔瑪依稀看見躲在陽剛外表下的那個斯文弟弟。混合著熟悉與陌生的複雜感覺油然而生，她情不自禁朝他走去。

當她凝視著他的時候，眼底又是那濃濃的哀傷與思念。

馬立安感受得到她的心情，輕握她的雙臂，柔聲安慰：「放心，糖糖，一切都會很順利。」

她愣了。「……你剛才叫我什麼？」

「『糖糖』。怎麼了嗎？」

她喃喃的說：「唐杰在有求於我或安慰我的時候都這樣叫我。」

馬立安聳聳肩，表示不曉得自己怎會脫口而出。不過，他喜歡這個暱稱。

潔瑪呆立幾秒，甩開這不明原因的巧合。她轉向巴比和佩姬，兩人直瞅著她。當下大家都已準備好，只等她下令開始直播。她瞬間將心底升起的那份傷痛與不安強壓下去，正色道：「上場吧！」

剛才那個六神無主，心神不寧的姊姊不見了，換上的是冷靜自持的職場女強人，潔瑪。

馬立安敏銳的注意到她內心的變化，竟如此快速，不禁多看她一眼。她有一雙直透人心的明眸，不是精明的銳利，但也足以提醒對方：在你小看我之前，我已經看穿了你。

他對他們的瞭解不多，只曉得唐杰不能出席這場直播，巴比和佩姬雖然常拌嘴但有長年默契。

人有很多面向，但能夠一秒內改轉換情緒者非她莫屬。他也不差。馬立安傲然心想。

拿人錢財，與人消災，他會稱職的扮演好唐杰，一小時很快就過去。

「媒體知道多少唐杰的事？」馬立安冷不防的問。

「不多。所有訊息都是我提供給他們。」

「他們相信？」

「目前爲止。每天訊息那麼多，他們很容易被新事物吸引過去，大家很快就會忘記唐杰。」

馬立安不表贊同的說：「妳一開始坦承不就沒後面衍生的麻煩。」見潔瑪未搭腔，知道自己多言，所以閉上嘴巴，準備開始直播。

「大家好！我是唐杰。好久不見！你們有沒有想我？我可是非常想念你們喔！在復原這段時間支持我的最大動力就是來自你們的祝福，非常謝謝大家！尤其是雅于、文文、喬如……」接著，他唸了一長串「糖粉後援會」幾位創會元老的名字，感謝他們的千紙鶴。自然的語氣，彷彿眞的認識他們已久。「在很長的復健過程中，心情低落時，只要看到你們的留言，我就會重新振作起精神，持續努力。我知道大家在等我，所以我來了！」他微微向後一仰，兩手伸展開來，呈現唐杰樣給大家看。

他們看著留言一則一則的迅速增加。此舉奏效了。

「有人問，當時事情是如何發生的？我其實記不太清楚，這一切發生太快。有人問我傷在何處？就是胸部、腹部、腿部以及其它小挫傷。」

幸好他們事先準備影迷大概會提問的問題，馬立安照著回答即可。

「來，這裡有人問，我看起來稍微胖了點。」他溫柔的笑說：「我得說，姊姊把我照顧得非常好。天知道我喝了多少雞精，都快成『精』了。在這裡感謝她。」說罷，他突如其來朝潔瑪方向送一記飛吻。「糖粉」紛紛留言抗議，他們也要飛吻。馬立安不吝嗇，送出許多飛吻給螢幕前的糖粉，底下又是一堆開心的符號。

潔瑪一怔，他脫稿演出！可是，礙於現場直播無法掌握全部狀況，只有暗暗祈禱不會有特殊問題。

而他，最好不要演得太超過。潔瑪手握成拳頭。

「傷勢嚴不嚴重？邀天之幸，我還活著。」他手指著螢幕，露出壞壞的笑，「就爲了看你們。」

「他在幹嘛？撩妹？」佩姬問，潔瑪不語，手機無聲震動著，她退到門邊接。

「魯導。……是的，他正在直播。……他在巴比家。……什麼？這……不！他很好！只是他，呃，他……好吧，我會告訴他。」潔瑪若有所思的望向他們，他們專注力都在馬立安的直播。

「傷勢留待時間慢慢復原。但想念你們之苦會讓我傷勢加重。」馬立安故作中箭傷重樣。巴比和佩姬滿臉嫌惡。「我什麼時候與大家見面？別任性了，相隔雖遠，但我們的距離只有螢幕這麼近。」他往螢幕貼近，微微嘟嘴。他們白眼翻到天花板，在脖子處橫劃一刀：別再撩妹。

他聳聳肩。

「我有沒有後遺症？我想你們想到頭發暈，算不算？你們要負全責。」

一小時就快結束，馬立安應付得不錯，目前爲止一切順利。除了那些沒必要的撩妹話語。

「快樂的時間總是過得特別快。眞的很高興與大家見面，希望你們也是一樣。嗯，下次什麼時候能與大家眞正的面對面？別急，在此之前不要太想我，不然再度心碎滿地更難見面。講太久我該休息了。今天的直播到此結束，大家再見！」

馬立安迫不及待摘掉假髮，大大吁一口氣，攤開手掌，無聲的宣佈：結束。

大家額手稱慶，鬆一大口氣，彼此有默契的相互擊掌。

「如何？」

「還不賴，臨場反應很快，缺點是愛撩妹。你的本性？」巴比立卽幫他卸妝。

「看心情。不過，我若是唐杰，有那麼多人關心我，說些讓他們開心的話也是應該的。」

「算你厲害。酬勞。」佩姬遞給他一只信封。「謝謝你的幫助。對了，這一切要保密喔！」

馬立安點點頭，接過錢。發現潔瑪站得老遠沒做任何表示，以爲不爽他的行爲，可她面露憂色又不像針對他。

卸了妝之後，巴比領著他離開。

佩姬深深嘆了一口氣，說：「我覺得唐杰好像回來了又離開，潔瑪。」終於注意到她異常沉默。「怎麼了？」

潔瑪低聲說：「我們有大麻煩了。」

第二章

馬立安把錢匯出去後到便利商店外坐著，邊抽菸邊滑手機找工作。時間一到，他去健身館工作。換好衣服出來後便見甜甜朝他走來，他無處可躲。

「連著幾天打手機給你都不回。」

「我在忙。」

「沒我的允許你不能不接我的手機。」

「館長可不這麼想。」熊掌時不時往他這兒瞪視。

「你只要在乎我的想法就行。」

「這就是問題，」他直言冷回：「我並不在乎妳。」

「真無情呀你，我們的關係早就進一步了。」甜甜無意就此退場。「我看過你對其他女學員的模樣，知道你並非真的冷淡，我好嫉妒。你到底在顧慮什麼？工作？我說過，我願意罩著你。」

「我的穹頂自己造。看來妳不夠瞭解我。」說完，馬立安到另一旁暖身。

工作完畢回到家，才梳洗好便有人敲門。他僅著牛仔褲開門，一位意外之客站立門外。

「潔瑪？妳來幹嘛？」

「方便說話嗎？啊——」話音未落，潔瑪被一股力量從後方撞擊，摔倒在地上。她抬頭看，兩名不明人士朝馬立安拳打腳踢，他無法反應，只有挨打的份。

見狀，她立即站起來，厲聲喝道：「住手！別打了！」

打人者沒料到她居然毫不畏懼挺身而出，轉而走向她。「妳膽子很大嘛！」

「你們不要動她！」馬立安忍痛出聲。

「我不知道你們有什麼恩怨，但適可而止就好。鬧出意外要付出很大代價，考慮一下。」眼前兩名男子橫眉豎眼，絕非善類，儘管潔瑪嚇得花容失色，仍勇敢迎視他們。

他們猶豫片刻，鬆動了，卻不甘休地撂下狠話警告馬立安。「小子，現在訊息傳送很快，不要亂入直播。還有，你可以『永遠』下班了。」臨走前，他們不忘再補一腳，然後態度輕挑的從潔瑪面前擠過。他們一走，她趕緊把門鎖上，然後衝到馬立安身邊，看他傷得如何。

當他翻身轉過來，潔瑪隨即看到他腹部有一道明顯的手術疤痕，她驚詫得往後縮。

「你到底惹到誰？要不要報警？你要不要緊？」他看來沒有明顯外傷，但那道疤痕令人觸目驚心。「那疤痕……？我送你到醫院檢查一下。」

「不用，我沒事。」他咬牙忍痛，瞥見潔瑪嚇得臉色發白，滿臉驚駭，知道她聯想到唐杰。「小傷，死不了，不要報警。」爲了安撫她的情緒，他大氣不敢多喘一下，佯裝輕鬆。

「我們去醫院檢查一下吧，好不好？」潔瑪柔聲地請求，馬立安莫名其妙地被安撫到了。他岔開話題問：「妳來找我做什麼？」若無其事的站起來，背向著她。

潔瑪想起她來的目的。「呃，我想請你再幫我一次。」

「又要直播？」直播害慘了他，三份工作全沒了。

「想請你見一個人。以唐杰的身分去。」潔瑪不時瞟向他，好似沒什麼影響，漸漸不再擔心。她注意到他的肌肉堅實強硬，好像眞的很耐打。好多傷痕……，他到底經歷過什麼？

馬立安點了根菸抽，然後轉過身來問：「見哪個？」

「魯彥導演。」潔瑪舉手揮走煙味卻引來更多。「咳、咳……他想見唐杰。咳……。」

「拒絕不就得了。」他往旁邊噴煙，完全沒用。見她咳個不停，他妥協把菸熄掉。

「我推卻不掉。唐杰拍他的戲受傷，很自責，所以想親眼見唐杰。」他的頭髮半乾半濕很性感，她不是沒看過男人裸著上身，但特別害羞於他。

潔瑪假裝看屋內擺設，有書桌和床，衣廚內掛了幾件衣服，沒有更多物品，好像隨時可以拎著背包就走。

他順著她的眼光望去，戲謔地說：「我的屋子應該沒有我的身體好看。」

潔瑪悻悻然的瞪著馬立安。他看透了她，她卻僅能用眼神殺他。弱爆了。

他賊笑。「妳眞有意思，敢面對兩個流氓卻不敢看我的身體。我的身體對妳有『殺傷力』？」

她直視著他的眼睛，嚴肅的問：「到底要不要去？」

「以後會不會有一堆人想見唐杰？」

「只有魯導，沒有別人。」

馬立安一派輕鬆的倚在桌邊，半晌不說話。潔瑪悄眼看他。靜態時，他或許有點像唐杰，但靠近一看，兩人氣質完全不一樣。他陽剛許多，輕挑不羈，愛抽菸。

「好吧。反正我目前沒什麼事可做。」馬立安轉動手臂，眉頭微皺。痛死了。

潔瑪朝他的上半身瞄一眼，關心的問：「你真的不要緊？」

她的關懷讓他心頭一暖，異樣的情愫湧現上來。「妳幫我驗個傷不就知道了。」他輕浮地笑了笑，樂見一股緋色湧上她的臉頰。開放的女人不需費太多勁兒，相反的，含蓄的女人比較誘人。

「明天巴比會先接你到我家，然後再去魯導家。再見。」潔瑪「砰」地一聲把門關上，離去前似乎可以聽見他笑聲。

可惡的男人！

＊＊＊＊＊＊＊＊＊

「全記住了？馬立安？回答簡單簡短，肢體動作不要太大，聲音稍微揚高——」

「裝聲音很傷喉嚨。咳！」

「忍一下就過去了。我們會掌握話語權，你只要順著話回答即可，答不出來，我們會接口。」巴比叮嚀著。

「知道了。」他伸手摸頭上假髮，總擔心它會掉下來。

「別再摸你身上多出來的東西，自然一點。」佩姬提醒。「我們不會停留太久。」希望如此。

他們懷著忐忑不安的心來到魯彥位於郊外，鄰近山區的豪宅。

魯彥打開門，摒息地打量著馬立安——這一刻，四人緊張極了——心情激動得拍拍他的雙臂，欣慰的紅著眼睛說：

「很好、很好！看樣子恢復得不錯！」

馬立安也拍拍魯彥的手，以示回應。「魯導。」

魯彥不著痕跡拭去眼角的淚水，鎮定自己的情緒，好一會兒才平復下來。

「這份喜悅我眞的是太高興、太開心！所以，我自作主張爲你辦了一個歡迎會。」他轉身對著屋內倏地大聲宣告：「各位！唐杰來了！」二話不說把馬立安拉進去。

四人面如灰土，硬著頭皮進去屋內，猝不及防被著亮的燈、彩紙、拉炮以及歡呼聲、掌聲給驚呆了。屋內藏了好多人，有人端著蛋糕、有人噴灑香檳……，全是爲了慶祝唐杰重獲新生而來。

馬立安「微笑」轉頭看著右後方的潔瑪。

只有魯導？有一整個連隊的人！

「我們來的時候怎麼沒看到車？」巴比詫異的問。

「一定是開到後院。那裡比前院更大。」佩姬回道，暗忖被魯彥擺了一道。

所有人簇擁過來，抱抱他、摸摸他，跟他說上幾句話。在鼓譟興奮情緒中，馬立安應接不暇，反倒不需要多做回應，保持微笑、點頭、打招呼，說幾句場面話應付應付卽可。

「唐杰！兄弟，你終於來了。」某個男人喊，接著馬立安被那人猛然一抱，他大力拍他的背部以示熱絡，每一下全打到昨天被揍的地方。

「嗨，兄弟。」馬立安忍著痛，以同樣的稱呼回應對方。他望向巴比。他是誰？

巴比笑著點頭。等下再說。

「今晚美食、香檳一應俱全，大家自己來，不要客氣！」魯彥大聲宣佈，現場頓時歡聲雷動。

這個兩百坪誇張大的客廳被當夜店舞池使用，七彩燈光忽閃忽滅，減低視線清晰度，那震耳欲聾的音樂讓每個人必須提高嗓門說話。大家想跟唐杰講話，好多問題要問，都是預料中的問題，直播時說過，所以沒什麼困難。如果有人提到馬立安不知情的細節，另外三人即時援助。

七嘴八舌的熱情旋風過後，眾人各自找樂子。

潔瑪的旁邊始終有名男子相隨。

馬立安感受得到他似乎在向潔瑪獻殷勤，多次欲吸引她的注意力。這會兒他遞給了她一杯雞尾酒，但她沒喝。

巴比低聲介紹：「他叫羅伯威。跟『你』一起出道的，因爲緋聞太多影響，所以沒什麼名氣。你昏迷的這一年多他突然得到關注，星運大開。」

出於不明原因，馬立安對他沒好感。「他跟潔瑪……很熟？」他故意取走潔瑪準備要喝的雞尾酒。果然是烈酒。羅伯威那傢伙不懂酒還是故意的？隨隨便便給女人烈酒，居心不良。

魯彥若有所思的看著馬立安。「唐杰。」

「他在追她。」佩姬說。

「我反對。他太濫情了。」巴比說。

「我贊成。可以讓潔瑪轉移注意力。」

「哦，是嗎？那潔瑪覺得他如何？」馬立安問。

魯彥再喚：「唐杰。」

三人沒注意，潔瑪連忙碰佩姬的膝蓋。「魯導在叫唐杰。」

大家趕緊望向魯彥。「抱歉，魯導。」

他站起來，示意大家安靜，震天價響的音樂倏然停止，現場頓時寂靜無聲，只有七彩霓虹燈閃爍不明。

「我想再次恭喜唐杰恢復健康，這是上天的恩典！現在的我，情緒很是激動，不曉得該說什麼話來表達我心情，只有一句話可以說，那就是，」他遞給馬立安一罐啤酒，「大家舉杯乾了！」大家順著魯彥的話舉杯飲盡手中的飲料。

唐杰站起來，仰頭喝光手中的啤酒回敬大家。

「謝謝魯導，謝謝大家。」

大家給予掌聲。魯彥揮手要大家繼續歡樂，音樂再度響起。

魯彥用手示意他們跟他走向「橘區」。那是魯彥專屬的談天區域，未受邀約者不得進入。

「唐杰，你恢復得很好，我真的很高興。什麼時候可以回來拍戲？」他翹著二郎腿，輕鬆自若的問。

潔瑪傾身向前，搶先回答：「魯導，恐怕暫時還不行。」

「為什麼？」

潔瑪腦筋飛快轉著。「他的胸有時候會隱隱作痛，頭也會發暈。」

「嗯……，我瞭解。」魯彥體會的說。「不過，聽起來不是大問題。那部戲還沒拍完，現在就等唐杰了。」

這是問題，沒有唐杰，戲無法殺青。他們不能一直拖延下去，尤其是唐杰已經「現身」。

「魯導，潔瑪很愛護弟弟這你是知道的。」羅伯威說。

他點點頭。「妳放心，他只剩下文戲部分，武打動作我們就交給替身。如何？」

「兄弟，你覺得自己行嗎？」羅伯威直視著馬立安。

馬立安斜瞥他一眼。男人最討厭被問「行不行」，他想挑戰他哪方面？

潔瑪慌了。這已經超出原先預期的太多了。

馬立安伸手按在潔瑪手上，似在安撫，後來察覺這個姿勢有點親膩，繼而搭住她的肩頭，道：「你們要原諒她，那次意外嚇到她，心裡陰影面積太大，她想保護我也是理所當然。給我一星期，七天後我們片廠見。」

魯彥的表情有些詫異，瞇著眼睛瞅著他好半晌不說話，隨後讚賞地點點頭。「很好，非常好。」

「巴比，唐杰回來你就不是我的專屬化妝師了。你化妝技術真的無人能比。」羅伯威可惜的說。

「謝謝誇獎。」他僵硬著笑容回應。頭轉向另外三人。

馬立安不動聲色的喝啤酒，另外三人木然的笑著，彷彿不堪一擊的丹霞地貌，再多一點力就全部粉碎。

老實說，今天出乎意外的順利，馬立安沒有受到任何質疑。要說有什麼不同，大家理所當然朝浴火重生後改頭換面了。

然而，四人回到潔瑪住處，個個臉上不爽，顯見不久前曾有過一場不小的爭執。

「就算我們沒有找馬立安，唐杰可以從此消失不見？下次妳又要用什麼藉口？」巴比激動的辯解。這類鬼打牆似的問題循環在衆人跳不出的爭執裡。

「好了，別再吵了。」馬立安早潔瑪一步開口。「既然上了船，現在要一起沉還是在七天內完成不可能的任務，趕快決定，不要婆婆媽媽的。」他在自己身上摸了一遍，問巴比：「有沒有菸？」

「唐杰不抽菸。」

馬立安一臉悻悻然。

「你會演戲嗎？」佩姬小聲的問。

沒想到馬立安發出輕蔑的笑聲。「走出家門的那一刻大家即在演認命勞碌的上班族、卑躬屈膝的業務員、倚門而笑的櫃姐……而我扮演唐杰或他要扮演的角色。必要時，扮成鬼也行。」

潔瑪瞪他，不認同他黑色幽默。

「表演是門藝術，你太低估它了。」她嚴肅的說。

「妳沒試過我的能力呢，潔瑪。」他頓了一下，意味深長地看著她。「我喜歡挑戰。」然後又自我調侃修正，「被逼急了，什麼潛能都發揮得出來。」

「很多演員拍外景，受不了路人的注目，尷尬癌上身。」

「正好我臉皮厚，不要臉。好了！」他拍了一下自己的大腿，「事情走到這一步，趕快聚焦現實。要不告訴大家真相，早死早超生，要不你們仔仔細細告訴我參與這部戲所有人的名字、個性。同時，我要清楚知道唐杰所有的資料，他的喜好、發跡過程、拍過什麼戲、追過什麼人、喜歡吃什麼喝什麼，愈詳細愈好，以及拍戲的流程，專業術語等等之類的。」他一鼓作氣地說。

馬立安的態度輕率，話語是實際，沒演過戲卻願意挑大樑。他們不曉得要看他哪一個面向？

此刻，對他的佩服油然而生。

「要這麼詳細？」

「預防突發狀況。現在是怎樣？快點決定。我還有事要忙。」

「我以爲你沒有工作了。」巴比發現自己說錯話，趕緊低下頭，聲音微弱的說，「當然，如果你願意留下，我們會付你酬勞。」

馬立安朝潔瑪瞟去。妳怎麼說？

潔瑪的重心都在唐杰身上，他佔了她全部的心思。出事後，她對他的健康一直都抱著希望，相信他會醒過來，會好轉。

眞這麼樂觀爲何三個月沒去看他？

馬立安的出現讓她手足無措，他是替身，是她對外最好的「交代」。可是事情發展已不如原先預期──露個臉直播，然後結束。走到現在這地步，她要繼續讓這齣戲演下去或者讓唐杰落個「半途而廢」的壞名聲？

她瞭解唐杰在演藝事業投注的心力──若非如此也不會有那場意外。

要再冒險一次？潔瑪天人交戰許久，最後幾乎察覺不到的點了一下頭。

「明天開始，我們密集訓練。」馬立安穩定堅決的語氣感染了大家。

雖然前方道路未明，至少他們多了一位戰友。

負責領軍指揮作戰的那種。

＊　＊　＊　＊　＊　＊　＊　＊

訓練，不過就是在目盲狀況下將分解開來的槍再重新組裝回去，再分解，再組裝。好吧，這種形容誇張了點。不過，把人和其名字聯結在一起，各個人事物由「點」連成一條「線」，再形成「面」，最後人際關係的網絡具體呈現，這小事對他來講簡直易如反掌。他記性很好，反應快，組織能力強。

「這齣戲的劇情你再說一次。」

「臥底警察取得犯罪證據不幸被老大的兒子逮住，狠揍他一頓。老大女兒暗中救他，在脫逃過程中女兒不幸中彈，傷了輕傷。最後老大伏法，兒子中彈，女兒與警察終成眷屬。結束！」馬立安哼了一聲。「眞老套。」

「唐杰幾歲出道？」

「十六歲拍了人生第一支飲料廣告，今年二十七歲——嗯，小我十歲。」

「你有健身習慣，看起來不顯老。繼續。」

「拍過九部電影，偶爾參與電視劇演出。『正邪之間』是出事前正在拍的電影。熱衷於公益活動，長期爲慢飛兒募集資金。大學畢業後正式嶄露頭角。交往過一個女朋友，維持四年。」

巴比秀出十張手機相片，問：「哪一個？」馬立安點了其中一個。

「他們倆人爲了什麼事分手？」

「她喜歡肌肉男，而唐杰看起來清新、乾淨、明亮。」

「唐杰是同志？」

「不。她喜歡男人，在她眼裡唐杰像個大男孩。他極力想轉型，擺脫既有形象，拓展戲路。」

馬立安細數：「會游泳，喜歡吃牛肉、嗑火鍋，什麼飲料都喝。除了酒。」他掀掀眉，心中掠過了些什麼，但隨卽消散，沒放在心上。他反問：「唐杰跟人結過怨嗎？」

「沒有。」
「吵架？打架？始亂終棄？」
「都沒有。」
「模範生。」他悶哼一聲。
「差一點。」
「怎麼說？」
「他想拿『新人獎』，但沒有。」
「他的履歷表很亮眼。」
「沒錯。」巴比嘆了一口氣。
馬立安揉揉酸澀的眼皮，未經思考直接脫口而出：「人啊，不能太完美，老天會嫉妒收了他。」
潔瑪聽了，默默起身走向廚房。馬立安一怔。
巴比舉起手掌對他說：「不要看我，自己去道歉。」他看看時間，「快點，我還要送你回家。」
馬立安自知失言，硬著頭皮走到廚房。甫進去，見潔瑪很快的拭去眼淚，然後轉身打開冰箱，取出柳橙汁，假裝若無其事爲兩人各倒一杯。他們就這樣分立兩邊，一句話沒有說。
片刻之後，潔瑪說：「今天辛苦了。」
馬立安手指無聲地敲著桌面，心裡琢磨著要說些什麼；與女性正常對話從來就不是馬立安願意做的事，遑論道歉。會接近他的女性分兩種：想玩他和想養他，通常後者居多。他對她們則很簡單，只有一種需求，「做」就對了。合則來，不合則散，互不相欠。他對她們沒有愧疚。

可是，潔瑪不一樣。

她有股獨特的氣質在這幾天相處漸漸散發出來，他說不上來是什麼，但吸引著他。他對她不僅只有一種感受，還有其它正在萌發的不明物事。

最終，馬立安折腰。「……對不起，我話說得太快。」

「不，我才應該謝謝你為我解套。」

又一陣沉默，馬立安瞥向廚房設計。

廚房是採用多功能的中島形設計，添加餐桌，增多用餐的空間。櫥櫃上層空間為開放式的層架，隨興擺設。整個廚房像是從型錄裡變出來的，是他心目中理想的廚房。在這樣設計精美的廚房內，他願意每天作菜給她吃。

馬立安為自己的想法嚇一跳，他從沒有動過作飯菜給特定女人的念頭，她竟輕而易舉辦到了！

「妳有個很棒的廚房，一應俱全。」馬立安就地找話題聊。

「謝謝。我一直想找時間在廚房實驗料理。」

「實驗？」

她聳聳肩。「我不太會做菜，食譜上的各樣材料是配方，廚房就是我的實驗室。」

馬立安面露正色。「聽起來真危險。我強烈建議妳不要烹調需要油炸的料理。」潔瑪笑出聲。

「我不想探人隱私，但既然要相處上一陣子，我們應該互相瞭解一下比較好。」

馬立安可有可無的點點頭。

「我聽巴比說，你曾經在小吃館待過。」

「嗯。」

「在你來之前，身兼三份工作，這麼拼命，想買房還是買車？」

「都不是。」他低頭看烤箱，明顯不想談這話題。

好吧，換一個。「你女朋友知道你來這裡工作？」

「我沒有女朋友。」這會兒他看冰箱。

「巴比說你是某位網紅的男朋友。」

「我是很多人的男朋友，不是某個人的男朋友。」他不正經的說。

潔瑪眉毛一挑。「哦，行情這麼好？」

「她們主動上門，無須我費心追。」他自負一笑。

「何不找個好女人定下來？」

他看廚櫃上的俄羅斯套娃。「太麻煩。」

他的回答簡短，防禦心很重。潔瑪斜睨著他，愈發好奇其過往經歷。

馬立安感覺到她觀察般的注視，簡單的說：「我現在沒心思男女關係。」

「瞭解。」

「那妳呢？有男朋友嗎？」他反問。

「跟你一樣，目前沒那個心思。」她淡淡的說。

「因爲唐杰？」

「都有。我看過演藝圈無數男女問題，對愛情的感覺很淡薄。」她居然對他說出心裡話。

他躊躇了一下，直接開口問：「唐杰的情況到底有多嚴重？」

潔瑪直視他。「當你信任我時，我就會告訴你。」

「不能現在說？」

「信任很難建立在認識不深的人身上。」

馬立安瞇起眼睛，「妳防禦心很重。」

潔瑪回擊：「彼此彼此。」

他走到她面前站定，居高臨下的俯視她，以眼神巡視她的五官，像影像掃描機似的。他的雙手從她的頭往兩側向下移動，描出身體輪廓，像在感應什麼。她略感慌張地往後退一步，眨眨眼睛，回瞪他。你想幹嘛？

手勢動作是作戲用的，然而他確實感應到潔瑪有一股令人不安的負面情緒。灰色、悲傷。他不喜歡。「情勢愈緊張妳愈鎮定，表面上看起來嚴肅、冷靜、幹練，私底下易焦慮、吹毛求疵、善於僞裝。明明才三十二歲卻老穿著深色套裝，弄得老氣橫秋。如果拿掉那可笑黑框無度數的眼鏡，再把頭髮放下，將妳原本燦爛的笑顏從烏雲後拉出來綻放也可以當藝人，迷倒一票子狗男人。」視線往下掃過她的身材，「八十二、六十、八十四。雖不中，亦不遠。」

馬立安完全說中潔瑪的三圍。她既怒且羞，欲板起臉孔否認，反而洩露出答案。

這正是他要的效果，生氣更容易驅走傷心。

「你是……是……」她想說些話來證明自己也很瞭解他，但氣急敗壞之下吐不出第四個字。

他替她接下去。「我是所有女性的天菜，老少咸宜，百吃不膩，妳也可以試吃一口，糖糖。」

她想反駁他不是她的菜，但他眼神透露的曖昧，竟讓內心平靜無波的她無端浮現某種限制級的畫面……他洗完澡，腰部只圍著毛巾……。潔瑪不敢直視他，怕他看出她的想法。

「凡事都有第一次——」

「閉嘴。」她狠狠的打斷他。

「妳全心全力投入工作、栽培弟弟，應該忙得沒時間談戀愛，糖糖。」

「哼。不要以爲你很瞭解我。有些事情我寧缺勿濫，這點與你不同。還有，不要叫我糖糖。」

「我覺得叫起來很順口啊。妳本名叫什麼？」

「唐婕。與唐杰同音不同字。」

「妳的父母叫人是怎麼分？」

「他們叫我『糖糖』，叫唐杰『小杰』。」

「我個人喜歡糖糖。看在妳『第一次』，我會溫柔的，不讓妳感到痛。」

「閉嘴！」這會兒她真的生氣了，馬立安嘴角向兩旁咧得老開。

「我知道妳看過很多人，不過，我看的比妳更多、更現實。」

「你講這句話時有點憤世嫉俗的感覺，懷才不遇？」

「沒成功之前都是懷才不遇。唐杰很幸運有妳這個好姊姊，我也能擁有這樣的好運嗎？」

「看你的努力。我捧紅過一些藝人，也有不爭氣的。」

「沒問題。」他向她行一個童軍禮。

巴比見馬立安出來遂起身準備與他一起離開。

「等一下。」潔瑪喚住兩人。她對巴比說：「我想讓他住唐杰的屋子。」

三人走出潔瑪住處大門，到對面的大門，唐杰的家。她取出鑰匙打開，裡面的裝潢是男性住處的風格，寬敞嶄新的寓所是無殼族的夢想。

「真大，可以開健身房了。」馬立安讚賞的說。

「有一間客房，你睡那間。除了唐杰的房間，其它空間可以隨意使用。」

馬立安環顧偌大的空間，對比他租的地方連當倉庫的資格都沒有。

「這段期間你就住這兒，但有一個規定——」

「放心，我不會帶女人進來。」他一邊參觀一邊向後擺擺手。

潔瑪懊惱地瞪馬立安，討厭他總是能先一步洞悉她的想法。

「我倒很歡迎妳常來坐坐，糖糖。」

「不要這樣叫我，我跟你不熟。」

「一回生，二回熟，我們已經熟透了。」

潔瑪從鼻孔噴氣。「今晚把行李整理好，明天開始此處就是你的家。」

「太好了！以後接送你就不是我的責任了。呀呼！」巴比如釋重負。

＊＊＊＊＊＊＊＊＊

潔瑪把自己關在辦公室。

早上離開家時馬立安已經在接受巴比的訓練，兩人都很認眞，某種程度她感到安心、寬慰，彷彿看到唐杰爲自己的演藝事業拼命。

她好想念唐杰，等戲拍完一定去看他。

潔瑪重重地嘆口氣，希望馬立安能撐到拍完戲，然後儘快結束這令人提心弔膽的荒謬劇。

門扉傳來敲擊聲，她連忙隱藏情緒，擺出辦公臉。「進來。」門被推開。是羅伯威。「甚麼事？」

「今晚有空嗎？大家要一起去吃晚餐唱歌。」

「我沒空，謝謝你們的邀請。」她抓起滑鼠，回覆幾封不重要的訊息，假裝忙錄。

羅伯威並沒有像以前被拒絕後就走開，反而在她桌前逕自坐下。

「唐杰回來後妳又要忙了。」

潔瑪輕輕點頭，不打算接腔。

「猶記得那天看著他的車撞上房子，所有人都嚇壞了。大家很擔心他的傷勢，畢竟頭呀、胸呀、腹部呀都是經不起磕嗑碰碰的地方。」他雙手交握置於疊腳的膝蓋上，回憶著說。潔瑪悄悄抬眼從螢幕上緣看他。「當時妳一定很焦慮。」

「換做任何人都會擔心，我願意不惜一切代價換他平安健康。」

「我相信。我只是不希望妳太累了。」

「……謝謝你的關心，我很好。」

「妳好我就好。」他傾身向前，凝視她眼睛，眼神溫柔。「長久以來妳全在照顧弟弟，誰來照顧妳？」

羅伯威的直白讓潔瑪有些措手不及。這話再清楚也不過了，他對她不是普通的關心。之前她僅覺得他對她是一般普通朋友的好，沒想太多，現在她清楚，他對她有特別好感。

「我是大人，可以自己照顧自己。」

「我不是沙豬擁護者，但妳是女人，需要一個男人照顧，保護。」不等潔瑪反應他就起身，「希望下次可以一起去吃飯。」

潔瑪給他一個淡淡的笑容，不置可否。他是來告白的？太突然了，好像開玩笑，但……？

不，不要再來一個。

她現在只有精力應付一個男人。

潔瑪打開大門隨即聞到一股食物香氣。

咦，哪來的香味？誰在做飯？潔瑪心裡有數。她有些遲疑地走進室內，客聽沒人，笑聲從廚房傳出。她放下包包朝廚房走去。她看到巴比、佩姬坐在餐桌邊，滿臉笑意的吃東西，馬立安身著黑色背心內衣，一副桌邊廚師樣邊料理邊與他們聊天，氣氛融洽，食物美味。她的廚房從來沒有如此熱鬧過。

馬立安發現她。「妳回來得正好，糖糖，過來吃晚餐。」

巴比和佩姬急速揮手要她趕快入座。

這是她的廚房？簡直像某種特色餐館，廚師無菜單，客人照單全收。食物好吃，廚師無話不聊。馬立安將義大利麵盛裝在四只白色餐盤上，青花菜點綴周圍，看起來美味可口。餐桌上有起司烤洋芋、法式洋蔥湯、十幾隻烤好的孜然雞翅，巴比和佩姬已經啃掉好幾支。桌上還有一瓶已拔去瓶塞，她最喜歡的紅酒。

「這是一瓶好酒，希望妳不介意。」他笑笑的說，毫無歉意。

連這個也看得出來。算了，反正那瓶紅酒早晚都要喝的，只是找不到藉口喝。潔瑪無輒的想。

「潔瑪，妳一定要試試雞翅，超好吃的！」佩姬滿嘴肉汁，含糊不清地強力推薦。

馬立安忙碌於料理檯與火爐間，十分得心應手。在她的廚房裡，他看起來怡然自得，儼然是廚房的主人。侵佔別人的家只要一站定位子就能宣示主權，這種本事大概只有他才有。話說回來，從來沒有她認同情感的男人能攻進她的心房，更別提進屋子做飯。

她不介意也不認爲馬立安侵犯了她的地盤，反而覺得很自然。眞是奇怪啊。不過，她不想細究原因，現在的她感覺整個氣氛很溫馨、很居家、很餓。馬立安端了一盤義大利麵給她。

「哇喔，眞的好好吃。」潔瑪誇獎道。

她津津有味地吸吮著手指，用舌頭抿掉嘴唇上的醬汁，模樣誘人，看得馬立安無法轉移視線。

「謝謝誇獎。甜點是脆皮布朗尼，我猜妳喜歡巧克力。」上次他吃了她好幾包巧克力。

他們互碰酒杯，邊吃邊聊，像好友相聚也像家人圍桌共餐。他們隨興的聊著工作、互相開玩笑。

在美食、酒精催化下，潔瑪漸漸放鬆自己，比較不拘謹，後來還因馬立安說的笑話而笑出聲來，這使得巴比和佩姬感到開心，欣慰是好現象。

自從唐杰出事後，他們太久沒看到她笑。

四人來自四方，巴比和佩姬是潔瑪推心置腹的好朋友，馬立安最近才加入，與他們相處漸漸融洽。表面上，他們需要他，心靈層面上，他代替唐杰撫慰了他們隱而不說的思念。

巴比和佩姬不約而同互視對方，再分別瞟向馬立安和潔瑪。他們倆其實滿登對。

「馬立安，你眞會烹飪，以後我們有口福了。」佩姬起了個頭。

巴比接著推波助瀾，說：「對呀，要是每天吃你做的菜包準很快變胖。我們家潔瑪太瘦了，你要幫我們多關照、關照她。」

「只要她不挑食，我有把握養肥她。」馬立安眼神深邃地看她。

「潔瑪沒有作菜的天份。聽過這麼一句話：與其學做菜，不如交一個會作菜的男人。潔瑪，妳可以考慮一下馬立安，嗯？」

「讓你失望了，我很挑食的。」潔瑪心知肚明兩位夥伴的算計，朝兩人警告性一瞥。別亂牽紅線，亂點鴛鴦譜。

「挑食對身體沒好處。最重要的是，乞丐沒有挑剔的份。」一語雙關。

「我吃有機，健康得很。」潔瑪把話鋒轉到食物，而非她空虛的感情生活。

「妳的飲食和感情一樣貧乏。」馬立安透析的說。三人詫異不已。「不過，有我在，糖糖無須再吃羊食物。」

「咦，潔瑪正好肖『羊』呢。」

「羊大便是一顆一顆的。妳也是嗎？」馬立安促狹地問。

潔瑪白他一眼。「不衛生。」

「嘿，拜託，我們在用餐耶！」大家笑不可抑。這餐吃得愉快，離別前大家意猶未盡。

此刻潔瑪微醺，以手支頤，神態慵懶。「馬立安，你不能隨便跑到外面，哪來的食材？」

「我戴口罩、墨鏡、鴨舌帽出門，包得像見不得人的通緝犯。」馬立安自嘲的說。「妳有一個很棒的廚房。在這樣的廚房內做的任何一道菜餚都會顯得很神奇，連開瓶啤酒也很美妙。」他的視線停留在她臉上，她渾然不知。

「我只會微波食物，或水煮有機蔬菜。」

卸下心防的她，臉色被酒精與歡笑染紅，臉部線條變得柔和，肢體動作更有女人味，他有種想一直看著她的念頭。潔瑪沒察覺到他的注視。

「喜歡的話，有空就做給妳吃。」

「馬立安，你眞的是賢慧的好男人。」她開玩笑的說。「誰嫁給你都會幸福。」

「我也這麼認爲。」他毫不謙虛的說。「糖糖，妳該注意營養，太瘦了。」唐杰屋子裡有姊弟兩合照，那時的她比現在豐腴，應該是壓力造成她消瘦。

「在演藝圈維持這種身材不容易哪。」她自我揶揄。「馬立安，你的廚藝都在哪兒學的？」

「四處學，再加上自己有興趣。」

「哦，是嗎？我以爲你的興趣是健身。」

「那是第二興趣。我想開間餐館，一定可以高朋滿座！」

潔瑪啞然失笑。「你哪來的自信呀？」

「廚藝好，人長得帥。」

「眞是夠了你，馬立安。」

「自信總比自卑好。」

潔瑪認同的點點頭。「社會是殘酷的，沒有自信撐不了多久。」

「但空有自信沒個屁用。」他馬上又否定自己的論點，有點悵然。「沒錢，什麼事都做不了。」

潔瑪沉默片刻後，問：「馬立安，找你來代演唐杰是一件荒謬之事，但你爲什麼答應跟我們一起淌這趟混水？」

「我沒工作，缺錢。」他坦白的說。錢是英雄膽，沒錢氣焰短。

「既然你不是爲了房子、車子，那到底是爲了什麼如此拼命？」

馬立安轉動杯子，表情平靜，默不作聲。正當潔瑪以爲他不會開口，他緩緩的說：「爲了一個女人。」

潔瑪心裡有被欺騙的感覺。「我記得你說過，你沒有女朋友。」

「我是沒有女朋友。」

她煩躁地說：「是啊是啊，沒有女朋友，但有妻子一位。」哼，文字遊戲。

「沒有妻子，沒有女朋友，沒有任何妳想像中的女性存在。」

縱然潔瑪對這個女人的身分很好奇，但高傲的心不允許自己問。

「我還以爲你道德有瑕疵，沒想到爲了她如此拼命，愛護她。」

「糖糖，妳好像認爲我不太檢點是吧？誤解大了。」

「咦，有嗎？我以爲我說的是實話。」

「能讓我愛得死心塌地的女人只有一個，在她出現之前玩玩別的女人就行。」他隨『性』的說。

「講這話，怎麼跟你的女人交待？」如果眞有這麼一個人。

「在沒找到眞命天女之前，她是我生命中最重要的女人。」

她被他弄糊塗了，看樣子又不像開玩笑，只得酸酸的說：「她很幸福，有你寵她。」心底多少有些不是滋味。

「女人是可愛的生物，值得寵。」

「一下子生物，一下子寵物，就是不會把女人當重要人物看待。」她啐道。

「獨立的女人很辛苦，裝堅強更累。糖糖，有男人當妳的靠山會輕鬆點。」

「世上最不可靠的就是男人，一出事，跑得比超音速武器還快。」她不敢苟同。

「呃，好吧，偶爾讓男人照顧不是壞事。」

她揮揮手，厭倦的說：「這話我今天聽兩次啦。」

馬立安調整坐姿。「哦，還有誰對妳說過？」

「羅伯威。」

馬立安想起那晚遇到的男人。如果羅伯威想追潔瑪，那就不該在唐杰——他，馬立安——面前表現出他高人一等的態度。他這個「弟弟」可是會不高興的。

「他現在正順風順水，能力強的男人自然會挑戰能力強的女性。」男人的想法都差不多。

「你的意思是，我對他而言只是個『挑戰』，我上鉤，他贏了？」

「妳不覺得娛樂圈沒名氣的男人只敢追等級與他差不多的女性？他們渴望的就是得不到的，太容易得到的會很快就拋棄。妳不要上他的當。」

「演藝圈從來不缺自大的男人，稍微有點成就就目高於頂，視女人如無物，真受不了你們男人。」

他舉起雙手。「別把火噴向我。」

她不耐煩的揮揮手。「你也差不多。」

「妳看過演藝圈無數男女感情問題，對感情產生懷疑、不信任是正常的。可是，瞭解我後妳會知道我不是渣男。」

馬立安生命中那位重要的女人……。

「渣不渣就留給你的女人去評論，我不予置評。」她不想談這個話題，「好了，跟我談談你的練習吧。」

「一切都很順利。」他手掌向下，平行滑過去。「我看了劇本，整齣戲硬梆梆。雖有愛情卻沒有激情，連場吻戲也沒有。沒意思。」

「現在有非份之想了，不會覺得對不起你的女人？」她故意挖苦他。

「她不介意與別的女人共享我。」

她嘖了一聲。「明明就渣男。」

他不在意地笑了笑，然後問：「吃飽了？我來洗碗。」

「我來洗，因爲你做菜。」

「好啊，以後我做菜，妳負責洗碗並把廚房整理妥當，恢復原樣。」

「OK。」

語畢，馬立安和潔瑪馬上意識到他們說了某種類似婚前協議之類的話，彼此頓了一下，互望對方一眼。

她先別開臉。「晚安，馬立安。」

「明天見，糖糖。」

潔瑪悄眼看著馬立安離去的背影，她不知道亦不想知道他生命中的女人是誰。不過，她願意承認心生羨慕。馬立安說得沒錯，強裝堅強很累，她把自己獻給了工作和唐杰，無暇顧及其它，以致於至今仍是單身一人。目前唯一稍微看得上眼的只有馬立安，偏偏他另有在乎的人。老天真愛開玩笑，她才對某個男人有點興趣，他卻已經名草有主。好吧，退一萬步想：至少她擁有他的廚藝。

往後幾天，馬立安總是煮一桌好菜給大家吃。他們從沒這麼開心、溫馨又充滿笑聲。吃飽了，開心了，面對即將到來的考驗就不顯得困難。

第三章

踏進片場，立刻響起一陣掌聲。

馬立安熟稔地向每個「認識」的人打招呼，以唐杰的方式問候每個人近況，大家覺得他恢復得比受傷前還要好。

所有演員以及工作人員圍著魯彥，聽他說明大家要注意的地方。

唐杰剩下的鏡頭不多，魯彥比以往更爲仔細地補捉角度，以免看出前後差距太大。補拍的部分僅花了七天即完成。

那一場飛車追逐戲，魯彥決定重拍，而且不用替身。潔瑪聽了嚇得花容失色。

「你不是說只剩文戲？你要他再玩命一次!?」氣極敗壞之下，她口氣不是很好。

魯彥用兩指撓撓自己的腮幫子，不在意她激動的情緒，兀自說：「再加幾個鏡頭應該會更刺激……嗯，可以轉個彎……飛過某個障礙物……。」

潔瑪急了。「魯導——」

「潔瑪，不用擔心。」馬立安阻止她的衝動。

「我怎能不擔心!?」惡夢又要重演，潔瑪無法冷靜。

「『我』不會再犯同樣的失誤。」

「意外不是你能控制的！」她失控的對馬立安咆哮。「魯導，我強烈反對！」

馬立安看見她眼中的恐懼，但他心中自有想法，於是強制拉著潔瑪到沒人聽得到他們對話的範圍之外，說：「糖糖，我沒有親自上陣就不是那個『敬業的唐杰』。」

「你本來就不是唐杰！」

「我現在是唐杰。」馬立安以一種不容回嘴的語氣說道。

潔瑪頓住，啞口無言。「可是……要不然找替身——」

「不用擔心，我鴻福齊天。」說罷，馬立安在潔瑪額頭親了一下，然後對巴比說：「你快把她帶離現場，免得我分心。」隨卽走開加入魯彥。

「走吧，潔瑪。」巴比邊說邊把她硬拉走。

「你們姐弟兩感情眞好，潔瑪。」羅伯威冷不防地出現。

「我……害怕他再次出事……。」

「唐杰補拍的鏡頭危險性不高。妳這樣盯著他，好像永遠長不大。」

「在我眼裡，他永遠是小孩。」

「妳總要放手。他會交女朋友，結婚，而妳也要爲自己的將來打算打算。」

潔瑪想起上次羅伯威在辦公室對她說的話，心裡煩不勝煩。

「唐杰沒結婚，我就不結婚。」話暗示得很清楚，這次他應該懂了。

羅伯威笑，置若罔聞。「那今晚有空嗎？我們一起去吃個飯。」

「我沒空。」

「好吧。下一次囉。」羅伯威氣定神閒的離去，似乎還沒被擊退。

潔瑪感到困擾的求救：「他最近好像對我有意思耶，怎麼辦？巴比？」

他沒反應，因爲在想別的事情。「他親妳欸，潔瑪。」

「誰？」

「馬立安啊。」

潔瑪征住，方意識到剛才馬立安親吻了她的額頭；唐杰偶爾也會這樣親她，他覺得高度剛好。

「他是以什麼身份親妳？唐杰還是馬立安？你們什麼時候開始的？」

潔瑪沒回答，低著頭快步離開。

當晚收工後，兩人返家途中無論馬立安如何引話都無法讓她開口，最後只得閉嘴，摘掉頭上假髮。回到了住處，潔瑪一進屋就反手關門，熟料馬立安的一隻手搭在門框，無法關門。這動作擺明著他非進來不可，而且有話對她說。潔瑪用行動表示她不想聽，她用力關門扉，讓他痛，知難而退。

可是，關了好幾下那隻手還在門框上。

潔瑪只得放棄，讓他進來。

她才轉身，左手立刻被馬立安攫住，下一秒整個人已在他懷中。他僅用一隻手便輕易箝制住她的腰，甩了甩右手，活動自己的手指頭。潔瑪別開臉，斜望上方，表情寫著：活該，自找的。

「糖糖，幹嘛一直生我的氣？」

潔瑪的眼睛向下瞅著環住她的那隻手，看似厭惡此舉動。「放開我再說話。」

事實上，兩人腰部以下相貼，她不敢掙扎亂動免得引起他不必要的生理反應，但又不能一直維持現狀，根本進退維谷。更要命的是，她心頭小鹿亂撞，呼吸變得急促，希望他沒發現。同時，還得忙著提醒自己：他有女朋友、他有女朋友……。

「我放開妳就跑了，講給空氣聽？」

「好，我聽你說。」她勉強同意。「現在可以放開我了。」

「不要。」

「不？」

「我覺得這樣說話挺好的。除非妳害怕。」他感覺她在顫抖。她的腰身纖細柔軟，如果可以，他想游移到別的地方，想托住她臀部去聊慰他的渴望……。

「誰怕你來著？有話快說，有屁快放。」潔瑪毫不退縮，昂頭挺胸直視他。如此一來，兩人臉孔靠得更近，彼此都可以感受到對方的氣息。有那麼一瞬間，氣氛變得完全不一樣，他們的眼睛膠著，他的眼神好深邃，眼睛在她的臉上梭巡，停在嘴唇最久。

他現在要……親吻她？

「戲拍完了，我這不就還好好的，幹嘛不跟我說話？」馬立安無奈地嘆氣，聲音不自覺地放輕，聽起來像在哄不開心的女朋友。

「以我對你粗淺的認識，不認爲你喜歡聽女人喋喋不休。」

「那妳就太不瞭解我，糖糖。我喜歡跟妳說話，而妳也必須聽我說話。」他伸出兩指按住潔瑪的嘴唇不給她說話機會。「我不是唐杰，妳不需要如此保護我。我變壯，聲音變低沉，想法不一樣，動作不一樣，在別人眼裡我的改變是因爲『浴火重生』。妳感覺不到，但我可以感覺得到——大家覺得我是新唐杰，替我高興。」

「……眞的？」

「將近兩年時間在治療、健身，大難不死後整個人外表乃至內在思維變得完全不同很正常。」

潔瑪思索他的話，表情稍微軟化。她妥協地嘆口氣。「我不氣了，現在可以放開我了吧？」

「就這樣結束太可惜了。」他沉聲說。

「無聊當有趣。放手！」她語帶生氣地用力掙開他的手。

他看著自己的手掌，柔軟沒了。「我只是希望妳關心我多過唐杰。」

「太多女人關心絕不是好事，尤其在演藝圈。」她警惕道，故意忽略他語氣中個人的希冀。

「外面的女人我自有分寸，玩玩而已，不帶感情。」

她大驚。「你不可以毀了唐杰的名聲！」

「我知道、我知道。『馬立安』可以亂來，『唐杰』不能亂來。」他不耐煩的應道。沒自由的演藝圈。「我是你旗下藝人，於公於私妳關心我也是應該的。」

「於公，我會關心你。於私，你不屬於我管。」

「我想讓妳管不行？」

潔瑪心動了一下，隨即提醒自己他最愛貧嘴。而且，他有女朋友了！

「你想當海王是你的自由，別把我拖下水。你生命中那位重要的女人或許不介意與他人分享你，但我可無意參一腳。」

「那是我的妹妹。」馬立安突如其來的說。「我生命中最重要的女人就是我妹妹。」

什麼？是妹妹？

「喔，原來是指你妹妹。」潔瑪沒察覺當下緊繃的心與不滿的情緒全釋放了，鬆一口氣。

「你們兄妹感情一定很好。」

「妳和唐杰感情不也是。」

潔瑪溫柔的笑了。接著，彷彿有股力量要她說出來，於是她開始向馬立安述說起童年往事。

「我們相差九歲。小時候常黏著我要我陪他玩，我覺得他好可愛，所以像洋娃娃似的照顧他。我出社會早，很順利。某天，我帶他到拍廣告的現場看人家作業，飲料廠商看中他，讓他試鏡，沒想到就此一炮而紅。之後的事情你都知道了。你呢？」

「我和妹妹相差十五歲，同母異父。她把她生下來之後就不見人影。社會局照顧我們，直到我可以自立更生。兩年前妹妹突感腹部痛，醫師檢查確診是罹患威爾森氏症，肝臟會漸漸硬化，若等不到肝臟移植，最終會因肝衰竭死亡。我割了一部分肝給她，但是她的情況不算很好。」

馬立安講述這件事時眼神惆悵，潔瑪覺得自己看進了他的內心。

「原來那道疤痕是這麼來的。我還以爲是哪個仇家留給你的『紀念品』。眞嚇人。」

馬立安淡然一笑。

潔瑪黯然的說：「妳妹妹的情況比唐杰好多了。」馬立安望向她，她也望向他。她想要對某人吐出心中秘密，那個人就是他。「唐杰已經是植物人……。」

馬立安倒抽一口氣，完全沒想到這麼嚴重。難怪，他總覺得她身上有一種灰色、悲傷的氛圍，這下他明白了。人會對別人產生興趣，一定是對方身上有他所沒有的東西，如果相同，感受到的不是討厭就是安心。感同身受，同病相憐。

「他受傷後就沒再醒來，一直是那樣。」

「國內外有很多昏迷很久的植物人最後淸醒了的案例，也許，過一陣子他會醒來。」

「我當初也是這樣想。可是每次探望只見他愈發消瘦，未見任何樂觀跡象。我想，等待他的最終道路，不是安樂死就是遙遙無期的甦醒之路……。」

「安樂死？」馬立安挑高雙眉，盡量維持語氣平穩，「認眞？」

「不能否認我確實曾經想過。」潔瑪不帶情緒的說。「可是，情感和法律都無法達到。國內目前沒有安樂死，我只好繼續等待一個奇跡。」眼淚不自主湧出來，她連忙轉過身拭去淚水。

「糖糖，我很抱歉之前亂說話。」

「我通常不會這麼情緒化，只是……，算了，你並不知道實情。話說回來，目前你幫我渡過難關，雖然不曉得難關是否已過，但走一步算一步。謝謝你。」

「妳幫我，我幫妳，我們倆得同舟共濟。」

「大概吧。」她苦笑道。

剎那間，馬立安明白了某事。先前對潔瑪有一些無以名狀的感覺形容不出來，現在他曉得了，初次見面她誤認他是唐杰抱住他痛哭，他是被她內心的悲傷震撼。接著他假扮唐杰，與他們像家人般相處，認識她不為人知脆弱的另一面。

他們的際遇是如此相似，都是為了弟弟與妹妹。她的哀傷與堅強何嘗不是他的寫照。他們處境相同，而且形單影隻。她太像他了。

馬立安佩服她的堅強，憐惜她的脆弱。她觸動他極少悸動的心。隨著時間相處，他對兩人之間雷同的際遇而產生的同情與某種他一直避之危恐不及的感情已超過分際了……。

不行、不行。

他目前只能照顧一個女人，妹妹。其他女人他只想玩玩，紓解壓力用，一點也不想認眞。現在首要任務是工作、賺錢。多餘的情感是不必要的。馬立安心裡這麼想，眼睛卻不由自主的往潔瑪望去。

「我知道器官移植不便宜。為了妹妹，你四處工作賺錢，看盡人情冷暖。」潔瑪理解的說。

馬立安欣慰她的善體人意。「沒有那麼悲慘。我不得不向錢低頭，可沒向命運低頭。」說得灑脫，一身傲骨。

難怪他有洞悉人性的能力，後天環境磨練出來的。潔瑪心想。

「你不想拖累另一個女人，所以遊戲人間？」

「生理需求、供與需問題，無關遊戲人間，是……好吧，是遊戲人間。」馬立安坦承道。「妹妹是我唯一的親人，她當我是父親也是兄長，我有照顧她的責任。在此情況下我無法給任何人承諾，雖然有人要幫我。」

「你是指包養吧！」潔瑪揶揄道。他聳聳肩，算是默認。「同義詞還有吃軟飯的、小白臉、狼狗、小鮮肉、牛郎、肉食男……嗯，還有什麼我沒點到？」她故作思考，實則挖苦。

「雖然身體給了別人，但我的心可謂是潔白無瑕，冰清玉潔。在沒有遇到眞命天女之前，我只會給她身體，不會給她心。」瑪立安如演舞臺劇說。

潔瑪知道他又再開玩笑，忍俊不住呵呵笑出聲。

馬立安這輩子未曾聽過如此悅耳的笑聲，爲此，他願意說任何笑話、做任何蠢事博取她一笑。他第一次興起這念頭，從前都是女人在取悅他。

「所以你眞的賣身過？」

「沒有。」他好沒氣的否認，不滿她的質疑與誤會。「這些女人往往自願施捨，卻往往要我回報感情。吃過幾次免費送上門卻要我負責的虧後就怕了。我最怕被女人纏。再說，一個屬於自己的男人是不需要用錢買，別傻了。」

「這應該不難吧，假裝一下，就當逢場作戲。」

他不屑地哼笑。「這豈不是欠人家一個天大恩惠，從此向她低頭，永遠別想抬頭？辦不到。軟飯吃多了對骨頭不好。」

「真有骨氣。衝著這句話，我對你刮目相看，馬立安。」潔瑪真誠的說。

「哦，愛上我了？」

她神秘的笑而不答。「所以你真的從來沒有主動追過女人？」她好奇的問。

「根本不需要。」馬立安揚高一邊嘴角，相當自信於自己的魅力。他意味深長的看著潔瑪，「也許我可以從現在開始嘗試。」

他們互相對望，倆人之間的空氣流淌著開玩笑以及某種氛圍，是一股強烈的互相吸引的、無以名狀的事物。

是她想像的那種？潔瑪心想。

他心底蠢蠢欲動的感覺是心動？馬立安猜想。

潔瑪若無其事的說：「算了，忘記我剛才說的話。」

馬立安莞爾一笑，似乎有點明白她何以吸引他。在她身邊他感到前所未有的平靜、安定，但目前最好還是維持現狀比較好。兩人只是工作夥伴，結束拍攝可能永不再相見，他不想破壞這份難得的和諧與溫馨。

「吃宵夜？」馬立安問。打開冰箱看，白飯、蛋、起司。貧瘠的冰箱。

「嗯，好啊。要等很久嗎？我想先洗澡。」

「去吧，糖糖，洗好再來吃。」

潔瑪已經習慣馬立安叫她的小名，習慣他在她的屋子裡走來走去、料理食物。他在這裡的時間比唐杰還多。

他看起來很隨便，可是寧願出賣勞力也不出賣肉體，雖然不曉得他說的是不是眞的。她好像有點信服了他。

什麼樣的女性能讓他定下心？器官移植應該非常貴吧？他有自己的重擔要背負，爲了籌錢，他應該忙得沒空交「以結婚爲前題」的女朋友，所以只上床，不談未來。一夜情，過夜即翻頁。

男人與女人，金錢與交易。

錢不是萬能，沒錢萬萬不能。若不能，再加錢。

有錢有陽光，沒錢心慌慌。

潔瑪洗完澡出來，聞到食物香味，肚子咕嚕咕嚕叫。馬立安已經快吃完，他漫不經心地瞥了一眼潔瑪，舉到一半的湯匙突然就此打住，約七、八秒後他才回神，匆忙將湯匙送進嘴裡，差點給飯粒嗆到。

「咳、咳咳！呃……今天食材不多，妳將就點吃。我回去了，晚安。」他匆匆吃光炒飯，然後含糊不清地道別，像被什麼追趕。

潔瑪錯愕。「喔，好，晚安。」見他緊抿嘴唇，繃著臉離去，關心地問：「馬立安，你沒事吧？」

他沒回應，朝後方隨意揮手。

馬立安回到自己的屋子關上門，靠在門扉上一臉嚴肅。

他不是沒見過女人甫出浴的模樣，但她的素顏乾淨而清新，半濕的頭髮柔順地梳向腦後，看起來潔白透徹，竟激起他見義勇為——天啊，嚇死他了——的英雄感，想保護她；身著上班族套裝的她與卸下武裝的她實在大相徑庭。她沐浴後的香味令人想入非非，欲貼近聞上一聞，把自己埋進她頭髮裡，甚至身體內……，簡直引誘犯罪。她怎會有這麼多面相？一會兒女強人，一會兒像脆弱小花，根本故意擾亂他的判斷。人造美女何其多，卸妝後能看的何其少，有內涵的更少。潔瑪上班妝或素顏均有不同風情與氣質。

馬立安心情複雜，抹一把臉，把手停在嘴巴摀住。這分明就是戀愛的感覺！潔瑪引起他的注意了？她像條美人魚尾巴輕輕一掃，沉澱的海沙便揚了起來，隨著她的流線，他跟著浮起，緊追其後。

對馬立安而言，這可是破天荒，頭一遭。沒有女人能夠激起他心中的波瀾，遇到一名可以燃起他愛情火燄的女性更是難上加難。女人在他心目中的份量只有半個小時之重，端看當時的「能力」。他才不在乎女人心情感受。

可是，在她的屋子裡他感覺很溫暖、安心、幸福。他想保護她。

馬立安甩甩頭。不，搞錯的是他，誤將同病相憐轉化成另一種情感——現在或未來他都負擔不起的那種。

如果他是在別的地方遇見潔瑪，他會知道自己該做什麼、說什麼，但現在以唐杰的身份與她相處，她再特別也不能出手。

然而，馬立安愈是抗拒，他的腦袋愈是浮現不該有的遐想與綺念。他很清楚套裝下的身材玲瓏有致。

不行，他不能對「姊姊」有非分之想。下流、齷齪，比禽獸還不如。

所以呢？他該怎麼辦？

馬立安走進浴室，未脫衣褲，直接扭開水龍頭，任由冷水淋遍全身……。

＊＊＊＊＊＊＊＊＊

叮咚、叮咚、叮咚！

大門的電鈴聲響起，馬立安沒聽見。

叩、叩、叩！有人敲房間門，他依舊沉睡。他醒來（正確來說，是驚醒）完全是被突如其來的冷意與尖叫聲給嚇醒的。

「啊！」

「吭……，發生什麼事？」

「你裸睡！馬立安。」

馬立安驚魂未定，睡眼惺忪的朝潔瑪方位望去。

「妳來囉，早安。」他下床找衣服穿，但衣服很多天沒洗，現在只有「國王的新衣」。

見潔瑪故作鎮定的拉開窗簾，擺正椅子，把雜七雜八的桌上物品排放整齊，就是不敢往他這兒看，他忍不住發出低沉的笑聲，「已經看過兩次了還會害羞？」

天啊，她看到他的屁股！

「是噁心，害人長針眼。」潔瑪試著保持語調平穩。她以爲馬立安至少會穿條內褲，所以才一股作氣掀開被子，豈料他整個人光溜溜。

現在，一絲不掛不說，還大剌剌的房間內走來走去。

「用過我的女人不會這樣說。」

「關我什麼事。快點穿上衣服。」

「在古代，被看到身體是要許配給那個人的。」

潔瑪背對著他，隨著他聲音的靠近，她遠離他。「你可不可以穿上衣服再說話？討厭。」

馬立安被罵得好爽。他喜歡她帶著怒氣的嬌嗔聲。

「我以爲裸裎相見可以加速彼此的認識。」他邪笑著說。

「是厭惡。你這個暴露狂。」避免讓他笑話，潔瑪要強地留在房間內，不准自己奪門而出。

他撓撓耳朵。「我沒衣服了。」索性把被子圍在腰部。

潔瑪驚見一堆穿過的衣服被棄置於浴室架上。「邋遢死了，都沒洗衣服？這裡有洗衣機耶！」

「我可以穿唐杰的衣服嗎？」

「自己去拿。」她趕快拾起那堆已經發酸、發臭的衣服。

這麼害羞啊！真有趣的反應。

馬立安從衣櫥裡挑了一套粉紅色襯衫搭配灰色西裝褲。他照照鏡子，嗯，效果不錯，挺適合他。

「早餐在我那兒。一小時後衣服會洗好，要自己晾。」她頭也不回的說，快步走出去。

「我已經穿好衣服囉。」他促狹地喊，回應他的是關門聲。

馬立安神清氣爽的出現在潔瑪的屋子。她臉上掛著羞赧且不自在的表情，匆匆瞟了他一眼隨即轉開，確定他穿上了衣服才敢正眼看他。

「怎樣，好看嗎？」他注意到她的眼神有別於以往，「有被我吸引到？」

她覺得他今天比之前的每一天都要好看。這一套衣服唐杰很少穿，馬立安足夠膽量穿上它，多了陽剛味、魅力十足。另一個主因是他展現的態度，比以前更有自信。

在馬立安沾沾自喜，快要樂翻天之前，她說：「佛要金裝，人要衣裝。這話一點都沒錯。」

「待會兒記得把這裡地板掃一掃。」

她納悶的問：「掃什麼？」

「我的自尊。」馬立安喜歡與她逗嘴。

「乾脆連同其它你不要的順便掃一掃。」

「什麼不要？」

「不要臉。」

馬立安的嘴角忍不住上揚起來。他雖然住在對面，但喜歡到她這兒過生活。這裡像個家。

家？

這個字跳進腦海時，馬立安經歷今晨第二嚇。

年幼的時候他渴望一個完整的家。逐年長大，社會大學教他看遍各樣人性，殘酷的現實，一遍又一遍摧毀他的夢想。就算在不同的女人身上也找不到他要的溫暖，心靈深處的空虛再多女人也塡補不滿，他只是個徒有外表拼命工作的機器人，漸漸不再去想「家」這件事。

欲構築在地上的天堂，感覺連做個夢都是奢望。

潔瑪眞神奇，居然在短短幾天時間讓他有成家立業的衝動。也許昨晚冷水淋得不夠徹底。

是潔瑪需要我，還是我需要潔瑪？馬立安自問。他很淸楚現在這一切都是暫借。

可是，他打算在歸還之前盡情體驗這難得的經驗。

這小小心願不算過份吧？

馬立安拿起油條燒餅準備吃時手機鈴聲響起。一組陌生的號碼。

「喂？」

「馬立安。」

「喔，是妳啊。」

沒說名字，肯定是女的。潔瑪啜口咖啡，試著表現出毫不在乎的樣子。

馬立安相信她正豎起耳朵聽，於是臨時改變主意，繼續跟甜甜扯一些有的沒的，觀察她的反應。他將手機擺在桌上，開啟擴音。

「我到你的住處和工作處都找不到你，手機也不接，要不是我向朋友借手機，你肯定不會接這通電話。怎麼了，你發生什麼事？最重要的是，你爲何離職？」甜甜連珠炮地抱怨。發生什麼事？半個月失去三個工作，妳爸教唆人揍我。要不，是我運氣太差，要不，妳是瘟神，得離妳遠一點。

不過，塞翁失馬，焉知非福。

「我很好，換了新工作，現在住在老闆家。」

潔瑪知道馬立安故意的，所以不理會他無聊的舉動。

「我可以知道你在哪兒工作、住哪兒嗎？」

「我的老闆不喜歡我帶外人來。」

「那我們約在外面見面？」

「約在外面見的點子不錯。」他說。

甜甜喜出望外。「你希望在什麼地方？」

潔瑪「不小心」重重放下咖啡杯。

「等我有空再打給妳。」他盡可能把語調放溫柔。

「希望你不會晃點我。別忘了你還欠我一份人情。」

「我明天匯錢還給妳。」差點忘了這件事。

「錢好還，人情債難償。」

「我不會忘記妳的恩情，甜甜。」他笑笑的說，故意親膩地喊出她的名字。

「嗯……，我覺得你好像跟以前不太一樣。」

他大口咬下燒餅，口齒不清的說：「哦，有嗎？也許我迫不及待見到妳。」瞥了潔瑪一眼，她正襟危坐的吃著早餐，專注於滑手機。眞的不爲所動？

甜甜既驚又喜。「哇喔，你眞的不一樣了！老實說，最近遇到什麼好事？」

過著截然不同的生活、有個寬敞舒適的家以及美麗的女老闆。人生三妙，莫過於此。

「事實上，我被別人包養了。」潔瑪看到馬立安黑眸閃動頑皮的光采，狠狠瞪他一記白眼。

「什麼？」甜甜拔聲尖叫，氣極敗壞的問：「是誰？我要撕爛她！」

「她是我的財神爺，而妳是我的最愛。」

甜甜以爲自己耳朵聽錯。「你再說一遍！馬立安。」

「有空再與妳聯絡。」語畢，手機關機。

好半晌後，潔瑪看似平靜的問：「你……，被我包養？」

馬立安雙手向外一攤，擺出遼闊的姿態。「有吃、有住、有工作，這不是包養什麼才是包養。」

潔瑪慢條斯理的開口：「你現在不能跟任何女人見面。」

「拜託，我是正常的男人，有正常需求。」他露出促狹的表情，期待她的反應。

潔瑪沉悶的吸氣，瞪著他，紅著臉要求：「你就不能忍一忍？」

「我不能每次都像昨晚那樣淋冷水，有礙身體健康呀。」馬立安不小心說溜了嘴。

潔瑪沒聽出其中隱喻，因為他像條蛇緊盯著她，宛如正在評估要放過她或吃掉她。她暗自覺得比較像後者。

那你想如何？潔瑪用眼神質問他，依舊臉紅、堅定的瞪視他。

不想認輸，就要表現出比對方強悍的模樣，就算是虛張聲勢。她心想。

他抿嘴微笑，氣定神閒的直視著她。

他想要她？她讀出的訊息是如此，可是不確定。他不能這樣呀，她是他的姊姊！雖然只是掩飾身份，但這是不行的。潔瑪心慌意亂，無法正常思考。於是，繼續低頭啜飲咖啡。

也許他亂放電，誤導她自作多情。一定是的！他又在開她玩笑，故意逗她。

噢！這可惡的男人。非得這樣才開心？她不是沒人追求過，但都在察覺出對方意圖前便先唉聲歎道：「我忙得不得了，根本沒時間談戀愛」。多年下來，就算有人不死心也就「只可遠觀不可褻玩焉」，無人能打動她的心。

唯獨馬立安。

對外，他是她的弟弟。私下，她很明白他是一個魅力四射的男人，比圈內任何一位男藝人都吸睛。偏偏他時常一副不正經的樣子，一下子說自己有生命中最重要的女人（其實就是他妹妹），剛才又說那個叫甜甜的女人是他的最愛。這會兒他用曖昧的眼神勾引她，搞不清楚他眞正用意。

她討厭自己三番兩次被他謎之行為舉止給影響，她應該冷靜自持。他似乎能看透她，可若將之解讀他對她有意思，那未免太武斷——儘管她曾因他的摟抱意亂情迷，儘管她曾因他的眼神心動。

她幾乎已經要忘記害羞的感覺。才短短不到一個月的時間，他輕易激起她少有的情懷，她幾乎不認識自己。

這全要怪他。潔瑪指責般的瞥向馬立安。

潔瑪有如十六、七歲思春少女，不知該如何正確處理自己的心情，另一方面覺得愧疚……。

馬立安會在這裡全是因為唐杰躺在醫院，而她只顧想著兒女私情

順著妳的感覺走，潔瑪。

她困惑地左顧右盼，肯定此聲音不是來自馬立安；他正一昧的點頭微笑，定定注視她，似乎對她被他的話語擾得臉紅耳熱感到得意。

他會恪守「弟弟」的角色，為她演好唐杰。

只有他「東想西想」，她對他可有感覺？身為她的「弟弟」他不能讓由私情發展下去，更不能對「姊姊」上下其手，努力控制自己別妄動，但他不想就此作罷。她必須同樣也被吸引，否則不公平。

「就算沒有性愛，我也需要愛情的滋潤，調劑我那乾涸的靈魂，糖糖。」

「從沒愛過人的你，懂愛情？」

「妳可以教我。」他假裝記憶回來，「喔，對了，我忘記妳沒有經驗。我想，我們可以互相學習。」

「就算要學習，我會找別人，不會找『我的弟弟』。」她加重語氣的強調。

「我拭目以待哪個男人得到妳的關注。」

「我會的！」她咬牙切齒的說。

他嘲弄的笑說：「我不認為妳會倒追男人，糖糖。」

他又知道了，哼！「嗯，或許我該重新考慮羅伯威。」潔瑪故意說，很高興看到他嘴角的笑垮下來。「好了，回歸正事。戲這幾天應該就會拍完，之後你就自由了。還有，吃飽後記得去晾衣服。」她面無表情的說。說完後，強迫自己對他視而不見，在心裡狠狠戳破那些粉紅小泡泡。

至於那個不知從哪兒來的建議聲，她已忘得一乾二淨。

馬立安收起笑容，往椅背一靠，重新開啟手機。兩人悶聲不響的各自默默進食。

＊　＊　＊　＊　＊　＊　＊

往後幾天，潔瑪載馬立安到片廠後就由巴比代替她照看馬立安，她回公司處理公事。等收工，巴比會打手機給她，她再載馬立安回住處。馬立安沒有再煮任何餐點，全部叫外賣，早餐也是邊吃邊滑手機，與她沒有互動。

他在和誰聯絡？那位叫甜甜的網紅嗎？

他怎麼不再像以前那樣耍嘴皮子？潔瑪心理悵然若失。

她藉故到他的屋子看看他有沒有洗衣服。他的腳抵住正在運轉中的洗衣機邊緣，就地取材做伏地挺身。想必他已經做一段時間，汗水濕透頭髮與背部，他的額頭、人中在流汗，汗水流下他的臉頰滴落在地上，展現出男人肌肉的力與美，粗曠的瀟灑魅力，她看得臉紅心跳。

馬立安見她來，瞥了一眼，不爲所動。

「你在做運動啊？」馬立安沒有任何回應。潔瑪自尊心受創，旋卽離開他的屋子。一賭氣，全透過巴比交代事情。回到大樓住處，兩人各自回自己的屋子，氣氛直接降到冰點。

＊　＊　＊　＊　＊　＊　＊　＊　＊

「加戲？加什麼戲？魯導。」原定今天拍攝完畢，沒想到他又不按牌理出牌，臨時出這招。

「床戲。」

「我記得劇本沒有這一段啊！」

「許多警匪片太過陽剛，我希望多點柔情，吸引女性觀眾收看。唐杰練過身體，體格很棒，拍起來一定很有看頭。」接著他兀自拿起擴音器，對眾人喊道：「大家準備了！多餘的人離開。」

魯彥只是告訴潔瑪，沒徵詢她的意見，她沒有置喙餘地。多數人員不明所以，唯獨女主角，她看起來事前知情。

魯彥對馬立安說：「把你的上衣脫掉。」

他毫不遲疑將衣服脫了。赤裸的胸膛在腹部處有道明顯的疤痕，觸目驚心，眾人一陣驚呼。

羅伯威見狀，眼中顯露出複雜的神色。

「這是車禍後的手術疤痕，希望不會影響畫面。」馬立安簡單的化解了腹部疤痕的由來。

「魯導？」

魯彥從若有所思的狀況回神。「喔，我不會拍到腹部。」

「哇喔！唐杰，你有核心肌群耶！」

「太猛了！怎麼練的？」

「你簡直是會行走的牛排！看這胸肌和腹肌……嘖嘖嘖。」

「魯導，這體態不拍不行！一定要拍！賣點！」

馬立安再次成功的轉移眾人焦點，大家對他性感的六塊肌大過疤痕。

女主角看馬立安的眼神已然熾熱且躍躍欲試，毫不掩飾興奮之情。潔瑪對她感到不屑。

「唐杰，沒想到車禍之後你整個人真的脫胎換骨。很好、很好！」魯彥拍拍他的臂膀兩側，讚譽有加。

羅伯威再也無法隱藏眼中妒嫉之色。他也練了一陣子健身，但相形比較之下，唐杰精壯且帥氣，很有男人味。

魯彥對大家宣佈，說：「大家提起精神，積極點，這部戲今天將會殺青。晚上我請大家喝酒！誰都不准不來，要喝飽、喝滿、喝到吐！」

眾人歡天喜地，一陣鼓掌叫好。

魯彥僅留男女主角及相關人員在現場，其餘人等離開。潔瑪是少數可以待在現場的人，但看到馬立安赤裸著上半身與女主角對戲，有說有笑，終究忍不住轉身離開。

何必在乎呢，不過是一齣戲罷了。

「潔瑪，怎麼一個人在這兒？」羅伯威跟過來。

「外面空氣比較好。」潔瑪搪塞道。

「怎麼，還放不開唐杰？」

「戲快拍完了。」

「妳總算可以放鬆了。」

「還沒有。公司淘汰了幾個新人，得再重新找人。」潔瑪深知羅伯威找她談話的企圖爲何，他一點都不打算退縮。

「這些事交給底下的人做就行，何必事必躬親。」

「我習慣親自掌握狀況。」

「唐杰上次做了直播後，各大媒體熱烈報導他復原消息，但到目前爲止他還沒有開記者會。」

「大家知道他沒事就沒有開記者會的必要。」

「嗯。要吸引記者注意的只有裸體與屍體。唉，我老是覺得媒體太嗜血、太沒人性。先前追唐杰的新聞追得跟狗似的，現在又轉向蘿拉。」

「她怎麼了？她和狄倫的感情不是穩定發展中嗎？」潔瑪問。因爲馬立安的關係，她很久沒有留意演藝圈的動靜；蘿拉屬於另一家經紀公司的藝人，她有外在美亦有內在涵養，以美貌征服男人的視線，以氣質折服女人的妒羨，經常無償參與慈善公益，偶爾演電影，票房甚佳。潔瑪對她的評價很高。

「狄倫另有所愛，蘿拉決定退出演藝圈。」

「他們是金童玉女之配，先前被拍到他們倆人在海灘的親吻照，種種跡象都顯示他們很有可能結婚。世事眞是難預料……。」潔瑪感慨。這就是她對感情不信任的因素之一，演藝圈似乎除了好作品，沒有其它事物是長久的。婚姻、戀情、名聲、健康、財富……。唉，她最近有點多愁善感。

「我沒想到唐杰腹部有那麼一道大疤，以爲他的傷勢在頭部。」

「還有看不到的內傷嘛，有驚無險。」她謹愼的回答。

「今晚妳會來參加慶功宴吧？」

「會啊。」

「那我們晚上見。」

羅伯威離開後，潔瑪鬆了一口氣。她瞟向他離去的背影，腦海陡然升起一種截然不同的念頭：幾天之前她信誓旦旦對馬立安說她會找個人談戀愛，羅伯威不就是個現成的人選。

其實，她大可不必理會馬立安的話語。可是，他先逗弄她，再把她推開，像似引誘她卻又冷落她。她不清楚他眞正的用意，一遍又一遍猜測，沒有辦法分辨，而她就這樣被他給耍得團團轉。這種患得患失的心情誰能體會？她很久沒體會到異性相吸的衝動就給了這樣的人？潔瑪懊惱得紅了眼框。

到底他哪點吸引她？簡直教人氣憤。

她要反擊！她要利用羅伯威刺激馬立安。

不管他喜歡她與否，不管他即將離去與否。

她要讓馬立安心裡一樣不好受。

第四章

魯彥最有名的兩件事：拍戲、辦派對。

哪種人會買兩百坪大的房子，把客廳裝潢成明亮、新穎、現代、充滿銳利的線條，閃亮的表面，客廳中央被一個彩色吧檯佔據，宛如夜店，自己卻僅使用六坪大的房間當臥室、冥想地？

他曾私下對潔瑪透露最喜歡派對的歡樂與眞實；酒精催化下大家身心解放，女人，原形畢露，放浪形骸。男人，醜態盡出，喝酒喝到吐……，這可以激發他靈感。當時她聽了只是點頭附和，不表示任何意見，不然還能怎樣？有才華的人脾氣古怪，想法獨特，無厘頭的行爲沒人能理解，哪怕有些想法驚世駭俗。所以當他的家人心臟要夠強，不然就搬去加拿大住。

爲了給自己一點緩衝，潔瑪晚一小時到。

走進魯彥那寬敞的客廳，她立即看到馬立安在和女主角講話。見她出現，馬立安的視線停留在她身上好幾秒。她發誓，自己的出現吸引到他的注意；她放下髮髻，髮尾捲成大卷，刻意化了亮眼的彩粧，換掉平日一絲不苟的套裝，穿上V領洋裝，小露性感，讓人眼睛爲之一亮，差點認不出來。

潔瑪見初步目的已達成，便對他視而不見，大方接受其他人的讚美，肯定自己確實很美麗。她輕鬆的談笑，和幾位朋友閒聊，舉手投足間顯現十足女人味。羅伯威很快就端著兩杯雞尾酒過來，她笑著對他說謝謝。

他上上下下的打量她，「潔瑪……哇喔，妳美得讓我無法直視，我擔心以後會有更多競爭者。」

「過獎了，羅伯威。」

「妳故意藏起妳的美，不欲人知，今天大放異彩。」

「唐杰已經痊癒，就如你所說，我該放手，為自己將來打算。」

他挑起眉毛，咧嘴而笑。「妳的禁愛令終於解除，我可以排第一順位嗎？」

羅伯威也會咧嘴而笑，但馬立安比較性感、迷人。

夠了！潔瑪心中斥喝自己。

別忘了今晚另一個目的，勾引羅伯威。

「目前看來你是第一個。」明知這樣做是不對的，但她偏要。

羅伯威受到激勵，立即開口邀約：「那麼何時賞光一起吃飯、喝咖啡？」

「我得看一下行事曆。」

「希望儘快。」他急迫的說。

兩個目的都成功了嗎？她覺得只成功一半，因為馬立安還在與女主角交頭接耳，不曉得他說了什麼，她笑得花枝亂顫。看得出來她誇張的表現是為了討好他。

潔瑪仰頭喝光雞尾酒，羅伯威隨即給她一杯更強烈的，再一口飲盡。

馬立安不敢明目張膽的直盯著「姊姊」看，別人會覺得奇怪。然而，她好漂亮，他沒辦法控制自己的眼睛不往她那兒看。她這身裝扮打算迷誰？羅伯威？她眞的要找羅伯威？笨蛋，難道她看不出來羅伯威只是想征服她而不是愛她？她一直喝酒，等一下醉了怎麼辦？可惡的羅伯威一直灌她酒。

「唐杰，你怎麼了？臉色好嚴肅。」女主角關心的問。

「我在想事情。」其實是想扁人。

「希望你不是想別的女人，否則對我太不公平了。」

「現在我眼中只有妳。」其實視若無睹。

女主角喜出望外，她搧著過長的眼睫毛問：「欸，這裡結束後你要不要到別的地方續杯？」醉翁之意不在酒，她只差沒說出口：我們上床吧！

要接受嗎？馬立安評估著。要是在以前，這種自動送上門的女人很好用，但現在在演藝圈，不小心的話處處是地雷。況且，他還得照顧「姊姊」，再喝下去恐怕不妙。

馬立安終於忍不住起身前去阻止潔瑪愚蠢的行爲。

「哇喔，是ADIOS，喝一杯就拜拜了！羅伯威，你對我姊居心不良是吧？給她這麼烈的酒。」他替她一飲而盡。

羅伯威尷尬的笑。「我隨手拿的，根本不知道是什麼。」

「她的能力只能喝果汁汽水或牛奶，別給她太刺激的。」他故意對羅伯威眨了一下眼睛。

「我不是小孩子，我可以喝烈酒。」

「我很清楚妳不是小孩子。」馬立安意有所指的說。「妳真的喝多了。」

「剛暖身而已，好戲正要上場。今晚我要大喝特喝。」

「妳沒吃多少東西就狂喝酒，要不很快醉，要不很快吐。」

「要你管，『弟弟』！」

「妳是我唯一的姊姊，不管妳管誰。好了，別喝了。」他搶走她另一杯酒。

潔瑪惱火的使盡全力橫肘一拐，馬立安反應很快的閃過。攻擊落空沒打著，她更生氣，索性掄起拳頭直接給他一拳。她打中他左胸，像打在堅實的牆壁，反倒自己扭傷手腕。

「唔⋯⋯，好痛。」

馬立安狀似無奈的朝羅伯威聳了聳肩，挖苦道：「喝了酒的女人力量眞是不容小覷。」

潔瑪氣噗噗的揉著手腕，別開臉不理他。

「她壓力大嘛，偶爾放縱自己不爲過。」

「你在替她講話。想追我姊？」

潔瑪心一驚。他在幹嘛？

羅伯威不承認也不否認。「只要她願意敞開心房，馬上有一大堆人來搶。」

「你不講我還以爲是指商品特賣會，最後剩下的、賣不出去的趕快出清換現金。」

她在他眼中如此不值？追求她的人不乏優秀者，要不是她以唐杰爲重，加上對上門追求愛情的男人沒有什麼特殊感覺與悸動，她才不至於被他奚落，成爲他口中的「賤賣品」。

潔瑪吃不消這種侮辱閉上眼睛，自尊心被他無情的話啃嚙。手痛，心也痛⋯⋯。

羅伯威趕緊爲她解圍，「要不是爲了你，她早就定下來。不過，她剛才答應我，約改天一起吃飯。」他得意的說。

潔瑪面向羅伯威燦笑如花。「我儘快爲你騰出時間。」

馬立安聽了，手按到她的肩上，不曉得是不讓她逃走抑或生氣的加重力道。

「眞的嗎？姊姊，你爲了我終身不嫁？」

「以前是。現在你長大了，我該放手了。」她好不嫌惡的用兩指捏起他手背的皮，要他別再按著她的肩，但他不爲所動。她恨不得狠狠咬他一口，讓他嘗嘗痛的滋味。他到底有沒有神經？都不痛嗎？

「羅伯威，你有姊姊嗎？我猜是沒有。我喜歡有姊姊照顧的感覺。」馬立安忽然轉爲攬住潔瑪的肩膀，一副宣告主權的姿態，不讓別人搶走她。潔瑪因他的舉動全身僵硬。

羅伯威忍不住低呼。「拜託，兄弟。我不曉得你有戀姊情結。」

「世上只有姊姊好，有姊的弟弟像個寶。」馬立安說完，突如其來地朝她臉頰用力親下去。

「啊！」潔瑪大叫，嚇一跳。「你幹嘛？」然後推開他，羞紅著臉，不敢看他。

可惡！不是才說她不值錢，現在親吻她是幾個意思？

羅伯威臉上掛著笑卻滿腹狐疑，不懂這對姊弟在幹嘛？唐杰以前沒這麼黏潔瑪。雖然他有姊姊庇蔭但獨立自主，不像復出後的他，姊弟兩形影不離不說，還有一種難以形容的感覺。眞要說，他會用「打情罵俏」來形容。

羅伯威頗爲納悶。

「你們姊弟兩又在吵吵鬧鬧。幾歲了，還這麼愛玩。」魯彥硬擠進馬立安和潔瑪中間，分開兩人。他抬起下巴對朝羅伯威努了努，後者舉起酒杯後便離開。「唐杰，戲拍完了，你以後有什麼打算啊？」

他面無表情，直接了當地說：「退出演藝圈。」

魯彥一臉笑嘻嘻。「是喲？太可惜了，我挺欣賞你，下一部戲想找你繼續合作。」

「那就不叫退出演藝圈。」

「呵呵呵，你可以考慮幾天後再答覆我。」他拍拍馬立安的肩膀，半推著要他離開。

馬立安看著魯彥詭異的笑容，再瞥向潔瑪的後腦勺，最後不情願的離開。

「他眞的很優秀。」

「是啊，優秀得不得了。」潔瑪隨口附和。

「妳在哪兒找到他的？」

「你說什麼？」

魯彥的嘴角大大咧開，靠近她，在其臉頰旁附耳。如耳語般的音量在潔瑪聽來卻如雷貫耳。她頓時瞪大眼睛，驚恐的往後一仰，差點跌下椅子。魯彥則一臉惡作劇成功了的調皮模樣。

「你、你……在說什麼？我我……我不懂！他……他……他當然是唐杰！他怎麼不是唐杰？」她的舌頭打了好幾個結。

說。

「潔瑪、潔瑪，妳騙得了別人騙不了我。這個唐杰並不是眞正的唐杰。」魯彥眼神狡黠的說。

潔瑪花容失色，酒醒一大半。她的手在發抖，故作鎭定的拿起一杯藍色的酒，大口飲盡。她應該趕快回答些什麼，但現在一個字也吐不出來，眼睛心虛地四面八方亂轉動。

「第一次見到他，我眞的被矇騙了，以爲他就是唐杰，乍看之下還眞像。」

「他本來就是唐杰啊，一直是啊！」她盡可能表現出想當然耳的語氣。

「不要污辱我的目光。快點老實說吧，他是誰？」

潔瑪語氣僵硬的問：「他哪裡露出破綻？」

魯彥安撫她，道：「喔，沒事，他很好。模仿唐杰的穿衣風格、說話方式，就連走路姿勢也很接近。他是個有膽識反應又快的好演員，縱然有些小地方不一樣，總能自圓其說、順理成章地掩飾過去。我會發現破綻，除了他那健身過如雕塑般的身材外，另外一個是妳太大意了。」

「我大意？」

「妳忘了？」他提醒似的用食指敲敲她的額頭，「唐杰不能喝酒。」

潔瑪恍然大悟！她垂頭喪氣的趴伏於吧檯上，好久不敢抬起頭。

她眞的忘了唐杰喝酒會全身起疹子，奇癢無比，連燒酒雞都碰不得。

當完鴕鳥後，潔瑪深吸一口氣，鼓勇的問：「那現在呢？你想怎麼做？」既然已經拆穿了，她反而恢復冷靜，無所畏懼。

「繼續與他合作啊！這還用問。」魯彥一副理所當然的樣子。

潔瑪皺眉。「你……不在意？我是說，他不是眞的唐杰，而你還要繼續找他拍戲？」

「呵呵呵，怎麼，不行嗎？還是要重新和『他』簽合約？」

「他剛才說了，他要退出演藝圈。而且我們當初講好，他只代替到拍完這部戲爲止。」

魯彥撇撇嘴角，聳聳肩。「去說服他嘛。說以後我會罩著他，要他別擔心。」

潔瑪無意識的轉動手中的空酒杯。「……我不知道該怎麼做……？」

「男人都有弱點，金錢、女人。」他瞇著眼睛覷望馬立安。「像他那種男人不曉得是哪一點？」

「你自己去問他。」

「妳要我色誘他!?」魯彥不正經地喊。

「你可以威脅他或其它手段，隨便你。」她帶氣地說。

魯彥撓撓頭，傷腦筋的說：「威脅他應該不會屈服。再說色誘，妳去絕對會成功。」

「你又在胡說八道。我是他的姊姊。」這句話好煩哪。

「算了，隨妳吧，反正這事不急。來，現在我們到安靜的地方聊聊。」他摟著她的肩膀，

「告訴我，唐杰在哪裡。」

那個色老頭在幹嘛？幹嘛搭潔瑪的肩？就他們兩個坐「橘區」，在談什麼？難道她想找怪老頭當戀人？他都可以當她爸爸，還有妻小在加拿大。可是，如果他權勢欺人，要暗著來也不

是不可以。看他那副色樣，兩人坐得那麼近，想必垂涎她已久。

馬立安既嫌惡且惴惴不安的想，表情冷凜如冰塊。

他不喜歡現在的心情。潔瑪不是他的女朋友，卻牽動了他的情緒。應該是她爲他神魂顛倒，怎麼變成他被她牽著走？

顯而易見，她精心打扮是故意要吸起他的注意力，他承認她做得非常成功。他也展現自己的魅力，但女主角實在乏味，就一個庸脂俗粉，玩玩倒是可以，偏偏假扮唐杰的他必須中規中矩，任何壞壞的事都不能做。

他知道自己沒資格介入潔瑪的私事，但就是看不慣她現在的行爲，要喝酒可以跟他說一聲，做幾樣小菜，他們在家愛喝多少就喝多少，不會被別的男人侵犯，他會保護她，會……「愛」她。

馬立安的褲襠突然變得緊緊的，他不自在的變換坐姿。

她的表情那麼難看，應該開始醉酒了。喝那麼多酒，多危險，要是被男人佔便宜他可不管。

你非管不可！一個聲音突如其來強行竄入腦海。

馬立安一怔，望向女主角。「妳說什麼？」

「我問你等一下要不要續攤？」她意味深長的說：「去哪兒都行。」

不是她。那男性聲音氣極敗壞得像在斥責他。

嗯，這裡這麼吵，有可能聽錯了。馬立安沒放在心上。視線不由自主又轉向潔瑪。

今晚有他在，誰也無法動她。

「唐杰，兄弟。」羅伯威又來了。馬立安抿唇而笑，保持沉默，討厭他裝熟，討厭他稱兄道弟，討厭他對潔瑪獻殷勤，討厭他拿烈酒餵潔瑪，討厭他出現在他視野內，討厭那張嘴臉。

「戲殺青了，下一步有甚麼打算？」

「退隱江湖吧。」

他們以爲他在說冷笑話。「眞幽默。你不是一直嚷道想拿個獎嗎？沒到手之前退哪門子江湖？」

「再看看吧。能不能得獎不是我說了算。」

「你不演，不就更沒機會？」女主角提醒他。

「可以把機會讓給別人。」馬立安百般無聊的拂一拂褲子。

「讓給我好了。」羅伯威趁勢開玩笑。馬立安想起他就是趁唐杰昏迷期間博得關注的。

「好啊，你有本事就把它拿下。」賭他沒本事。

「我欠缺機會。」

「機會是自己創造的。」

這種硬性談話眞無趣，女主角趕緊換話題：「欸，你們兩個等一下要去哪裡？」滿腦子想著如何消耗今晚最後時光。如果能在某人床上更好，例如唐杰。

「我今晚就這一攤。唐杰，你呢？」

「我累了，想早點回去。」他意興闌珊的說。

「你變得好宅喔，以前都不會這樣。就算你不能喝酒，也是會跟我們一起出去唱歌、吃飯。」女主角嬌聲埋怨道，難忘今天的床戲。雖然僅是作作樣子，此時此刻依舊怦然心動。

「對呀，唐杰，我記得你以前對酒精過敏，怎麼現在可以喝了？」羅伯威好奇的問。

「我不知道怎麼回事，也許體質改變了。車禍之後，好多事都變得和以前不一樣。保險起見，我還是少喝一點好。」馬立安淡淡的解釋，心裡想著要痛罵巴比和佩姬，這麼重要的事竟沒告訴他。

「太好了，以後可以找你喝酒了。不對，現在已經在喝了！呀呼！」

馬立安有節制地啜飲。他還得盯著某人哪。

「你從剛才就一直注意潔瑪，好像很擔心她啊，唐杰。」馬立安的解釋還是無法弭平羅伯威心中的懷疑。

「她喝多了。」馬立安簡短的回答。

「她醉了我會送她回家，你別擔心。」

「你尚未是她的男朋友。」

「你反對我和她交往？」

女主角一臉興趣的聽兩人講話。「羅伯威，你想追潔瑪？」

羅伯威點頭承認。「好像要經過唐杰同意。」他故意將問題拋向馬立安。

女主角搥馬立安一記。「你有問題啊？這事兒還要經過你同意？」

馬立安隱忍著情緒。「別弄錯了，羅伯威，是潔瑪沒有給你答覆，她還在考慮。」誰來好心把這個愛管閒事的女人趕走？快被她煩死了。

「我覺得這次很有希望。」

「很好，繼續加油。」說罷，馬立安拋下他們逕自朝橘區走去。他的耐性已用完，潔瑪應該也快不行。一走近，他發現潔瑪眼睛紅紅的。

他不悅地問：「怎麼了？」

魯彥斂了斂臉色，揮揮手。「你送她回家吧，好好照顧她。」

「走吧，潔瑪。」他扶住她手肘，她扭開，不希罕他的好心。

馬立安駕車，潔瑪不願與他同坐，坐到後座，直到此時淚水才崩落。馬立安不擅長安慰女人，見潔瑪無聲哭泣，心裡縱然急也不知從何安慰。

他笨拙的將面紙盒往後遞給潔瑪，幸好她願意拿。

只要她別哭，他願意為她做任何事情

良久，他開口問：「糖糖，你們講了什麼？」

「……魯導要我勸你繼續留下來拍戲。」

「為了我的去留而掉淚？嗯，真教我感動。」馬立安哼笑，朝後視鏡一瞥。「事情拆穿了？」

唉，他的直覺太敏銳了。

潔瑪原本打算隱瞞魯彥知道他假扮唐杰一事，既然他猜到只好承認。「對。因為你喝了酒。」

露。」

果然原因敗在酒。「沒差，反正戲都拍完了。」

「他說他會掩護你。」

「免了。演藝圈太麻煩，完全沒有私人生活，我演的人又是唐杰，再演下去事情必將敗露。」

潔瑪說不出重重的失落感，於是心煩地閉上眼睛。酒的後勁慢慢上來，她開始有些暈了。

「我載妳去散心。」

「不要，我想回家。」

回到住處地下停車場，兩人開了門下車，有名女子朝他們走來。

不妙，是甜甜。

「咦，唐杰!? 原來你就住在這裡啊！你好！」

「妳好。」他見機行事。

「請幫我簽名！」甜甜興奮的摘下鴨舌帽給馬立安。「眞沒想到會在這裡遇見你！」

「嗯。」他迅速簽完名再將帽子還給她。「再見。」

「我可以和你拍張照片嗎？」甜甜興奮無比的要求。

「當然可以。」他故意在鼻子處比了個勝利的手勢，擋住部分臉。

「太棒了！我一定要告訴我的網友們。天啊！我好幸運喔！」

馬立安轉身想走，反倒潔瑪和藹的問：「我沒見過妳，新搬來的？」意在套話。

「我怎麼住得起這裡的豪宅。」甜甜連忙否認。「我有個朋友好像在這裡，我來找他的。」

「『好像』？妳不確定嗎？」潔瑪問。馬立安不著痕跡的走向她後方。

「我不確定。」

「真矛盾。那妳怎麼知道他在這棟大樓？」

她得意的說：「我請警察朋友用GPS定位。可是，我不知道他在哪一戶。」

潔瑪笑說：「手機定位，嗯，這方法不錯，連在山上迷路的人都找得到。」只有馬立安聽得出來她笑裡藏刀。

「你們進出這裡有沒有見過一個長得很像唐杰的男人？」

「這裡最像唐杰的就是他了。」潔瑪往後比了比。

「真的！我的朋友超像唐杰！甚至我覺得——」甜甜拉長音調，一雙眼睛直瞅著側著身子的馬立安，「復出後的唐杰更像我的朋友。」

「也許他們是失散的雙胞胎。」

「呵呵呵，妳真幽默。」然後，甜甜失望的說：「算了，下次再來試試運氣吧。」

還有下次？「他對妳很重要？」馬立安搭著潔瑪的肩膀要她結束對話，但她繼續探問。

甜甜誇大其詞的說：「其實，他是我的男朋友。」

「小倆口吵架了？」甜甜聳聳肩，歪歪頭，傻笑。「嗯哼，瞭解。我們上樓了。」

「再見，唐杰。」甜甜向他揮揮手。

電梯裡，靜默無聲。

馬立安不用看也知道潔瑪在生氣，氣甜甜找上門。誰知她那麼有本事。他想開口緩和氣氛，她的手機鈴聲乍響。

「嗨，羅伯威。」潔瑪的聲調輕快愉悅。「我正好要打給你。」

羅伯威受寵若驚，連忙關心問：「喝了酒，身體沒有不舒服吧？妳匆匆離去我來不及問。」

「我很好，有點事所以先走。謝謝你。」

「妳剛才說，妳要打給我？」

「嗯，後天有空嗎？我們一起吃個飯甚麼的。」

「我有空，我有空！」羅伯威喜出望外。

「地點時間我再與你聯絡，好嗎？」

「好、好、好！」羅伯威一連疊聲，笑得合不攏嘴。

電梯內鏡面鋼板反映出馬立安冷峻的神情，潔瑪視若無堵。

她表面高傲不在乎，內心難過不好受。她原是個心靜無波的女人，現在爲了一個網紅來找馬立安而感到憤怒、吃醋，進而故意氣馬立安，主動約羅伯威出去。她憎恨自己懦弱、可憐、衝動。

他們之間只是主僱關係，他沒有任何「表態」，全是她這個可憐蛋自作多情，一廂情願。

她恨死自己了！

她到底著了什麼魔？

順著妳的感覺走，潔瑪。潔瑪忽然又聽到這個聲音，這次顯得焦急。眞奇怪，最近怎麼老是出現幻聽？大概今天喝多了。

潔瑪搖搖頭，以爲這樣就能讓腦袋清醒，殊不知此舉反而加速暈眩感。她反胃，一陣緊縮感從喉嚨底部升起，她忍住嘔吐感……。

馬立安冷眼看著她臉色轉蒼白，知道酒精後勁來襲，不想理她，教她吃點苦頭，懲罰她故意花枝招展引來羅伯威這隻討厭的蒼蠅，活該她受點教訓。

甜甜會找上門不全然是他的錯，那幾天潔瑪沒理他，所以接了幾通甜甜打來的手機，與她聊上幾句而已，誰曉得她追來這裏？

潔瑪爲了賭氣約羅伯威，他要將她手機內羅伯威的號碼列入黑名單。

馬立安再往潔瑪瞟去，她搗嘴憋得難受，他於心不忍，最後還是板著臉問：「還好吧？」

潔瑪很快把手放下，逞強的說：「我沒事！」但很快又搗住。

「再忍忍，就快到了。」

電梯門一開，潔瑪慌忙拿出鑰匙和感應卡，打開門後直接衝進浴室，不久前喝下的酒如酸液般從胃一路延燒至喉嚨。她挨在馬桶嘔吐，直到再也吐不出東西來，才乏力的癱坐在浴室地上。馬立安遞給她一杯水，她推拒，他扶她起身，她再推拒。

「糖糖……。」

「不要管我。」她用洗臉台當作支撐，搖晃晃的站起來，轉開水龍頭，不停掬水洗臉，不想讓馬立安看到她汨汨溢出的淚水……。

再也不管潔瑪同意不同意，馬立安拿毛巾朝她臉上擦抹一遍後直接打橫將她抱起來，任憑她反抗無效，一路把奮力掙扎的她抱到臥室，然後往床上扔。

潔瑪立卽跳起來，暴怒道：「你竟敢這樣對我！我不是一件物品，我是人！」

「妳不可理喻。」

「你才混蛋！你讓那個女人找上門，差點……差點……」她起身太猛，一陣天旋地轉，說不出話來。

「差點怎樣？她沒認出我。」他一派輕鬆樣。

「怎麼沒有？她說你像她男朋友，她還說你是她男朋友，你以前告訴過我你沒有女朋友！」

「我說過，我不是任何人的男朋友。」

「她不惜利用手機定位找到你，她在乎你、重視你，她……她……」潔瑪跌坐在床上，手撫著頭發出呻吟，昏眩得像在打陀螺。馬立安居然在笑！此舉惹惱了她。「笑什麼笑！」

「妳在吃醋。」

「我最討厭酸，所以從來不吃醋！」她嘴硬的否認，強悍地抬頭瞪他以表不甘示弱。

可是，心底明白她輸了，她早已愛上他……。

故作強悍不能掩飾自尊心被啃囓得破破爛爛的事實，騙得了別人，騙不了自己。她眞的不認識這樣的自己，以前她推拒男人的進攻，現在淪陷於不在乎她的馬立安。

「我以爲妳對我沒感覺，原來我在妳心中是有份量的。」他得意的說，毫無察覺她的脆弱。

「閉嘴、閉嘴、閉嘴！」她激動地大喊，淚水就快奪眶而出。「你很自豪自己很有女人緣是吧？她在乎你，你完全不在乎她。告訴你，我也不在乎你！你只是個臨時演員、替身，根本不值得我注意！要不是唐杰他……他……嗚嗚嗚……」潔瑪悲從衷來再也承受不住悲傷，在酒精的催化下崩潰了，撲倒在枕頭上痛哭出聲。

見她掉淚，馬立安深深自責自己所爲所言。

潔瑪處於隱瞞唐杰傷重以及他是替身的雙重煎熬，這陣子頂著的壓力之大，早已超過她的負荷。他竟然混蛋的激她，取笑她，以滿足自己自負之心。有些事情無須多言自然明白其中涵意，兩人其實互相吸引卻又抗拒對方。卽便如此仍無法否認兩人之間產生愛情的因素：因對方存在而感到安心，爲兩人之間的第三者感到生氣與妒嫉。

馬立安嘆口氣，伸出手撫摸她的頭髮，向她道歉。「對不起，糖糖，我……」

感受到他的碰觸，潔瑪迅速往床內退縮，然後抬起哭花了粧的臉朝他斥喝：「不要靠近我！你這個驕傲又自私的混蛋！你這種不懂得愛的人沒資格爲我所愛。你要跟誰在一起是你的事，但那個人絕對不會是我。以後不要再叫我糖糖，你不是我的家人。走開！」見馬立安躊躇，她隨手抄起一顆枕頭朝他丟去，他落寞地離開。

潔瑪哭著悔恨，欲集中精神將馬立安逐出腦海一萬八千里遠，奈何酒精擊敗她，最後在啜泣聲中精疲力竭的睡著了。

睡夢中，她感覺搖搖晃晃，睜開眼睛醒來，發現身處一艘獨木舟。四顧茫茫大海無人，她不害怕，只覺得困惑。她爲什麼在這裡？沒有槳，她該如何上岸？有了槳，她又該往哪兒划？她害怕了，試著用手滑水，但水是假的，虛幻的。無助的她只能嗚咽咽的哭泣。

「糖糖。」

聞聲，抬頭便看見唐杰在她前方的「水」面上。她想接近他，但無論如何都無法碰觸到他。

「唐杰？快過來姊姊這兒！」

「該放手了，糖糖。」他面無表情的說。

「你說什麼？唐杰、唐杰……別走……！」

「順著感覺，找妳的幸福……，順著妳的感覺，找幸福……。」

＊＊＊＊＊＊＊＊＊

潔瑪虛弱地睜開沉重的眼睛，感覺全身極度酸痛，強撐著坐起來，抽痛的太陽穴阻止了她的動作。她以最緩慢的速度慢慢坐直，深呼吸好幾次，逐漸想起前一晚的事。她的小洋裝還著在身上。

馬立安幫她蓋了被子。

她步伐不穩的走進浴室，鏡中人一臉慘況，頭髮凌亂，雙眼浮腫，臉上有混著妝粉的淚痕，想哭的感覺重新湧現。她止不住淚水，任它流，頹喪的褪下所有衣物，渴望沖個熱水澡驅散帶走宿醉的後遺症及內心的哀傷。

梳洗完畢，走出臥室來到廚房門口。馬立安背對著她料理早餐，一面哼著歌。潔瑪猶豫著要不要進去。

想必是察覺她的到來，他轉過頭來，雙眼上下打量她的身體，「嗯，妳看起來還是很漂亮。來，吃早餐，肚子餓了吧？」語氣有一股暖暖的關懷。

他也有喝酒，爲什麼沒有宿醉的狼狽模樣？

潔瑪沮喪的默默坐下，馬立安遞上一碗味噌湯給她。

「暖暖胃，胃口打開了，還有碳烤蔬菜蛋土司。」

潔瑪以爲自己根本吃不下，但小嚐一口溫熱的湯之後，她飽受折磨的胃便哀求著再多喝一點，喝完了，身體頓時舒暢許多，她品嚐了蔬菜蛋土司。飯後，她清洗所有餐具。馬立安切了顆蘋果，不知有意還是無意，排列成一個愛心形狀，中間放上幾顆蜜漬櫻桃。

她看了，心裡的滋味頗像青蘋果，酸酸甜甜又澀澀，放進嘴裡五味雜陳。她不想吃。

昨晚的事，兩人一概不提。酒後吐眞言的唯一好處就是可以醒來假裝全忘記，什麼事都沒發生。

任務已完成，該離開了。馬立安想多跟潔瑪相處久一點的念頭愈來愈強烈。

他幫她做早餐，讓自己多待一兩個鐘頭，如果還能說上幾句話——哪怕是被她罵也好——就是最美好的「結束」。

他們之間一陣沉默，沒人開口說話。

今天過後馬立安再也不會出現，潔瑪的心不禁苦澀起來，更不想說話。

馬立安先打破僵硬的氣氛。「甜甜的事，我很抱歉，沒想到她會找來這裡。」

她點頭，轉身回房，不一會兒又走出來，拿一紙信封給馬立安。

「謝謝你這陣子的幫忙。」

他點了一下頭，收下信封後直接放進口袋。

她想開口問他一句話，始終只是在心中想，有個叫「自尊」的傢伙擋在那兒。

快開口啊！

潔瑪感到身體裡有某種力量使勁兒將自尊推開，話便就脫口而出：「你眞的不再考慮一下？」

他視線直逼她眼睛。妳要我留下？馬立安以眼神回問她個人意願。潔瑪迴避他的眼神。

「首映會在八月——」

「我不去。」

「你應當要出席首映會，不來很奇怪。」

「反正我就是不想去。」他以任性來表達對她的不滿。「我相信妳能編個理由搪塞。」

魯彥給了他機會，但他沒把握繼續待在潔瑪身邊而不對她動心。

他願意爲她工作，扮演唐杰，他願意成爲愛情的俘虜，然而就算他向她表明了心跡又能怎樣？他們能在衆人面前曬恩愛？大家努力的成果將會瞬間變成醜聞。就算他將來不再扮演唐杰，潔瑪和一個長得像唐杰但不是唐杰的男人生活在一起，怎能不啟人疑竇？

隱姓埋名低調度日未來的每一天，他不要這樣的生活。他渴望的是正常家庭，不是鼴鼠生活。他要和她同床共枕，共同生活，沒必要遮遮掩掩，沒必要用別人的姓名生存。他要光明正大的宣示愛的存在，他要讓世人知道糖糖是他的女人！馬立安心情激動的想。

無論從哪方面設想，他們都無法從社會消失不見，遲早會讓人懷疑他們有「不倫」戀，毀了之前的努力。

這註定是一段才破殼就得斬斷的感情。現在是離開潔瑪最好的時機，否則卽晚了。至於她要如何向社會大衆解釋唐杰退出演藝圈是她的事，他必須走，愈晚他愈難捨。

「我比較適合演自己，糖……潔瑪。」他立卽改口，然後半眞半假的說：「我是個需要愛的男人，潔瑪，沒有『愛』的生活滿足不了我，不管是肉體或是心靈。」

「……你可以留下來，交一個圈內或圈外的女朋友。」

「妳允許『弟弟』四處濫情？」

「一次交一個，不要太多。」違心之論，她不認爲自己樂見馬立安心有別屬。

馬立安訕笑道：「給我十個輪流用，也算一次一個，妳說好不好？」

她惱怒，不理會他的挑釁。「錢。有豐碩的酬勞，你願意嗎？」她只剩最後一招，誘之以利。

「錢不是問題。」

「我記得你說想開餐廳。」

「對。那是我的第一志願。」

「那麼，為我留下呢？潔瑪想以此動之以情。

可是，她說不出口。心裡清楚就算他為她留下來，之後呢？後面衍生的問題太複雜，不是兩人能承擔得起。

而且，他沒有任何表態。她酸楚的想。

雖然彼此猜測到對方的心意，不知該慶幸或惋惜誰也沒先開口，就這樣無疾而終吧。裝作什麼事都不曉得、沒發生，只是她個人一廂情願，一個想像、一個誤會，自己多想了。

「那麼，祝你早日找到你的真命天女，安定下來。」她說。內心感到陣陣失落。

馬立安以似有若無的淺笑做為回應。

回到原租屋處，馬立安站在房間中央，悵然若失感向外蔓延……。

從懂事至今，一種無法言喻的失落感充塞心中，他一直都知道但從來不願承認，就是寂寞。

他神色黯淡的俯首看地上自己孤獨的影子，感覺一腳下去便是無盡的空洞。他厭倦、反感這個「家」，讓人難以忍受，到處充斥著空虛、寂寥，他一刻都不想再待下去。

他累了，渴望與人有意義的接觸。

潔瑪。

在過去，他從未對任何一個女人敞開心胸，他結識的女人有兩種，在他身上找歡樂及想包養他，她們要他比愛他的心更強烈。這些女人個個光鮮亮麗，卻缺乏個性與定性，控制慾強。

他要自己掌控主權，他人休想支配。

對現實的無力，未來的無望，馬立安不敢想太多，從假裝不在乎到眞正麻木沒感覺。他自認不是浮萍，可惜根系不夠長。

可是，潔瑪消除了他的防衛，喚醒他想要有個家、落葉歸根的渴望。

馬立安緊閉眼睛，彷彿看到她近在眼前，聞得到她的氣息……。他在潔瑪需要他的時候參與她的計畫，最後，反而是潔瑪給他歸屬感，他眷戀她的陪伴，那是最珍貴的。

他有無數次的一夜情，但已經不再想要在毫無意義的性愛後，隨之湧現的空虛感。

現在又回復原狀，那種空洞的情緒比以前更加沉重地壓著他。

潔瑪不想被因馬立安離去而難受的思緒牽著走，渴望找點強烈的事情分神。於是鬼使神差的約了羅伯威一起喝咖啡。她談天說地，聊公事、聊趣事，羅伯威見她打開話匣子，時而專心聆聽，時而侃侃而談。

潔瑪覺得這是普通朋友般的小聊天，羅伯威則視之爲「成功的第一步」。他開口再約下次。潔瑪躊躇了一會兒，點頭答應。

她得轉移注意力，要不然走不出去。

＊　＊　＊　＊　＊　＊　＊　＊　＊　＊

馬立安再度失業，他得重新找工作卻怎麼也提不起勁兒，健身運動十數日沒做了，他勉強歸因於潔瑪給的酬勞很優渥，令他產生惰性。緻清妹妹的醫療費，他的壓力減少許多，但她的狀況隨時都有不可測的變化。這不禁讓他憂心忡忡。

叩、叩。有人敲門。

馬立安不想理會，抽著許久未抽的香菸，雙眼茫然的盯著天花板，眼前出現千面女郎潔瑪的模樣，他不願意想卻愈發思念。他爲她迷惑、爲她心疼……他想爲她做更多，但顯然沒機會了。只有潔瑪能令他安定，只有潔瑪擄獲了他的心，他願意爲她做任何事，只要她開口。

叩、叩、叩。來人不死心，似要敲破門爲止。八成是房東太太來討房租。馬立安勉強起身應付。

門一開，他略微一頓，然後面無表情。「甜甜。」

「我就知道你回來了。」她喜孜孜地說。

「眞厲害。」該不會又是手機定位？

「嘻嘻。我可以進去嗎？」

「不方便。」

「不久前你還跟我傳訊息，怎麼現在變冷淡？算了，」她自問自答，「你本來就是個悶葫蘆，不靠一把火是點不著你的。讓我進去。」

「裡面很亂。」

「呵呵呵，上次看過了，我能忍受。好啦，你欠我好大一份情沒還，所以讓我進去吧。」

她推開他，兀自往裡面走去。

「錢我已經匯給妳了。」

「沒錯。可是，你尚未償還人情債。」

嘖，女人。

他不會笨到開口問她要什麼，現在他不想碰任何女人。除了潔瑪。

離別那天，他渴望再次擁抱她，熱烈的、飢渴的吻她。真正的吻，不是頰吻，更不是額吻。礙於理智上線，他瀟灑離開。現在，他後悔不已。

「你在想什麼？」甜甜的聲音讓從馬立安懊惱中回神。他打算冷處理，等下她便會自討無趣而離開。「今天休假？」

「嗯。」

「對了，我曾經去你工作的地方想說看看會不會遇到你。結果你猜，我遇到了誰？」

「鬼。」

見他不正經的回應，甜甜不在乎，呵呵地笑，得意的說：「我竟然遇到唐杰耶！還跟他拍了張照片。你看！」她倚著他的臂膀，翻出照片給他看。馬立安不願意被她碰觸，分開兩人距離。「很棒是吧。欸，你在那裡做什麼工作？有沒有遇到唐杰？我覺得你跟他長得眞像！」甜甜愈看愈發覺得兩人極爲相像。

她滔滔不絕的說，不時拿手機比對馬立安，讓他感到心煩與不耐。

「沒什麼重要的事，我想休息了。」

甜甜的注意力立刻回到馬立安，眼神充滿勾引地問：「需要人陪嗎？」

「我不是小朋友。」

「我知道你不是小朋友。」她暗示的說，誘惑的舔舔唇，「大人需要的是另一種陪伴。」

馬立安不想與她多費唇舌，亦不想給她難堪。他朝門揮手，她視若無睹逐客令。

甜甜幽怨的瞟向他。「不要趕我走，馬立安。我是真的喜歡你。」

「我沒打算與任何人長相廝守。」

她突然環住他的脖子，在他身上做挑逗性的磨蹭。「我願意當妳的床伴，期待某天你轉變心意。」

馬立安將她如鉗子般的雙手掰開。

「謝謝妳看得起我，我最近真的很忙。」他又補了句：「會忙上很久。」

「你到底在做什麼工作？」

「機密。」馬立安說得決絕，希望她識相點。

「就算你不說我也不會善罷甘休，總有一天堵到你。」

「請便。」反正他已經不在那兒了。

「馬立安，從來沒有任何男人打動我的心，只有你。難道你看不出來？」她幽怨的說，看起來像是真的。

「恕我眼拙。」這樣下去不是辦法，馬立安打算斷絕她不實際的念頭。「甜甜，現在或未來，我都不會是妳的人，這話夠明白吧？」

甜甜的俏臉霎時刷白。

從小到大，她是爸爸的小寶貝，男人們的女神，哪一個不是對她呵護、寵愛、討好。她要鑽石，絕不會收到水晶。她要去月亮，便不可能降落在土星。她心高氣傲，勇於追愛，自從馬立安來到健身館，她爲他著迷，但他對誰都好就是不理睬她。要不是那次生日多灌他幾杯，不曉得要等到何時才能「貼身」接近他。一夜情後，他嚐到甜頭應該會對她溫柔。甜甜的想法是如此。誰知道他對她一點都不稀罕，即使低聲下氣願意當他的床伴還是無法得到他的關注。

甜甜自尊心嚴重受損，無法接受。她不信得不到他！

「從來沒有我得不到的東西，我不會放棄你。」

「聽起來我像個『戰利品』，妳並不愛我，只是想得到我。因爲其他人迎合妳、討好妳，而我，拒絕妳，愈得不到我妳愈想要。」馬立安點破她。

甜甜露出不被瞭解，委曲的神情，搖頭否認。「不，我眞的愛你！」

馬立安搖搖頭。「一個不愛妳的人是無法給妳幸福。」

「我相信頑石也有點頭的一天。」她固執的說。兩人談話毫無交集。

這時，馬立安手機鈴響，他接起來聽，臉色鐵青，說了句：「麻煩你們先處理，我很快過去。」

「怎麼了？」她關心的問。馬立安轉身拿起外套穿上，很快的把一些需要的物品塞進背包。「你要去哪裡？」她攔住他不讓他走。馬立安不回答，瞬間表情變得嚴肅凜冽，甜甜深知再不讓開恐怕會被他拎起來扔擲一旁。她緊追其後面問了一個問題：「馬立安，告訴我，你是否愛上某人？」

他一怔，不由自主地停下腳步，腦海浮現潔瑪的身影。

即使馬立安沒有回應她的問題，他的動作，她的直覺都已經告訴了她：是的，他愛上某個女人。

原來他眞的有別的女人了！甜甜震驚無比。

不管那個女人是誰，她都會把她找出來，然後撕爛她！

她得不到馬立安，那麼馬立安也休想得到那個女人。

第五章

無論在唐杰的病榻旁站多久，潔瑪永遠都無法相信躺在上面的人是她的親弟弟。那種感覺超現實，好像是虛幻，偏偏是真的。

數月未見，唐杰骨瘦如柴依舊，看似一成不變，她仍能感覺到他的生命一點一滴的流逝。他的維生監測系統數據看不出他能好轉的跡象。

「惡化是早晚的問題。」醫生說。

「我願意傾我所有挽救他一命。如果他需要心藏或者其它的器官我都願意給！腦子也行。」

「這不是器官移植問題，移腦技術也沒人做過。」有多少人在他面前說同樣的話，此事現階段醫學完全不可行。

「我不想看他受苦……。」潔瑪悲痛的說。

「樂觀的想，目前沒惡化就是最好的狀況。」醫生能說的也就是現況。

潔瑪拉過椅子坐下，握住唐杰冰涼的手，內心知道除非奇蹟出現，否則永遠溫暖不了他的手。她凝視唐杰那張蒼白的臉孔，他已經變得讓她想不起他原來的模樣，完全是另外一個人。導管和線路從床單底下連接到燈號閃爍、嗶嗶作響的儀器，她的心也跟著顫巍巍。

潔瑪向他訴說這幾個月所發生的事情。

「你會怪姊姊嗎？我以爲你會好起來，所以一次又一次的撒謊，因此陷入死胡同，直到巴比找來了馬立安，才度過這次危機。你呢？你還要睡多久才肯醒來？爸媽心裡仍抱持著希望，我也是。希望你快點醒來，別忘了你的夢想，你的『糖粉』們仍舊等你與他們一會。」她合掌包住他的手，喃喃自語：「快醒來，唐杰，你沒資格躺在這兒，你還有很多事待完成。再不醒來，我可要生氣了。拜託你醒來，唐杰……拜託你……。」

潔瑪微薄的願望終於令心跳監視器陡然多跳一下，可惜她沒看到。

完全沒有反應，和之前一樣。潔瑪黯然將唐杰的手放進被子裡。

「姊姊會再來看你。唐杰，再見。」她吻了他的額頭，依依不捨的轉身離開。

戴上墨鏡，迎向太陽，潔瑪的心情卻宛如寒冬。她生命中重要的男人不在她身邊，唐杰、馬立安。

她應該開始重新思考，敞開心胸接納追求她的男人。潔瑪想到那個夢。也許是唐杰暗示她，要尋找自己的幸福。那麼，她該聽他的話，把馬立安平摒除她心扉之外。

＊　＊　＊　＊　＊　＊　＊　＊　＊

唐杰主演的電影上映了。一如預期，佳評如潮。

首映會當天，潔瑪想藉此宣佈唐杰要退出演藝圈，魯彥阻止她。

「爲何不？」

「現在講，太早了。我們再等看看嘛。」

「等什麼？他都說不想待演藝圈去找新工作了。」

「相信我，潔瑪，天氣多變化，世事難預料。說不準哪天他自動跑回來找妳。」

「你哪來的樂觀？怎麼可能。」潔瑪嗤道，完全不信。

「妳都可以把他挖出來演唐杰，還有什麼不可能？」魯彥樂天的說：「凡事別說得太篤定。」

「把話說滿的人是你。」潔瑪辯道。「他畢竟是圈外人，要不是缺錢被我們硬拉進來演一遭，根本就不可能在這兒。況且，找到他的人是巴比。」

「一文錢逼死一條英雄好漢。除非他妹妹情況穩定，工作穩定，或者意外發大財，繼承龐大遺產，否則總會需要錢。」

「你講這話太不厚道了，他妹妹當然已經好轉，而他應該也有工作，一切都很好。」

「妳現在倒樂觀了。是不是羅伯威的關係？他影響了妳。」魯彥很八卦。

「他哪有影響我什麼。」

這陣子她一直忙碌於工作分散自己的注意力，偶爾單獨和羅伯威約會，讓自己多瞭解他。

他是一個很英俊的男人，懂得如何施展自己的魅力，她承認這點。

當然，長相不代表什麼，男人和女人必須要在感情上能產生聯繫才重要。他似乎是認眞的，對她很好，很體貼，種種舉動讓她覺得他是因爲她而改頭換面；圈內人對他印象普遍是花花公子，緋聞很多，沒定性。也許之前不夠瞭解他吧，演藝圈很多消息都被誇張報導。

潔瑪突然想起馬立安。他差不多也是一個樣。

克制一下妳自己！潔瑪心中急踩煞車。

他們，喔不……他，羅伯威，這樣的人也許遇到對的人就會收心。給點時間，她一定能把馬立安完全忘記，將感情慢慢轉移給羅伯威。

由於交往（對於這兩個字巴比和佩姬解讀不同，一個覺得是『冒險』，另一個認爲『相處』）時間不長，直至目前羅伯威尚未眞正打動潔瑪。顯見馬立安短暫出現，不知不覺在她心中占有一席之地，現在要將他一腳踢出心房，羅伯威可得加把勁才能取代馬立安。當然，潔瑪自己也要盡量找時間與羅伯威相處（佩姬：『看吧！』），更深入了解他。

「你們眞正情況是，友達以上，戀人未滿？」

「什麼細節都瞞不過你的眼睛，眞可怕。」魯彥是明眼人，一下子看穿。這項特點又讓她想到馬立安。

「說曹操，曹操到。不打擾你們，我走了。」

羅伯威向錯身而過的魯彥點頭打招呼，神情愉悅的朝潔瑪走來。

「嗨，羅伯威。」

「今天人好多！潔瑪。來了好幾家媒體。」

「你應該在那兒多待一會兒的，這樣才能讓更多影迷看到你。」

「可是，我想在妳身邊。」

事實上，記者們除了簡短訪問他，更多是向他詢問唐杰。他怎會知道唐杰何以沒在這麼重要的首映會出現？唐杰出事後狀況不明時，潔瑪再三保證他沒事，他傷後復出卻反而躲起來。記者被戲稱是「狗仔」，想知道他的去向應該去追、去查，怎麼反過來問他？莫名其妙。

羅伯威說話時眼神牢牢鎖住潔瑪，認為就快擄獲她的心。

潔瑪抬眼望他。眞奇怪，他情癡的眼神竟沒令她臉紅心跳。就是看著一個男人，沒別的情緒。

「活動尚未結束，我會一直在這裡。你快過去吧，機會難得。」

「唐杰怎麼沒來？他可是主角。」

「他和醫生約好回診。」好薄弱的藉口。

「他不是痊癒了，幹嘛還去？」

「小心爲上嘛，就怕有什麼後遺症之類的。」

「非得要今天？」

「人家是大醫師，要配合他的日期。」

「等一下這裡結束後一起吃宵夜如何？」

宵夜，某種程度上是另一種情境前導。她沒有輕易答應，底限僅限晚餐。或者該給他一次宵夜機會？不，再等一等。

「明天晚上吧。」

「好！」羅伯威喜出望外，馬上把手放在潔瑪肩膀上，溫馨提醒：「我現在過去。若妳累了就先回去休息。」

「嗯。」

羅伯威依依不捨的放開搭在她肩上的手，回到會場，立刻有影迷圍上來拍合照，他來者不拒，雙臂各環著一位女影迷，大膽一點的貼近他胸膛，他也毫不避諱，樂在其中。

潔瑪看著熱鬧的會場，暗暗嘆了一口長氣，儼然覺得自己好像局外人，與這一切無關。如果她願意承認，應該會感到孤單，甚至厭倦了演藝圈。再更細究，這孤獨與馬立安、唐杰有關係。以前，她偶爾感覺孤單，馬立安離開後孤單感加乘數倍，這種心情是前所未有的強烈！想有個依靠的念頭是在馬立安離開之後才有，而這已經晚了。

唉，說好要忘掉他的……。

凡事都有個開始，再與羅伯威交往一陣子看看，如果真的沒有感覺，再換人吧。

她這塊「乾柴」需要熊熊大火才能燃燒。潔瑪自嘲的想。

＊　＊　＊　＊　＊　＊　＊

經過數次約會，羅伯威漸漸掌握潔瑪的喜好。他明瞭對事業心強的女人不能急，要多給對方一些時間與空間，直到她信任他，鮮花禮物才能發揮功能。不過，他的動作最好還是要快一點，趁唐杰不在讓兩人感情加溫，儘快摘下她這朵花。

唐杰是橫在他和潔瑪之間的阻礙。

係。

羅伯威喜歡潔瑪，但沒把握追求得上她。演藝圈美女如雲卻不太好追，她們喜歡知名度高的男藝人，圈外的美女或網紅不請自來讓他省了麻煩，但還是要注意形象，自我收斂男女關係。

唐杰出意外之後，他受到媒體青睞。線上直播談男女情事、異國美食等話題受到歡迎也有幫助。媒體推波助瀾、網路聲量壯大了膽子，他開始向潔瑪示好。弟弟受傷，潔瑪心靈肯定很脆弱，瞧她瘦得弱不禁風，我見猶憐，應該很容易攻進她的心。

事實不然，還是鐵板一塊，踢不凹，踹不破。

可是這反而激起羅伯威的鬥志。古人云：「錢是英雄膽。」媒體、網路聲量則是他的自信。潔瑪愈拒絕他，他愈想征服她。終於，在殺青派對上有突破性發展，她答應他的邀約不說，之後陸陸續續有幾次約會。

不過，他必須先拉攏唐杰，建立良好關係，因為潔瑪的心力全在他身上。

思及此，羅伯威不由得又想起唐杰親吻潔瑪額頭那一幕。

唐杰是個幸運兒，有姊姊撐腰平步青雲。姊弟倆感情好圈內有名，但總覺得有股說不上來的怪。有弟弟這麼黏姊姊的嗎？他不僅親她的額頭，還親她的臉頰。潔瑪的反應又怒又羞。她哪來的「羞」？應該只有怒才對。唐杰消聲匿跡養病一段時間，再出現時神情、肢體動作、談吐……雖然大致相同，卻有些本質上的不同，例如聲音，有時低沉，有時高。受傷前的唐杰天真隨和，微笑時溫暖如陽光。復出後的唐杰沉穩、諱莫如深、深沉難解，舉手投足間帶點難以捉摸的淡漠，女人很愛。

大難不死，脫胎換骨，唐杰有一項變化挺大的，就是體格。他說，痊癒後刻意練的。然而他怎麼看都像是長期健身的人才有，那骨架與結實的肌肉，與受傷前斯文書生的外型相差甚遠。

受傷前，是斯文小生，痊癒後，是陽光男孩。

不，是陽剛型男。

唐杰受重傷一年多，有能力迅速復原，緊接著重訓嗎？還有，姊弟兩形影不離、巴比或佩姬如貼身保鑣隨侍在側、可以喝酒……這些變化讓他感覺唐杰好像完全變了個人似的。

羅伯威對唐杰眞的有許多的困惑。

無論如何，要追潔瑪，唐杰是個關鍵。

不過，此刻無須想他，只要專注眼前嫣然甜笑的潔瑪，逗她開心才是重要。他們近日頻繁約會，潔瑪的態度趨於軟化，他有把握很快就能進到「一壘」，說不定今晚可以「全壘打」。

「謝謝你給我一個愉快的夜晚，伯威。」

「因爲有妳，這個夜晚才會顯得特別愉快，潔瑪。」

兩人都喝了點酒，所以羅伯威堅持要送她進電梯，親眼看見她進門才放心。潔瑪默許他護送。

「其實我們這棟大樓保安做得很好。」

「好吧，我承認我想與妳多相處，哪怕只有停車場到八樓的距離。」

「這話你對多少女人說過？」

「護花是男人的天職。」

「哦，我受寵若驚了。」潔瑪輕笑，把頭髮撥至耳後。

「妳值得我寵，潔瑪。」

「你非要把話講得那麼白？」

「這算什麼，我恨不得對妳掏心掏肺來證明我的心！」

潔瑪抿抿嘴，垂下眼瞼掩飾她的心情。

羅伯威簡直變了一個人，他開朗健談，風趣得難以置信。她幾乎要相信自己就是那個能讓他收心的特別女人。可是……。

叮！電梯抵達八樓。倆人雙雙走出電梯，羅伯威在她開啟大門前勾住她的手肘，把她轉過來，大膽地用食指托起她的下巴。「希望妳明白我的心，接納我，潔瑪。」

潔瑪仰頭望他，從他的目光看出他正爲她癡迷，心知肚明只要她沒拒絕，接下來他就會吻她。她不確定自己眞正的心意，他們才交往沒多久，她內心對親吻這件事是有些遲疑的，但在酒精作用下，不願意想太多，任由他主導。

羅伯威見潔瑪似乎默許了，便慢慢低頭輕觸她的唇。潔瑪沒有拒絕，閉上眼睛，他更進一步伸出手摟住她的腰將她拉進懷中，加深了吻的力道，舌準備伸進她口中。

潔瑪雙手平貼著他的胸膛，想要陶醉在這羅曼蒂克的氣氛中，該與之糾纏的舌頭卻不自覺往後縮，手也轉握成拳。不行，她還是沒辦法接受。她的腦海中總會跳出馬立安的臉孔，好像他正在指責她移情別戀。

潔瑪感到怔忡不安。她的眼睛睜開一細縫，赫然看見羅伯威後面站著一個人。

馬立安!?

她嚇了一大跳，忙不迭推開羅伯威，往後退了兩步，模樣像做了壞事被逮到的小女孩。

羅伯威順著她的目光往後面看。

「唐杰，」他掃興美好一刻被破壞。「你回來了？」

「抱歉，打擾你們的好事。」馬立安目光如炬，聲若寒冰。「潔瑪。」

「馬……唐杰，你這麼快就回來？我以爲你會多去幾天。」潔瑪差點叫錯名字。

「我也以爲如此。」他的聲音被理智壓制得緊緊的，不用高聲嘶吼也能讓她感受到他的怒火。

「才多久沒見，你們感情這麼好了？」

「我們……呃……只是道晚安。」

羅伯威先看唐杰再看潔瑪，大惑不解。爲什麼潔瑪一臉罪惡？只因被自己的弟弟抓到她和他親吻而尷尬？爲什麼她顯得慌張不已？他們親吻很正常，她卻一副被人抓姦在床般的驚惶失色，好像她有錯。

「醫生說你如何？」羅伯威問。

馬立安很快明白潔瑪以「唐杰去看醫生」爲理由，矇騙衆人他不在的假象，皮笑肉不笑的說：「他說，凡殺不死我必使我強壯，我還可以繼續禍害人間。」

羅伯威突然意識到，冷笑話也是他癒後改變之一。

「那可要好好恭喜你，改天一起去喝酒吧。」他轉向潔瑪，很快的撫摸她的臉頰。「明天再聯絡，晚安。」

羅伯威離開後，潔瑪不由得更緊張。她轉身拿起感應卡開門，卻一再手抖掉地上，好不容易打開門，反身想關門，馬立安的手又搭在門框上。見識過他的頑固，她莫可奈何的讓他進門，內心暗罵自己，沒有做錯什麼，不要心虛。錯的人是他。

於是，潔瑪先聲奪人指責馬立安：「你躲在那兒偷看多久了？」

「夠久了，久到以爲妳不會回來。終於妳回來了，還帶一個男人回來。」

聞言，潔瑪火冒三丈。他哪有資格以情人般的語氣質問她？她又不是他的誰，憑什麼怪她？

她牙一咬，心一橫，豁出去的說：「好！你看見了，我明說吧，我和羅伯威是男女朋友了！」

沒想到馬立安居然笑了。

「笑什麼笑？」她討厭他老是這樣子訕笑，好像她做了什麼蠢事似的。

「從妳剛才看到我而受到驚嚇的反應來判斷，我賭妳還沒進入狀況，離男女朋友關係還有一大截。」那個吻，他就當做沒看見。

「都已經親吻了，當然是男女朋友！」感覺自己的辯解理直氣不長，一時口不擇言的說：「要不是你冒出來打擾我們，說不定我們已經在房間裡了！」

馬立安臉色一沉，迅速朝她走去，沒有預警地摟住她，低頭狠狠的親吻她，並用他強壯的身體把她釘在門扉上。她嚇一跳，想反抗，但愈反抗他壓得她愈緊，索求得愈多，幾乎要將她壓進他身體裡。

她掙扎著，扭開頭不讓他親。「放開我！馬立安。」

「不放，我要消毒。」

馬立安遺憾沒有親吻過潔瑪，這是他第一次親她，完全沒有柔情，純粹的憤怒，這絕非他要的場景。要是沒看到剛才那一幕就好。

潔瑪想抵抗卻全身乏力，與他相比，她的力氣太小了，輕易迷失於他的吻而忘了他絕情的離去。他像陣風來又像陣風走，完全沒顧慮她的感受。

潔瑪想推開他未果，於是咬他。

「妳竟然以吻當武器？」馬立安未料到她這麼做，他以吻反擊，扣住她後腦勺，雙唇用力碾過她的嘴唇，再度吻去剛才羅伯威留下的痕跡。潔瑪拚命緊閉牙關，不想任他得逞。他粗暴地抓住她的頭髮逼她的頭往後仰，她痛得叫了一聲，他趁虛而入，強烈的舌頭攻得她連魂都飛了。他要釋放他的慾望，否則會被海嘯淹沒，他要發洩他的怒火，否則將自焚身亡。

這一刻，潔瑪終於知道馬立安對她的心意。她軟化了，原本抵抗他胸膛的手滑到他的腰，她不再掙扎。何必掙扎，反正吻都吻了，要後悔也是以後的事。潔瑪回應起他的吻，任由他性感濕潤的舌在她口中進出。

「我就知道妳和羅伯威不是男女朋友，糖糖。」他用性感至極的嗓音在她耳邊低喃。

潔瑪倒抽一口氣，「你在測試我？」

馬立安意亂情迷地隨口答：「大概吧。」

她的理智驟然清醒，使出全身的力氣硬將他推開，聞風不動，乾脆甩手用力呼他一巴掌。

「不准你這樣對我！不准你叫我糖糖！你不配！」

他不以為意地啐出口中鮮血，朝她邪惡的一笑：「妳的身體比妳老實，糖糖。」

潔瑪受創的自尊與羞愧扯著她的心，忿忿道：「你大錯特錯！一個吻而已，不算什麼，以前我也吻過其他男人。」

「從妳剛才反應來看，顯然妳對我的熱情多過於羅伯威。承認吧，糖糖，我離開後，妳仍對我念念不忘。」

潔瑪氣憤到理智線全斷，歇斯底里的大喊：「誰對你念念不忘？現在與我交往的人是羅伯威，不是你馬立安。我要跟誰親吻是我的自由，我要跟誰上床也是我的自由！」

「除了我，誰都不可以碰妳。」馬立安霸道的說。

「你哪位？憑什麼管我與誰交往？」她火大的說：「自大、目中無人的混蛋，別以為每個女人都會臣服於你的腳下，我寧可被羅伯威騙也不要當你眾多女友之一。該死的你！放開我！」

她以為馬立安走後她可以重新開始新生活，結果他重又出現，蠻橫地吻她，她才赫然發現是自欺欺人，她只是另外找個人來塡捕馬立安在她心中的位置，她依舊在意馬立安。

可是，她不會讓他知道。

馬立安萬般不情願的鬆開手，懷裡頓時無比空虛，一股前所未有的挫折感油然而生，瞬間他情緒大爆發。

「我哪裡不好!?」馬立安憤憤不平的問。

潔瑪一直克制自己不要再想他。現在他毫無預警的出現，指控她、試探她、侵犯她。當下，潔瑪的情緒也瞬間爆發。

「你根本無心！你沒有心！你從來沒表示……我不是你的女朋友，什麼都不是。我們……我們只是工作夥伴，我是你的姊姊……我們會被發現的……你走了……沒有聯絡……」她氣得全身發抖，不知所云，她知道自己破功了，這些支離破碎的言語反而透露出她真正的心情。她無法再偽裝了。

馬立安一怔，表情變柔和。他靠近她。「如果知道妳也想我，我立刻飛奔回來找妳。」

「我一點都不想你。」

他捧著她的臉龐，不容許她的頭擺動，強迫她看著他。「看著我的眼睛再說一次。」

「我討厭你！」她很用力的瞪視他，眼淚卻不爭氣地溢出眼眶。

「再說一次。」

「我非常、非常、非常討厭你！夠了吧？」

「再說一次。」馬立安於心不忍，但還是頑固的非要她回答。

「到底要我說幾次你才甘願？」語音在顫抖。

他凝望她眼睛深處，表情肅穆平靜地問：「倘若妳眞心討厭我，我就轉身離開，永遠不再出現在妳的視線範圍內。可是，妳不要騙自己。」

原來，他溫柔起來是可以令人心醉，他讓自己的脆弱在他面前無所遁形。眞是太可惡了……。潔瑪的眼淚沿著面頰流下。她想大聲的說不想他、不愛他，但要是說出違心之論，而他眞的一去不回頭，怎麼辦？她無法自欺欺人，他知道這點，他是故意逼她的。

馬立安見狀，不再勉強她，把身體緊繃的她硬是擁進懷裡。

「別哭，糖糖。這一切是我的錯，好不好？」潔瑪伏在他的胸膛上啜泣。

潔瑪抬頭看他，寬慰的說：「但你最後還是爲了我回來。」她話說完，馬立安表情一變，慢慢推開潔瑪，她瞬間意識到某事。「你今天出現不是爲了我……，另外有事找我？」

馬立安神色受傷。「糖糖，現在妳很清楚知道我的心意。」

善於察言觀色的潔瑪注視著馬立安，方才狂妄、激情、溫柔的馬立安不見了。即使他現在表情平靜無波，仍然可以感受得到眼前這個男人心事重重，有苦難言。

短暫悵然若失後，潔瑪問：「那你所爲何來？」

「……我需要妳的幫忙。」

這是馬立安回來的主因，卻讓他撞見那一幕，當下整個人失去理智，忘記來找她的原因。潔瑪萬萬沒想到他需要她的幫助。曾有女人想包養他，他高傲的拒絕了。現在他回頭尋求協助，表示事態嚴重。

「發生什麼事了？」

好半晌馬立安不開口，最後艱難地說：「我妹妹……」只講三個字，潔瑪立刻明白他的窘境是何事。她讓他把話說完。「因爲感染關係，必須再換肝。他們比對到一位出車禍的女性，手術算是成功，接下來就靠藥物和她對新肝的適應性。」

果然。

要讓自視甚高的馬立安拉下臉回頭求她一定很難。潔瑪的表情瞬間軟化。她站到他面前，伸出左手輕觸他的手臂，同時，把右手攤開在他面前。馬立安有默契地交出自己的手機。這個動作表示將切斷任何與「馬立安」有關聯的事物，她則將唐杰的手機、鑰匙串放在他的掌心。

「那就回來工作吧，『唐杰』。」她心領神會的望向他，「這次要裝得徹底。我想，你有長期抗戰的心理準備吧？」

馬立安的手覆蓋住她的手，感激她善體人意。「我絕不會讓妳失望，不會讓唐杰丟臉。」

「……很好。」她感到欣慰，同時也五味雜陳，今天發生的事情太多轉折，超乎她的想像。不禁令她想起魯彥的神預測，眞被他說中了。

潔瑪手機鈴聲響起，一看來電者便轉身走向廚房接聽，她可以感覺到馬立安在身後用監督的眼神瞅她。講完手機走回客廳，馬立安雙臂交叉於胸前，低頭抬眼的看著她。

「羅伯威打來的，他約我見面。」馬立安面無表情。「我已經答應了他。」

「妳不是說爲了弟弟沒有心思談戀愛，怎麼我才走沒多久妳就陷入熱戀？」他目不轉睛的盯著她，儘量語氣平淡。

「當時你離開了。」

「那傢伙是個用情不專的及時行樂派。」他斷言道：「浪費時間，你們根本不會有結果。」

「那我跟誰才會有結果？你？」她幽怨的反問他。

他走近她，以手指在她的下巴輕劃，「除了我，還有誰會煮飯給妳吃？」

潔瑪連忙往後退，拉開兩人距離。

「吃飯是小事，我自己會處理。」

「以前我沒有對任何女人認真過，也不想為誰安定下來，但離開了妳，喚醒我心底的夢想，我從沒想過我會如此渴望一個女人，希望與她安定下來。」他的眼睛定定地望著她。「那個女人就是妳，糖糖。」

聞言，潔瑪內心百感交集，又喜、又憂、又煩惱。

「是嗎？我還得再觀察一段時間。」她口是心非的說。

馬立安沉下臉。「不要故作不知情。」

「這行不通的，馬立安。」她搖搖頭。「無論我們多愛對方，我們不能這樣在一起而不被人發現。唉呀，總之現在不是好時機。」

「我清楚妳的顧慮，糖糖。我不可能永遠扮唐杰，那時候我們就能在一起。」他安撫道。

她心中還有一道檻。「馬立安，你曾說過你需要愛，不管肉體或心靈，可我不能跟你……，就是那個……，算了，你應該知道我在指什麼。」

「我記得我說過的話。」他輕笑，凝視著她，「在那之前，我會努力控制自己別對妳妄動。這樣行吧？」

馬立安那黑黝黝的眼眸如此近距離地向潔瑪襲來，不單單又令她心裡小鹿亂撞，那雙眼眸裡的專注凝視，更以某種微妙的氣氛將兩人聯繫在一起。

潔瑪不確定自己是否已準備好接受他的——

順著妳的感覺走。

那個聲音又出現了。

這次她感覺它有些熟悉，偏偏想不起在哪兒聽過。她皺眉，困惑不已，偏著頭企圖喚起記憶。

「妳不相信我？」

「不、不是，只是我……呃……」她揮手驅開難以名狀的聲音。「算了，沒什麼。」

「要我怎麼做妳才肯相信我？糖糖。」

她移開視線，咬住下唇，不語，好半晌才說：「在此期間沒有其他女人？」

這是潔瑪最在意的一件事。

馬立安忍不住咧嘴而笑，她瞋視他。他伸出手臂摟住潔瑪的腰，將她拉進自己懷中。起初，她作狀抗拒，最後放棄了。

「沒有任何女人，只有妳。爲了妳，我願意洗冷水澡。」

潔瑪噗嗤一聲笑出來，最後喜極而泣。

「你今天讓我洗了心情三溫暖。」

「是我不對。」馬立安微笑著以手指抹掉她頰上的淚，然後傾身吻她。只是一個輕柔的碰觸卽一發不可收拾，宣洩了所有思念。「請原諒我情不自禁想親妳。」

「我是不是該給你警告，不要隨隨便便親我？」

他貼著她的唇說：「妳說吧，但我不會聽，我只允諾不誘拐妳上床。」

「那我們在外面千萬要小心，馬立安，不能敗露事跡，有些人雷達很敏銳，被懷疑可就慘了。」她說出內心的擔憂。

「妳說得沒錯，糖糖，確實該如此。」他坦誠道，說完便用極大的自制力放開她。「我也沒把握。」

在事情落幕之前，他必須讓所有人相信他是唐杰，而要是被人發現他與潔瑪相愛，必定引起翻天覆地的軒然大波。

＊＊＊＊＊＊＊＊＊＊

潔瑪度過有生以來最快樂的一個月。

馬立安簡直變了一個人，風趣迷人得教人難以置信，他精湛的廚藝讓她胖了三公斤，巴比和佩姬說她是幸福肥，而他們則是「跟著肥」。馬立安與潔瑪保持距離，卻常常眉目傳情，看得巴比和佩姬忍不住揶揄：「你們就當我們是空氣吧。」

「你們兩個在才好，免得我控制不住撲倒她。」

「噢，拜託。」佩姬白眼翻到視網膜。

「你這已經不是曬恩愛，是太陽閃燄，把旁邊無辜的人燒成灰燼。」巴比好沒氣的抗議。

「馬立安，你就別再說了。」潔瑪因他的直言無遮而臉頰灼紅，但內心甜蜜無比。

他的眼睛對上潔瑪。「誰叫妳秀色可餐，糖糖，令我垂涎三尺。如果妳是蛋糕，我便是叉子。」

巴比彈了一記響指。「我知道。你要把她給吃了！」

「不。我會先插，再吃。」馬立安一語雙關的說。

「你好色喔！」佩姬哇哇大叫。

「世界上最痛苦的事莫過於看得到卻吃不到。」

潔瑪紅著臉，賞他一記大白眼。「無聊當有趣。」

佩姬作狀摸摸自己的肚子。「啊，我飽得有點噁心！」話雖如此，她心裡還是很高興有人愛潔瑪，而且那個人有好廚藝，她跟著受惠。

「我們在這兒吃的全是甜言蜜語，好膩呀！胃都疼了。」

潔瑪偷偷瞧了馬立安一眼，端詳著他的側臉。他明目張膽的在巴比和佩姬面前公開對她示愛放閃，她享受他的廚藝，喜歡他的陪伴，以及他的笑。他在這裡的表現自然、真誠、風趣，她相信這才是真正的馬立安。

像是知道潔瑪在打量自己，馬立安轉過頭來看著她。那雙眼眸裡的專注凝視，讓潔瑪心動不已。對，她要的就是這種被全心全意的關注，心無旁騖。

「明天做蜜糖焦心蛋糕給妳嘗嘗，『順便』給他們一些。」此話引起他們哇哇叫的抗議。

「馬立安，你要養胖潔瑪我們沒意見，但要有所節制，別把我們全拖下水。」佩姬抱怨的說。

「那你們還一直來？」

「有好吃的食物當然要來。」佩姬理所當然地說，「只是受不了你這麼露骨的表白，毫不遮掩，簡直是故意刺激我這隻敗犬女，連自殺心都有。」

「我看你們兩同進同出，拌嘴如拌飯，何不考慮一下彼此？」

佩姬和巴比一聽，彷彿對方是病菌似的各自往兩旁閃。

「我很挑的。」佩姬高傲的說。

「我不跟男人婆談戀愛。」巴比揮揮手。

「你是個只會化妝的娘娘腔。」佩姬不甘示弱的反擊。

巴比拍拍自己的胸脯，「我，外柔內鋼，保證百分之一百是男人。」

潔瑪連忙阻止道：「好了，都別吵了，談正事吧。」

兩人狠狠的互瞪對方一眼方才罷休。兩人是最典型最古怪的一對搭擋，老是為小事鬥嘴，永遠都在互戳對方，但僅止於此。

「馬立安這次受訓會比以前嚴格，工作變得更繁忙，拍廣告、配合電影宣傳、糖粉見面會……等等。巴比還是負責梳化，佩姬則是馬立安的隨身助理。」

馬立安淡淡的問：「妳呢？不用看著我？」

佩姬看不過去，揍他一拳肩膀。「馬立安，回到家你依然可以見到潔瑪。別這樣。」

「我沒怎樣呀。」馬立安聳聳肩。「只不過想隨時隨地都能看到她。」

「馬立安，我真的強烈懷疑你有人格分裂症耶！有句話說，男人不壞，女人不愛。現在的女人最愛壞男人，你變好男人就遜囉，不會再有人愛你。」

馬立安聞言，哄堂大笑，大家嚇一跳。

「眞是這樣那也是女人自找的。男人的劣根性可遠比女人瞭解的要更惡質，壞男人投女人之所好，他又何必改變自己？自動上門的女性讓男人更容易得逞，不會珍惜。」

巴比和佩姬兩人互相對視。馬立安這番說法好像也對。

「所以……你現在要收心了？」佩姬試探性的問。

馬立安則反問潔瑪：「妳願意收容我嗎，糖糖？雖然我摘不到天星明月，但我會像狗一樣搖尾乞憐，盡一切努力討妳歡心。」

潔瑪哭笑不得。「馬立安，你這比喩實在是……。」

巴比和佩姬瞠目結舌。這傢伙身段這麼低？他們難以想像還有甚麼肉麻的話他說不出口？

「妳將我帶進這個圈子，讓我遇見妳，不緊跟著妳及時把握，豈不是蠢蛋。」他握住她的手輕捏一下。

「你要用現在這種積極熱情的態度對待以前的女人，保證任何女人都能手到擒來！」佩姬說。

「哇喔，愛情力量果眞偉大。我聽過，女人是爲了男人而改變。我看眞正改變的其實是男人，就在他找到自己想守護的女人那一刻，渣男也能成爲愛家愛妻的好男人。」巴比頭頭是道的說。正好呼應剛才馬立安所說的。

「所以才令人掉下巴呀。」佩姬挑高眉毛說。

「都廿一世紀了，不流行專一。誰認眞，誰就輸。你一定沒有認眞的談過一場戀愛。你了解愛？愛情不能靠一時的憧憬、想像。它很麻煩的，要經營、要維護、要有耐性——天啊，我居然講出這些八股道理——何況！」巴比加重語氣不懷好意的：「你沒見識過演藝圈成功的滋味，因爲『你』根本未曾成名過，沒有唐杰，根本沒人會知道『馬立安』是誰。你，馬立安，運氣和存款一樣，似有若無，就算偶爾生活有些小確幸，也是摻了水稀釋過的味道。現在你憑藉著運氣進入演藝圈，起初，你以爲自己是無名小卒——事實上你是——一旦你習慣鎂光燈的焦點之後，你會逐漸覺得自己眞的與衆不同、獨特；大家都想要成名，讓自己的知名度大開，但絕大多數的人苦無機會，而你就有現成的大好機會。或許你會覺得自己不需要這些名利，默默無名過生活也無妨。可是你已經在演藝圈了，名、利、美女不請自來，根本沒多少人能把持得住自己，更多人因爲私德身敗名裂。你怎能確定自己挺得住誘惑？難保將來你希望這種快感永遠不要消失，持續得愈久愈好。」

巴比刀刀見血的評論，容易遭罪人，尤其針對對象是馬立安。巴比只差沒說出馬立安是因爲唐杰遇難才「有幸」在此。

馬立安默不作聲，大家最怕他靜默。

「眞是一番激勵人心的話。」許久後他說，分不清楚是發火前兆抑或只是單純的挖苦。「我沒有把握，特別是我未曾成功過。說不定我會迷失在不同女人的懷抱裡，說不定我會被名利衝昏頭，自我膨脹，誰曉得？」大家訝異地望向他，潔瑪臉上現出受傷的神情。「可是與你們的約定裡，我是唐杰，不能壞了他的名聲，這點我很清楚。我擁有的名，是唐杰的，不是我馬立安。我擁有的利，是我的努力付出應得的，愈多愈好。至於女人嘛，我『體會』多了，只對糖糖有特別的感覺。」他執起她的手，輕撫手指。「相不相信隨便你們。如果一張紙可以讓你們信任我，我很樂意簽。」

他所指的是結婚證書。可是，大家都清楚那張紙真的不代表天長地久。

「演藝圈多的是婚禮辦得愈大，離婚愈快。」佩姬有感而發的說。

巴比聽了，無話可說。「你若敢讓潔瑪傷心，我會找人揍你。」

「不用你動手，我會先宰了我自己。」馬立安逐一親吻起潔瑪的手指頭。她羞得連耳根都紅了。

「拜託誰好心一點，快來阻止他吧。」佩姬哀嚎著說，「你們白天不在一起是對的。」

潔瑪突然停頓了一下，馬立安問：「怎麼了？」

他總是能立刻偵測到她的異樣。「我和唐杰本來就是各忙各的，偶爾探探班。要不是因為你來，怕在人前穿幫，我根本不會一直在唐杰身邊。」

馬立安勉為其難點點頭。

飯後，佩姬陪潔瑪在廚房清潔，巴比和馬立安到客廳聊天。

「潔瑪，身為妳的好朋友，我真的很替妳高興找到一個愛妳的男人。真的！」她強調的說。「死硬派的馬立安可以隨意跟不感興趣的女人上床，對妳卻展現強大的自制力。我很佩服他。」

「我也沒想到。」

微醺的潔瑪露出溫柔的微笑，佩姬覺得現在要戳破她粉色泡泡太殘忍了。不過，還是不得不提醒道：「……妳有想過你們的未來嗎？」她眞正想說的是，他們之間暗湧的戀情能瞞過所有人？有未來？就算只是一時的迷戀會不會徒增麻煩？她有資格說此話嗎？倆人現在眼中只有彼此。

「佩姬，我想得比妳多，妳擔心的我全知道。不瞞妳，不知何故，這次我有孤注一擲的想法，好像錯過了馬立安就再也找不到像他那樣的人，所以我願意冒險。一次也好。」

佩姬長長地嘆一口氣。「我從沒見過這樣的妳。」

潔瑪苦笑。「讓妳擔心了。」

佩姬將手按在她肩上，再次提醒的說：「如果他在衆人面前露了餡，大家會起疑的。這可不是普通的空穴來風的閒話八卦。我的感覺很複雜，又擔心又希望妳幸福。」

「我知道。」

「經過前一陣子的考驗，我相信馬立安是個演藝天才，對妳應該也是眞心的，但他不能永遠扮演著唐杰，你們日後又該怎麼辦？」

「……我不知道。」

＊＊＊＊＊＊＊＊＊

羅伯威心情不好，連續數日跑到夜店尋歡。夜店一向喧囂吵雜的地方，男的來此尋求一夜情，女的花枝招展，渴望被注目。他想藉著震耳欲聾的音響驅走內心的不甘與妒嫉，雖然這樣還不夠。

魯彥新戲的角色他被換掉了，換成唐杰。他變成猥瑣下流的討債配角。打從唐杰復出他便一直感到焦慮，怕原本取代唐杰的工作機會沒了。如今，隱憂成眞。知名飲料廣告要找羅伯威代言，但電影大賣後廠商改變主意找唐杰。羅伯威接受記者訪問，問他心裡作何感想。

「唐杰比我更適合。」他表面大度的說，內心忿忿然。

接著汽車、手遊、運動鞋……等等，這些企業公司殘忍得連一塊肉都不留給他，甚至魯彥新戲的主角也不是他，說有多嘔就有多嘔！他的光采又被唐杰奪走了。眞是可恨！

唐杰回診後潔瑪就不再與他聯絡，邀約了好幾次，她推說沒空，因爲唐杰回來，要開始忙了。

他們都親吻了，她卻當作沒這回事。什麼事全以唐杰爲中心，跟著他團團轉，保護弟弟過了頭了，世上哪有這種姊弟？

羅伯威憤怒的一口飲盡烈酒，忽然瞥見身旁多了一個人。

「喝那麼多，心情不好？」

羅伯威轉頭看，是八卦週刊記者，華泰。托唐杰之福，他現在是乏人問津的即期商品，恐怕連狗仔也對他沒興趣，現在趨近他，八成想討酒喝。

「一個人喝悶酒容易醉，我陪你喝。」

羅伯威撇撇嘴角，冷哼道：「你還活著啊？爲了追蘿拉的新聞被車撞，這麼快出院。」內心不免氣餒，別人撞車都有後福，而他卻衰事連連，難道要讓車子撞一下才能改運？

「拜託，那多久前的事了，而且扣掉醫療費，頭條新聞獎金就沒了。」

「恭喜你。」羅伯威訕訕著說。

「唉，最近沒有什麼驚天地、泣鬼神的八卦。」華泰惋惜的說，唯恐天下不亂。「要是事先知道唐杰傷後復出一定可以再賺一筆獎金。那次他直播收看人數超高！人說，大難不死，必有後福。這句話用在唐杰身上再適合不過。你看他，前後的模樣差那麼多，變得更有男人味。」

羅伯威忽地一頓，順勢問：「你覺得有哪些差別？」

「體格啦、氣質啦、神情啦……很多方面。我覺得他好像高了一點。聽說他還練健身，有腹肌，真的假的？」

「你也有這種感覺？」另有一股說不出具體的異樣感一直縈繞他心頭，羅伯威摸不著頭緒。

「嗯。唐杰神隱好長一段時間再度出現，大家覺得他脫胎換骨，簡直判若兩人。他復出後行蹤變得神神秘秘的，首映會想訪問他，結果卻沒來！」

「潔瑪說他回診。」

「好多記者想找他，手機不接，雖然比以前更吸引人卻變得疏離，和我們的互動變少了。」

「你對唐杰這麼有興趣應該去追蹤他，而不是在這喝酒跟我閒扯淡。」

「我怎麼會放過他，他還是很有話題性。」說罷，華泰對羅伯威賊賊的一笑。見他一臉矇，搞不清楚狀況，不禁更得意。

「有話直說，華泰，不要故弄玄虛。」

「我是觀察敏銳的記者，演藝圈的動靜我都瞭若指掌，唯獨唐杰拍戲受傷後，神隱一大段時間不知所蹤，雖然潔瑪開了記者會仍無法解開我的疑惑。接著，唐杰突然憑空冒出，還練了一身好身材，前後形象差異極大。還有，那張臉。」

「臉？臉怎麼了？」

「我覺得唐杰大有問題。」華泰神秘的說：「現在這個唐杰，不是以前那個唐杰。現在這個唐杰是假的。」他以為這麼一說會教羅伯威大吃一驚，沒想到他反而拍桌大笑，令他尷尬。

「你是說，像電影那樣，把唐杰的臉貼到另一個人臉上，假裝唐杰？」羅伯威肢體誇張的取笑，華泰一臉怏怏不樂。「他為什麼要冒充唐杰？唐杰呢？到哪兒去了？」

「我想說的是，我懷疑唐杰整容過。」

「整容？」會不會這就是他覺得唐杰哪裡不一樣的癥結點？「整容也不是什麼大事。瞧你說的神秘兮兮。」

華泰自己也知道整容一事沒啥好報導，但心裡那種怪怪的感覺就是揮之不去。「希望唐杰搶走你的工作機會，你也能像嘲笑我般樂觀面對。祝你早日追到潔瑪。」他冷不防的反擊。

羅伯威笑容僵住。胸腔的怒火頓時如火山爆發般，需要更多的酒來澆熄。

有求必應，一隻纖細有美甲的手緩緩推了一杯酒過來給他。他順著手臂往上看到它的主人，精雕細琢的臉孔，服貼滑順的短頭髮，性感火辣的身材。

羅伯威臆測她的意圖。聊天？上床？爲了形象，他收斂很久了，現在的心情需要後者的發洩。不過，先君子。「請人喝酒前應該先自我介紹。」

「你好。」她不急著說出自己的名字。

夜店裡沒有白喝的酒，他瞭解夜店男女遊戲規則。「有什麼事我可以爲妳服務？」

「我看你很失落，所以過來與你聊聊。」她投以意味深長、心照不宣的眼神，「到哪兒都行。」

他隨口應答：「好啊。」

反正最後結果都一樣。

第六章

該是讓魯彥正式認識馬立安的時候。

他們四人在一間魯彥非常熟稔且隱密的餐廳包廂內密會。

「客套話就免了。其實第一次見面我便感覺哪裡不太對勁，因爲太高興就忽略了。我萬萬沒想到你們竟然有辦法找到替身，而他是如此像唐杰。」

「我們稍微訓練過他。」

「你絕對不是圈內人，否則我一定知道。」演藝圈有各種工作人員，就算是替身，魯彥也會過目不忘。「你怎敢接下這個挑戰？」

「這是個機會，機會來了就要及時把握，可不是每扇門都能芝麻開門，我願意挑戰。」

「在社會上想要出人頭天，不是得跪下就是躺下。你屬於前者或者後者？」魯彥問得赤裸裸、血淋淋。他一貫的作風，語不驚人死不休。

「我願意爲五斗米折腰。」

魯彥瞇起眼睛看他。「你呢，就是一副在社會中吃足苦頭的模樣，和其他平凡之輩差不多，不是沒有才華，而是欠缺一個機會。」

「你倒像是沒沒無名的小士兵，踩著小兵的肩膀成爲大將軍，反過來教訓小士兵。」馬立安知道魯彥成名之前曾是無足輕重的檢場。

潔瑪不安地看著馬立安，巴比低首撓頭，假裝沒聽到這番針鋒相對的話，佩姬打量這包廂的空間有多大，看能不能避遠一點。

「影視娛樂是座造夢工廠，我們帶給人們無限想像力，明知不真實卻是人們短暫抽離現實世界的『暫時避難所』。不管哪一種劇情，都要全心投入，我的要求很高。」

「我也從不輕言放棄。」

魯彥看他的眼神不一樣，同時帶著不屑與欣賞。

「隔行如隔山。表演是門藝術，可不是每個人都能當演員。跟我拍戲，只有吃苦，只能成功。」

馬立安面帶從容的微笑。「當然。否則我們在這裡除了吃飯還有其它意義？你邀我來，某種承度也算是你對我的肯定。是吧？」

魯彥的眼睛像發現一個全新物種般地發亮，極欲看他有哪些本事可以發揮出來。

「哈哈哈，沒錯！雖然贊助商比較喜歡羅伯威，但我個人欣賞你。所以麻煩你拿出看家本領，不要讓我後悔，讓大家耳目一新！」

潔瑪見魯彥毫無芥蒂接納了馬立安，終於放下心中大石頭，吁出一口氣。

「馬立安，新戲《再建新人生》中你所飾演的是一位失婚又失業的男子，其形象清瘦，所以後期你要減肥。」魯彥的手腕在空中畫圈圈，嘴巴跟不上腦海飛快的思緒，「要戒毒、找工作、懺悔、挽回妻子的心，大致上是這樣，看情形修改劇情。你瘦一點比較有說服力。」

「減多少？」馬立安問。

「十公斤吧。」

佩姬驚訝的喊：「十公斤!?很多耶！他並不胖啊。」

「我知道，但他精壯，所以得多瘦一點才能顯現被困苦生活、無形罪過、思念之情所折磨的慘樣，這樣才有說服力。」

果然是虐待狂。潔瑪心想。

「沒問題。」馬立安一口答應。

魯彥心情大悅，拍拍手。「新戲很快開拍，今天就好好吃！明天開始減重！今晚不醉不歸。」馬立安搖頭拒絕。「不喝酒，不給我面子。」

「酒精誤事。」害他穿幫。

「呵呵呵，我看你應付得很好。別掃興，喝！」說完，魯彥逕自斟酒送到他面前。

馬立安以眼神詢問潔瑪，她默許點頭。接著，大家舉杯互敬。

上菜了。女服務生的眼睛不時瞟向馬立安，對他狂放電，馬立安回以禮貌性的微笑。

「還需要什麼隨時按鈴，隨傳隨到。請慢用。」

女服務生離開後，魯彥八卦的問：「我看你的樣子，應該有不少女人主動上門吧？」

馬立安抿嘴，不想再回答這類問題。倒是巴比很有話講。

「上門而已？想包養他的人有一堆！要是靠包養就能發達，他絕不會在這裡。」

馬立安皮笑肉不笑的瞥向巴比，後者縮了縮身體。

費。

魯彥饒富興味地看著馬立安好一會兒。「跟著我，我讓你飛黃騰達。」

馬立安舉杯。「請多多指教。」

方才那位女服務生返回廚房立即傳送訊息：唐杰在這兒，預計兩小時後離開。別忘了眼線

席間，他們相談甚歡。酒酣耳熱後，互相道別。

臨上車前，馬立安按住潔瑪的手，不讓她開車門。

「怎麼了？」

「陪我走走。」他提出要求。「我有點醉，想吹吹風，冷靜冷靜。」

「可是，我怕你被認出來。」

「這麼晚了，不會有人。如果妳真的會怕，那麼……。」馬立安伸手鬆開她的髮髻，再拿出自己的黑色無度數眼鏡給她戴上，瞬間換了個人。他自己則戴上鴨舌帽。

「原來你早有預謀。」潔瑪瞋視他。

「我想與妳在外面約會，這樣我比較收斂。尤其在喝過酒之後。」

這樣變裝還不夠，潔瑪把頭髮全塞進衣領內，再拉出來一點，看起來倒像短頭髮的佩姬。

「去哪兒呢？你的臉孔很容易被認出來。」

馬立安拿出兩只黑口罩。「我們去公園，安全又隱密。」潔瑪並不這麼想。

享受當下。她告訴自己。

他們併肩走過街道進入公園。

夜晚的公園沒有太多景色可以欣賞，不過，柔和的路燈、寧靜的氣氛、似有若無的微風，對許多夫妻、情侶、初次探索愛情的年輕人來說，倒是一個非常適合談情說愛的好去處。就連黑暗中的樹木都顯得可親無害，在路燈照亮下頗有羅曼蒂克的氣氛。先前，潔瑪對馬立安的提議有些躊躇不安，隨後就放鬆心情，享受輕鬆氣氛帶來的慵懶感。

「沒想到晚上還有這麼多人在公園。」

「由此可見，妳忙到沒空體會生活。」

「感覺我已經工作了一輩子。」潔瑪自嘲的說。「我常在夜晚下班，但不曾在公園散步。」

「所以才要帶妳出來走走，糖糖。」接著，他朝她伸出右手。

潔瑪不解的問：「你要什麼？」

「牽手啊。」

「什麼？牽我的手？不好吧，會被人看到。」她四顧張望。

馬立安指著前方不遠的一對夫妻。「這很正常，不要想太多，我們就跟其他人一樣。」

「你一直都這麼直接？」

「猶豫不決會失去更多東西。」

馬立安本來就一無所有，不擔心失去什麼。可是，有了潔瑪後就不一樣。要顧慮她、工作、未來……，有許多要牽掛的人事，他會不輕鬆，但不會就此放棄，把握眼前的幸福才是最重要。

「所以當初那兩個人找上你你才會答應？」

「我正好失業需要錢，只要不賣身，要我做什麼都可以。妳看，男人也有貞操觀念。」

潔瑪掩嘴失笑。「沒有心也不賣身的男人。世上有這種男人？」

「花錢買來的愛情不是眞的愛情。」

「可是如此一來你的負擔會變得更重。」

「女人是花，男人是草。我被踐踏多次還是活得好好的。」

「你的生命力很強，馬立安。」潔瑪終於伸出手讓他握。「憑著這股勁，我相信再困難的生活都難不倒你。」

「崇拜我了？」

潔瑪忍住笑。「嗯……有一點點。」

「看來我需要再加把勁。」

「你表現得超乎我的預期了。跟你透露個小密秘，魯導想藉著這部新片得獎。」

「這個老狐狸。剛才沒說。」

「你盡力表現吧，我看他對你很有信心。對了，有件很重要的事必須讓你知道，新戲的女主角是唐杰的前女友。」她語帶憂慮的說，要魯彥換人是不可能的。

「你們再多告訴我有關她的事，我會注意。」

「他們私底下的生活我不知道，這是我擔心的部分。」

「既然『我們』已經分手卽不會再有任何瓜葛。」

「那可不一定。她喜歡的類型正好是你現在的樣子。」

「妳怕『我們』舊情復燃？」

「她現在沒有男朋友，難保她不會主動出擊。」

「咦，我怎麼嗅到一點點醋味？」他調侃的問。

「去檢查鼻子吧。」潔瑪好沒氣的回應。女主角確實是預想不到的隱患。「馬立安，跟魯導拍戲不輕鬆，很嚴格，你最好有理準備。」

「妳呢？糖糖。」

她舉起兩人相握的手，看著它，說：「除此之外，其它的我不擔心。」

「偶爾我也想當個紳士，來點純情浪漫的戲。況且，我一直很想試試這種感覺。」

「純情？在你身上我沒辦法想像。」潔瑪憋著笑，挖苦他。

「謝謝妳喔。」

「其實，我也沒有好好談過戀愛，忘記青少年是怎麼談戀愛。」他們相似之處，把精力都獻給家人。

「別想得太純情，除了上床、上床，還是上床。」

她哼笑一聲。「你不也是這樣。」

「跟妳就不同。除了上床，我們什麼事都可以做。眞正的談情說愛。」心底的獨白：好哀怨。

潔瑪嘻嘻笑，然後喃喃低語：「這種感覺眞不錯。好像回到十八歲，單純又無憂，讓人忍不住覺得有點害羞，無比溫柔，只要手牽手，就能感到幸福。」她的心飄飄然的，彷彿真的回到那個年紀，心情不覺柔軟了起來。

馬立安緊緊握了一下她的手，表示同感。

「現在直接回家恐怕妳有危險，在外面相對安全。」

「謝謝你的保護。」潔瑪佯裝一副感激不盡的模樣。

「又被妳挖苦。」馬立安好沒氣的說：「枉費我竭盡心力當柳下惠。」

「謝謝你喔，馬立安。」被自己的男朋友保護不讓他侵犯她，真是奇特又好笑。

他將她握得更牢。她笑著瞅著他的側臉瞧，發現他的臉部輪廓很男性，他的手很有力卻又能輕柔的握住她，他的臂膀很強壯，令人想倚靠著他。

彷彿感應到她在看他，他板著臉孔沉聲說：「不要這樣看我，糖糖。」

「看了你會如何？」

「我會想抱妳，親妳，接下來……妳知道的。」

「我什麼都不知道。」她樂當不開花的水仙，窮裝蒜。

「就是那種體內有股想互相給對方『肉體掌聲鼓勵』的荷爾蒙在作祟的衝動。」馬立安拍拍手掌，藉以形容性愛動態。

潔瑪輕捶他手臂。「你討厭啦！」

他驚呼：「沒想到妳竟然聽得懂！」

「講得那麼白誰不懂。還說要當紳士呢，自欺欺人。」

「嘿，我已經很自制做到這種程度，妳還不領情。」

「男人果真是簡單的生物，僅僅一個注目就擾得心湖起波瀾。不是師法柳下惠？」

「柳下惠也會勃起好嗎。」

潔瑪忍俊不禁失笑。「說不定他性無能，所以才坐懷不亂。」

「我警告妳，妳這是在玩火自焚。」

「你說會保護──」話未說完，馬立安突然握住她的手腕，將她轉過身，眼神灼灼的盯著她。潔瑪看不見他的表情，但不需要看就明白他想做什麼。她喃喃低語：「我相信你不敢在此輕舉妄動。」

「我看起來像是和『不敢』兩個字連在一起的人嗎？」他拉下口罩，她連忙搖搖頭，伸出雙手把他的口罩往上拉。他抓住她，阻止她，手指輕輕撥開她額上的頭髮，並且滑下她的臉頰愛撫。她在他的撫觸下微微顫抖。「糖糖，妳挑起的開端，別怪我。」他慢慢的將她的口罩拉下，目光交鎖片刻，然後漸漸低下頭……接著毫無預警的戛然止住。

潔瑪失落且不解的望向他。他深深的吸一口氣，幫她重新戴上口罩。

「……馬立安？」

「我們約定好的，記得嗎？在代替唐杰的這段時間不跟妳亂搞男女關係。我希望在演藝事業功成名就後再對妳出手。」他故作輕鬆，幽自己一默。

「……馬立安，我知道你的夢想是當廚師，我們的要求算不算耽誤你？」她語帶愧疚的問。

「我的夢想是當廚師，夢想需要錢做後援，錢是英雄膽，糖糖。我現在當藝人有比以前更豐厚的收入，可以藉此機會累積實現夢想的資金。我是個沒有背景，運氣又差的男人，唯一令我覺得幸運的是遇見妳。妳提供工作機會給我，我得有好成績才有資格擁有妳。」

「噢，馬立安……。」潔瑪好感動。

「這得感謝巴比。」

「哦？」

「巴比顯然不是很瞭解、相信我，認爲我只是個借殼上市公司，不牢靠，無法給妳任何保障。也就是說，眞正的我不能給妳幸福。」他低頭看她。「所以我要證明我有能力，養得起妳、配得上妳，給妳實質上的安全感。」

「馬立安，」潔瑪抬頭凝視著他，一手平貼在他的胸前，一手欣慰地撫上他的嘴唇。「我現在就以你爲榮了。」

他握住停放胸前的手，吻她的手掌心。「這是目前我能忍受的最大限度，所以別再撩撥我。」

潔瑪忍俊不住。

倆人繞著公園邊走邊說，講一些工作的事情，好笑的事情，日常的事情，像結婚很久的夫妻。

潔瑪依偎在他臂彎裡，頭一次感到自己不是孤軍奮戰。

馬立安摸摸她的頭，親吻她的頭頂，把她擁進懷裡。這時，他感到一陣詭異，心頭響起警鈴，警覺地四處張望。夜色昏暗，看不出任何異樣。是他多疑嗎？

「怎麼了？」

「沒事。我們回去吧。」

爲確保萬一，馬立安刻意繞遠路，直到潔瑪說她累了，直到被跟蹤的感覺不見，他才把車開回家。

＊　＊　＊　＊　＊　＊　＊　＊　＊

馬立安與潔瑪在溫馨寧靜的空間中享用早餐，有一搭沒一搭的講話，偶爾兩人眼神交會，首先低下頭的總是她。她很氣（並不是眞的生氣），覺得自己氣勢弱他許多，所以也回視他。效果當然不彰，因爲她看到他眼中還有其他慾望，那令她不由自主地顫抖了一下，最後還是垂下眼瞼認輸臣服。

正當兩人沉浸在只可意會，不可言傳的氣氛中，電鈴驀地乍響，接著長響不停，儼然不把屋內的人吵醒不罷休。可以不經過管理室直達住所的人只有巴比和佩姬。潔瑪快步去應門。門一打開，佩姬旋風似的衝進來，後面跟著巴比，暴雷雨般的大聲吼叫。

「潔瑪，出大事了！你們兩個還有心情在這裡喝咖啡？」

「什麼大事？」她一臉驚訝的問。馬立安未受影響，一臉閒情雅致調泡潔瑪最愛的拿鐵咖啡。

「馬立安被偷拍了！喏，報紙。」

潔瑪看到報紙斗大的標題：直擊唐杰的新歡，助理佩姬!?

「他昨天晚上不曉得跟誰出去，結果被記者偷拍到！我不是他的新歡，妳才是！昨天餐敍完巴比和他的朋友去唱歌，我回家追劇，壓根沒和他——」佩姬用力指向馬立安。「在一起，更沒有『兩人在公園熱吻』這件事，還沒上班我就已經接到不少記者、朋友打來問的電話。怎麼回事？他昨天和誰出去妳知道嗎？」

潔瑪望向馬立安。

「昨晚和我在一起的人是潔瑪。」馬立安淡定的說。

「可是那個女的是短髮啊，潔瑪是長——」佩姬恍然大悟，「潔瑪變了裝？」

「我的錯。」馬立安將責任承擔下來。

「當然是你的錯！害我被誤會是你的新歡！」她哭天搶地的哀嚎，「我會成爲女性公敵的！」

「我沒有親她。唔……還差一點。」

「這已經不重要了。你趕緊想想該怎麼解釋。煩欸！給我搞這一齣。」

昨晚果然有背後靈。馬立安心想。

「是誰通風報信？那個記者或者某人應該沒有看到潔瑪，要不然標題更聳動。」巴比說，「例如『唐杰與姊姊親吻』、『唐杰愛上姊姊』……之類的。」

「這表示事情尚未穿幫。」馬立安雲淡風輕的說。「不用太緊張。」

佩姬不敢置信地瞪著他。「你一向都這麼處變不驚？」

「慌張解決不了事情。所以我在想……」馬立安搓揉著下巴沉思。大家心頭一陣心驚膽顫，屏息地盯著他，害怕他又要說出什麼可怕的話。沒多久，他平靜的說：「我不打算否認這件事。」

「什麼!?」眾人異口同聲。

馬立安斜眼瞅著佩姬，露出充滿心機與算計的神情，看得佩姬毛骨悚然，不由自主的往後退了退，警戒的問：「幹嘛？」

「佩姬是我最好的掩護。」

巴比覺得不妥。「你可以找別的女人。」

馬立安雙肘撐在桌面，手指交叉，微笑的反問：「找誰好呢？」

「呃……找……」找不到，馬立安只愛潔瑪。而且，這場混局不宜再添加其他的人。

馬立安慢條斯理的推敲，道：「很顯然餐廳裡有內鬼，那個記者或誰沒在時間內趕到，錯過了我們。他沒放棄，因爲我的車子還在停車場，所以他在附近隨機找尋，結果運氣好，看到我們，拍了那張照片。他當然知道有哪些人在包廂內，所以才會直接聯想到是佩姬，否則，就像巴比說的那樣，引起軒然大波。佩姬，妳和我『交往』不但可以轉移焦點，掩護我和潔瑪的戀情，還可以讓記者不要再跟蹤我——這陣子我被盯上了——倘若我否認不是佩姬，那個記者或誰一定會拼命追到底，查到水落石出。」

「他想查什麼？難道你被懷疑了？」潔瑪不安的問，「我們哪裡露出破綻？」

「別緊張，潔瑪，這些都純屬猜測。現在我們順水推舟讓這條新聞成眞，後續再觀察。」

「所以，你要我當潔瑪的替身？」佩姬遲疑的問。

「妳願意嗎？佩姬。」潔瑪問。她認爲馬立安的看法沒錯。

「我才要反問妳介不介意？我當馬立安的緋聞女友哪！妳不怕我弄假成眞，最後由愛生恨，拆穿這些騙局，只爲了得到馬立安？雖然我不稀罕他。」

「佩姬，妳在演藝圈待太久，想像力太豐富了。」馬立安說。

「沒問你的意見，馬立安。潔瑪，我進經紀公司妳一直很照顧我，我很感激妳，所以我願意配合你們。」

潔瑪激動得抱住她的脖子。「謝謝妳，佩姬。」

「馬立安代替唐杰，我代替妳。這一切眞是太瘋狂！這場戲要如何收尾我無法想像。」

馬立安給予一抹撫慰人心的笑容。「船到橋頭自然直。」

「以後你們還是要小心。狗仔連已經結婚的藝人都會跟拍，企圖從裡面找出他們不恩愛的跡象來大做文章。你們『姊弟戀』要傳出去，經紀公司會抓狂的！」

潔瑪聽得臉色發白，馬立安輕握她的手。「我不會再出錯，公司不會發瘋。」

這時候安定軍心很重要。

佩姬仍免不了抱怨道：「這下等著社群軟體留下一堆謾罵、詛咒我的話，洗版我。呿！」

「和你們在一起工作，心臟得夠強。」巴比拉長了臉，轉移話題，「一星期後將舉辦『糖粉見面會』，我們再惡補一下。」

「這個見面會聽你們講很多次，有其必要性嗎？」

「這些人不是普通的『糖粉』。他們打從唐杰一出道，還不知道會不會成名便一直追蹤他的一舉一動，不捨不離。挫折時，是他們給唐杰打氣鼓勵，受傷後，他們仍然持續關心他，是非常死忠的糖粉。你無論如何都要親自與他們見上一面。」

潔瑪拿出三只收納箱，裡面滿滿的都是信和卡片。在這個以即時訊息爲主流的3C時代，手寫的祝福卡彌足珍貴。

「我明白了。就從這箱開始吧。」

＊　＊　＊　＊　＊　＊　＊　＊　＊

媒體聽到消息蜂擁而至。

「唐杰，你和佩姬交往多久了？」

「快兩年。」馬立安好整以暇的說。

腦筋動得快的記者發問：「那不就是你受傷的那時候？」

「是的。她照顧我，陪我復健。」

「你們很快就會有好消息吧？」記者套話。

「我就知道你們會問這個。」他一副拿他們沒辦法的樣子，然後深吸一口氣，「別逼太急，把她嚇跑了，我怎麼辦？」

「還有我啊！」一名女記者毛遂自薦，引起來其他女記者訕笑與抗議。

「排隊，我先來的。」

「別被她聽到，她會生氣的。」唐杰逗趣的說。

「佩姬很兇？」

「她是最嚴格也是最溫柔的。」

「難怪你復出後她亦步亦趨地跟著你，原來如此。」女記者恍然大悟。

「公司的『禁愛令』怎麼辦？」

「『禁愛令』嘛……」還有這個？「我會請公司網開一面。」

最後出現在電視新聞的結論是：祝福他們的戀情！

馬立安關閉電視螢幕，半側著身看向潔瑪，潔瑪也回望他，擠出一個微笑，故作輕鬆狀，說：「似乎過關了。」

他持續凝視她好一會兒，她低頭回到辦公桌前假裝翻閱文件。

「妳在看什麼？」馬立安似笑非笑的問。

潔瑪想也不想地回答：「合約。」回過神才發覺自己翻的是賣場廣告，她若無其事的移開它。他走過來，一屁股倚在桌沿，然後伸出雙手，她視若無睹。見狀，他將她拉起來，向他靠攏，起先她不願意，最後半推半就往前站一步。她沒有直視他的目光，低頭偏向一邊，唯恐自曝內心的糾結。

馬立安也學她偏向同一邊。

「不開心」

「哪有……。」她語氣懶洋洋。

「別騙我了，糖糖。妳的心事全寫臉上，在想什麼我會不知道？」

他總是能看穿她。潔瑪撇撇嘴角，不作聲。

馬立安把她拉進懷裡，她上半身與他保持些微距離，不願貼近他。

「妳知道每次我都要花多大的意志力才能控制自己不要親妳、抱妳？」

「現在不就碰了。」她噘著嘴。

「我要哄正在鬧彆扭的女朋友啊，免得她跑掉了。」

潔瑪滿不在乎的聳聳肩。「跑掉就算了，反正還有一堆後補。」

「後補的人很多，眞正在乎的只有眼前這一位口是心非、鬧彆扭的大公主。」見潔瑪態度稍微軟化，馬立安接著說：「眞的這麼在乎，我就再當一次渣男，甩了佩姬。」

「這樣做沒有比較好。」

馬立安望進潔瑪的眼睛。「只要妳開心，要我怎麼做什麼都可以，糖糖。」

「這話是花心男哄女生說的。」她嘟囔道。

馬立安佯裝不滿的直瞅著潔瑪。

「除了妳，我可沒跟任何女人說過甜言蜜語，更遑論哄她、在乎她的心情。」

「……眞的？」她小心謹愼的問，深怕他在開玩笑，讓她上當。

「每次只要妳一走近，我都得費盡力氣阻止自己的手別碰妳。到目前爲止，我覺得自己表現得超好！多半能在最後一秒煞住自己發狂的獸慾。不過，再這樣禁慾下去，我一定會憋出病來。」

潔瑪忍不住笑出來。馬立安伸手撫摸她的臉，她把手覆在他手背。

「像我這樣出身的男人，誰跟著我就得吃苦受罪，所以最好避免感情羈絆。可是，」他頓了一下，「天曉得我哪來的狗屎運遇見妳——」

她沉下臉，抗議地嘟著嘴。「把我和狗屎運相連結？」

馬立安舉雙手投降。「錯誤形容。可是，美食當前不能下手很痛苦。除了約定，似乎另外有某種力量在考驗我，看我值不值得信任，唯有通過才能擁有妳。」

「是什麼力量？馬立安。」她好奇的問。

他若有所思地輕撫她的手臂。「我不知道。」

「好吧，看在你這麼節制的份上，我可以給你一個小小的獎勵。」

無須問也知道她要給什麼獎勵，但偶爾他想裝迷糊，因此，在潔瑪很快的輕啄了一下他的嘴唇隨即後退，還故作一臉茫然。

「咦，剛剛發生了什麼事？」

「討厭，別裝蒜——」她握著拳頭眞要打他一下，結果反被他一把擁進懷裡，加深他們的吻。急迫的、飢渴的，彷彿要吻得倆人融化了才甘心。潔瑪應該推開他但沒有這麼做，因爲她同樣渴望他的吻，被呵護、被重視的感覺。潔瑪情不自禁伸出雙臂環抱著他的脖子，加速點燃慾火。馬立安的手指沿著她背脊的弧度往下移動，撩起她的襯衫，感受那優美的曲線，柔細的肌膚。就在他的手要伸進衣服內，突然傳來的敲門聲驚醒倆人。馬立安若無其事的走向沙發坐下，潔瑪趕緊整理好自己的服裝儀容。

門外二度敲門，她匆匆的說：「進來！」

「潔瑪，妳找我——」羅伯威看到唐杰在場有些意外。「唐杰。」

馬立安向他點頭。「羅伯威。」

羅伯威一定感覺到什麼，因爲他突然不講話，眼神在馬立安和潔瑪之間移動；馬立安一派輕鬆樣，潔瑪則顯得有些侷促不安，臉上有抹羞紅神態，一絲不茍的頭髮有些紊亂。他感覺到姊弟兩之間有股詭異的氣氛在流動。

「我打擾你們了？」羅伯威笑笑的問。

「沒有，我正要離開。」馬立安站起來往外走。

當馬立安經過羅伯威身旁時，他感覺到一股強大的氣場向他襲來。羅伯威不禁多看馬立安一眼。他好像眞的比以前高了一點點。男孩變男人，需要多少時間？以一個曾經受過重傷的病人來講。

「唐杰。」羅伯威喚住馬立安，後者回頭。「你一定要告訴我，你都在哪兒健身。」

「痊癒後我有專人指導，所以練得特別快。現在，任何一處地方都是我的建身房。公園、家裡、運動場，只要有心，持之以恆。」

「原來我不夠用心。」羅伯威突然想起，「對了，有間『大熊來了健身館』，你聽過嗎？那間評語不錯。」

哪壺不開提哪壺。羅伯威爲何會提及？

「那間設備普普通通，你多比較幾家。」

「你去過那間健身俱樂部？」

潔瑪緊張的斜睇馬立安，他不慌不忙的說：「去過。如我所說，設備普通。」

「是嗎？嗯。」

潔瑪連忙將注意力導回公事。「羅伯威，你來得正好，我有事找你。」

馬立安頭也不回的離開。

潔瑪還沒開口，羅伯威就先說：「明天一起吃晚餐好嗎？我們已經很久沒有單獨相處。」

「我晚上有事。」

「中午呢？」

「我和廠商有約，抱歉。」

羅伯威莫可奈何。「妳找我有什麼事？」

「我幫你爭取了談話性節目的來賓，還有出外景的特別來賓。」

「謝謝。」

「不過，知名家電廣告他們要換人。」

「什麼？他們打算換誰？」

「唐杰。」

羅伯威大大倒抽一口氣。

「妳沒有幫我爭取。」

「你是我們公司旗下的藝人，當然會幫你找工作，但他們要換人由不得我們。」

羅伯威壓抑內心的不滿，用手指頭敲桌面。「這不是針對唐杰，但我眞的覺得對我太不公平。」

「關他什麼事？」

「所有換掉我的工作機會全到他那邊去。」

「這不是他能決定的，廠商有權改變他們想要的人選。」潔瑪替馬立安辯駁。「你別懊惱，我會再看看有沒有其它工作機會，補償你的損失。」

羅伯威縱然再有多大的不滿只能嚥下去，這些鳥氣他會從別的地方宣洩。

這時，又有人敲門。「潔瑪，要開會了，快點。」

「我馬上過去。」她向羅伯威點點頭後，站起來快步往外走。

驀地，羅伯威看見潔瑪襯衫後面的下襬沒有完全紮進裙子腰裡，不由得開始回想進來後所看的場景……，心裡的疑惑不禁愈來愈深，最後他驚訝得合不攏嘴。

他進來之前，姐弟兩在忙「什麼」？

羅伯威腦海閃過一個驚世駭俗的念頭。

潔瑪和唐杰……？不可能吧！佩姬才是唐杰的女朋友。

可是，唐杰傷後姊弟兩感情變得更好，常常私底下講悄悄話，有時還給他一種打情罵俏的錯覺。

那麼，和佩姬交往是眞的事嗎？當然，唐杰已經公開承認了。

受傷後的唐杰變化得可眞大！嗯，如果事情眞如他所想可就勁爆了。

要搞清楚他所懷疑的事就得交給專業。唔，他要請華泰喝杯酒。

＊＊＊＊＊＊＊＊

馬立安從來不曉得演藝圈忙起來是如此昏天暗地。

「不忙，意味著人們對你沒興趣，你沒價值，等著被淘汰，所以要持續曝光、亮相，故弄玄虛製造話題，讓世人知道你還活著。」巴比忙個不停，有如牛蠅一樣迴繞著他不去，對著他的頭髮又戳又梳。藉著這次拍廣告的機會給馬立安換了個新造型——原本的樣子。以後馬立安不用再戴假髮，顯現他獨特的男子氣慨。他的頭髮像是剛睡醒那樣，髮型狀似隨興又漫不經心，但實際上是經過精心造型的傑作。

佩姬在一旁意興闌珊地滑手機。

「怎樣，今天的評價如何？」巴比幸災樂禍的問。

「『妳沒資格獨佔唐杰』、『最好別在路上讓我遇見妳』、『妳知道醜字怎麼寫嗎』、『到底唐杰看上妳哪一點』、『妳知道通往地獄的路怎麼走嗎』、『這是陰謀』、『不公平！近水樓台先得月』、『假消息，絕對是假消息！』、『內情不單純』。」

「嗯，還好嘛。」

「『希望你們快點結婚』、『什麼時候生寶寶』、『要幸福喲』。」

「咦，誰這麼寬宏大量？」

「除了『糖粉』還有誰。」

這時，走來一個人，焦急地問：「唐杰準備好了沒？」

「再三分鐘。」巴比回應後要往馬立安的嘴唇上點唇蜜，他馬上把頭撇開。巴比嘆一口氣，耐著性子勸：「只是一滴——滴唇蜜。」馬立安勉爲其難接受。可是，看見巴比拿著粉撲往他臉上搽抹，立即反感地揮開他的手。巴比橫眉豎眼的威脅說：「你要乖乖地搽腮紅，還是讓我揍紅你？抬頭。」

馬立安生無可戀的閉上眼睛接受化妝。

要說演藝圈有什麼令他不適應，當屬化妝，他知道這樣做比較好看，有精神，但他覺得太娘娘腔，而一般藝人最害怕的惡意攻訐他倒是一點都不在乎。

嗯，也許應該要在乎，畢竟他正在扮演唐杰。

他要扮演到何時？他的兩個夢想，開餐廳，公開他和潔瑪的戀情，這要如何實踐？演戲，他只當作是工作，快速賺錢的捷徑。妹妹的病情日漸良好，欠的債還清了，現在自信心比以前強大了許多（潔瑪說他愈來愈自負，佩姬說他愈來愈臭屁，巴比說他愈來愈膨脹），他自認迎刃有餘於演藝工作，但是，若一直待在演藝圈，兩個夢想要如何成眞？尤其是潔瑪，他愛她，希望能以男朋友的身份與她出雙入對。

「唐杰！彩排了！」

汽車代理商是位中年發福的男人，在一旁觀看彩排過程，滿意的點點頭。

「我想體驗一下甩尾的刺激感。」他突如其來提出要求。

看過馬立安的駕車技術，代理商忍不住內心澎湃的車魂夢，欲趁有生之年嘗試一次。

「什麼？這不好吧。」他可不想鬧出人命。

「我年輕時一心創業，現在我已無法開快車，更別提甩尾。不過——」他拉長音調，露出算計的神情。「我可以坐在副駕駛座過過乾癮。」

代理商的話觸動馬立安的心，再見他一臉胸有成竹的模樣，吃定馬立安不會拒絕一位代理商「卑微」的要求。

不得不答應的馬立安面無表情的說：「不要有過多的期待。你有保險吧？」他會降低速度以求安全，不想背負老男人興奮過度而翹辮子的責任。

導演突然靈機一動，和馬立安交頭接耳一番，命人在他指定的位置架上各個不同角度的攝影機。

做好充足準備，馬立安開始一連串的動作。從車子啟動的第一秒，代理商就感受到強烈的推背感，隨著車子的風馳電掣，他緊緊攀著前面，嚇得老容失色。

馬立安的駕車技術宛如一名真正的職業賽車選手，許多動作教人看了驚心動魄，但有驚無險，比替身做得還到位。代理商在車內驚呼連連，一下子大笑，一下子大叫，既驚又喜的模樣，就像初次體驗到速度感的老小孩。馬立安多做了一個三百六十度的漂移停車「送」給他，圓一個夢。

下車時，代理商撫著胸口，喘著氣，一臉驚魂未定。

馬立安板著臉問：「你沒事吧？」。

「呼！我很好。哈哈哈哈！太過癮了！」代理商雙眼炯炯有神，神采奕奕，彷彿年輕了三十歲。「唐杰，你簡直是車神！」

馬立安心中冷哼：開過聯結車，其它車子相對簡單。

「下次不要再找我玩這種事。」馬立安轉頭對導演說，「我們正式來一遍吧。」

「不用了。就用這一次。」

「一次就OK？你確定？」巴比問。

「比我預期的好太多了。收工！」

「好吧，隨便你們。」

巴比一副有好戲可看的樣子說：「你完蛋了！被潔瑪知道你這樣玩。」

「別說不就得了。快，幫我把粧卸了。」

第七章

「你說什麼？唐杰和潔瑪兩人『姊弟戀』？而且已經超越倫常的程度？」

「對。」羅伯威說。

華泰皺眉。「你不能光憑潔瑪衣衫不整就評斷這件事，這種事要有十分可靠的證據才行。」

「我就是沒證據所以來找你，由你去追蹤他們。」

「我追啦！結果被我追出一條緋聞。」他得意洋洋的說。

「虧你是記者，僅滿足一點點小成績。」羅伯威嗤道。

「我的職業生涯還長得很，只要是值得的我都會去追。可是，你的猜測完全不可能。謝謝你的酒。」華泰淡淡的表示，顯見他並不相信這件事，打算離去了。

「你也曾經懷疑過他啊。」羅伯威試圖說服他。

「唔，是啊。」

「那如果他不是唐杰呢？也許有人假扮唐杰？」

「唐杰爲什麼要假扮自己？」

羅伯威聳聳肩，胡亂臆測：「因爲……真正的他有事不能來？」說完，自己乾笑了兩聲，見華泰提不起興趣，他反問：「你之前覺得他怪在哪裡？」

「臉。」

「如果你又要說整容那一套，沒什麼大不了。」羅伯威不耐煩的揮了揮手。「回到正題。到底你要不要查？不管是唐杰本人有問題或者他和潔瑪姊弟戀有問題？」

華泰思忖了會兒。這個可憐蟲因唐杰出現而聲量下降，想必心有不甘，故意找碴。

這時，華泰的手機響起。那人不等他開口，先劈哩啪啦罵上一陣。

「妳說我搞錯了？」華泰問，「怎麼說？」

「那天巴比和佩姬先走。過了二十分鐘後，魯導、唐杰、潔瑪才一起離開。白痴啊你！」

「可是，唐杰承認了。」

「反正那天我親眼看到三個人最後才走，愛信不信隨便你。」說完，掛斷手機。

華泰思忖，露出一個懷有心機的笑容。唐杰確實有很多可疑之處，「姊弟戀」這件事若屬實的話，總編鐵定樂翻天。

「好吧，我替你查看看。」

見華泰答應，羅伯威一喜，對著酒保說：「再多來些酒！我請客。」

＊　＊　＊　＊　＊　＊　＊　＊

「糖粉見面會」在王子酒店舉行。

他們盛裝打扮前來，內心雀躍不已。唐杰出現時，他們激動得哭了。

「大家好！好久不見！你們有沒有想我？」一番問候，逼出他們的眼淚。

「我們好擔心你！唐杰。我們期待這次聚會好久了！」

「謝謝你們大家。在聊天前我先送給大家一個小禮物，感謝你們對我的支持以及不離不棄。」說完，他親自拿著禮物，一個一個喊出他們的名字把禮物送給他們。今天馬立安特別排出時間與他們話家常，就像以前那樣，大家都是朋友，來自各地，因爲唐杰而互相相識。

托唐杰之福，其中有人結婚了。

「如果不是你，我這輩子不可能遇到比他更好的人。」喬如說，然後對著身旁的男子微笑。

馬立安很是羨慕。「祝你們一輩子幸福。」

「我們也祝福你和佩姬早日結婚！」喬如感性的說：「只有結婚生子，你才體會得出生命的完整美滿，否則只是空殼軀體。」

馬立安望向佩姬身後的潔瑪，後者若無其事般的垂下眼瞼。

「佩姬，一定要幸福喔！」眾人異口同聲的說。

佩姬尷尬得手足無措。「謝……謝謝大家。」

「待會兒大家別急著走，留下來吃晚餐。今天的餐點你們一定會喜歡！」

大家熱熱鬧鬧的吃飯、聊天、拍照，沒有人對馬立安起疑，愉快度過「糖粉見面會」。

＊＊＊＊＊＊＊＊＊

羅伯威被潔瑪叫進辦公室。

她面色嚴肅的將一疊資料放在他面前，靜待他看完後如何爲自己辯解。

「只是玩玩而已。」

聞言，潔瑪火冒三丈，語氣嚴厲的說：「她有你們的『私密照』，還有就醫紀錄。現在她要你給她一個交待，你要負全責，否則見諸媒體。」

「我會否認一切，說是她捏造的。」

「我以爲你最近收斂了。」

「我是啊。」羅伯威不在意地將那疊資料丟回桌上，「這已經是一年前的事了，現在才爆出來，那孩子是不是我的還不一定。」

這話他可真說得出口。「她有親子鑑定書。」

「她如果那麼在乎孩子，應該先來找我，再決定要不要把孩子生下來。」

「她說你不接她的手機。」

「每通跟我沾上邊的女人的電話都接，我會接不完。」

她不可思議的問：「你到底有多少女人？」

「都是以前的事兒了。」

見羅伯威這麼吊兒郎當，不當回事，潔瑪心裡很生氣卻無輒。現在最重要是息事寧人。

「至少打個手機安撫她，緩和情緒。」她說。羅伯威勉爲其難同意。「公司有禁愛令，爲了你的形象，暫時別跟任何女人有牽扯。」

聽她這麼說，羅伯威氣不打一處來。「唐杰可以交女朋友，我就不行？」

潔瑪一頓，辯護道：「他公開承認示愛，兩人大大方方交往。」

「我也想跟妳談戀愛，潔瑪。」羅伯威重題舊事，一臉正經的說：「再給我一次機會。」

「這個時候了你還說這種話!?」這男人眞可惡！才得知自己有一個孩子不想辦法解決，成天只想著約她。

「別因爲一個來路不明的孩子誤會我。」

潔瑪用下巴指著桌上那疊資料。「事實擺在眼前，我沒冤枉你。」

「那還不一定是眞的，而我是眞的喜歡妳。前一陣子妳不也和我約會，給了我機會。」羅伯威強調著說，唐突地伸手握住潔瑪的手。她一驚，下意識迅速抽回自己的手。

他訝異於她的舉動，頓時倍感屈辱，好像他是某種髒東西。

羅伯威感覺在她面前失去男性尊嚴。當下，有個模糊的想法油然而生：他既想得到她又想看她受到同等屈辱。

「你若不改變行爲，以後不再續約。」

羅伯威故作不在意的神情，然後起身離開。

那個念頭現在根深柢固了。

＊＊＊＊＊＊＊＊＊＊

新戲開拍。

「唐杰！你到底懂不懂得什麼叫『空虛』？『空虛』！多用你的心去體會！」魯彥咆哮。

「……是……。」馬立安汗流夾背的說。

爲了老婆帶著小孩回去，他首度感到家中一片寂靜的這段場景，他被糾正了二十六次。他認爲自己已詮釋演出，但魯彥可不這麼想。

「你要把唐杰的身分抽離，想像自己是劇中人。靈魂被抽離、掏空，懂嗎？被掏空！想想你的人生，有過一無所有吧？再來一次！」

「魯導好像在要求新人似的。」在旁的工作人員說。「我覺得唐杰演得很好啊！」

「唉，只有魯導才知道自己的標準在哪裡。男演員還好，女演員沒有一個沒被他罵哭過。」

空虛……。馬立安深吸一口氣，閉上眼睛，想起第一次電影首映會，他回到自己簡陋的住處，失魂落魄的狼狽樣……。

「對！我就是要那種表情！」魯彥大喊，「接下去演！」

面對曾經擁有卻突然間一無所有的窘境，工作沒了、妻兒離去，他不知所措，最後頹喪的坐在地板上。

這時候，馬立安應該按照劇本對著鏡頭流下懺悔淚。

可是，他並沒有這樣演。依照直覺仰頭凝視著上方的某個點，眼睛空洞無神，但有一點小星火在亮著，似在對上天求一個機會，一個贖罪的機會。不知道上帝是否休長假去了，不打算理他。

魯彥眼睛一亮。「燈光！打在他的右臉，這個部分我要側臉剪影！快點！」

「魯導好吵喔。」工作人員小聲的抱怨。

「他的情緒非得強烈才行。」

「唐杰也很拼，已經連續四天睡攝影棚。」

「眞慶幸我不是演員。」

「哼，難怪你只能當幕後人員！」兩人乾笑，繼續看唐杰表演。

此部電影採用倒述法呈現。

男主角獨坐豪華空宅，回憶過往……。

他是個志得意滿，意氣風發的建設公司年輕主管，有一位自大學便相識相戀最後結婚的妻子，婚後育有一子。成功來得太早，目高於頂，他漸漸忘了謙遜。高階主管見他表現比他優秀，深怕有天被取代，於是設計誘他入賭場。賭博宛如毒品，一經嘗試就此上癮。職場成功令他自傲，賭場勝出教他瘋狂，美女隨侍在側，賭金更是大把大把下，直到花光積蓄仍未清醒。他轉向地下借貸，欲求翻身，卻只是將自己推入深淵。忍無可忍的妻子憤然攜子離去。沒有朋友願意幫看人甚低的他，父母親也無情地斷絕金援，他們悔恨自己寵兒不教。現居的豪宅亦將易主，他不但一無所有，還欠了一屁股債。沒了支撐點的他重摔在地。他明白得重新來過，但高傲過頭的他無法屈尊普通職員的工作，而聲名狼藉的他也沒有任何公司敢雇用。人只有在遭受重挫時最清醒，全是他自己造成的，怪誰。從前他是人人稱羨的勝利組，如今人人避他如瘟神，唯有討債公司勤於找他要錢。他不得已逃離熟悉的城市到外地，從工地活兒做起，沒有人知道他的過往。見他弱不禁風地幹著粗活，工作夥伴口頭揶揄但還是給予最大的包容。人嘛，總要混口飯吃。儘管他看起來快被太陽曬乾，被操得又黑又瘦，內心卻逐漸踏實、領悟。

馬立安初次拿到劇本，中段劇情簡直就是他的人生寫照。人生何嘗不是一齣戲。

偶爾，他回妻子娘家找她，看看兒子，見過往毫無工作經驗的妻子揮汗如雨的在麵店工作，遭人斥來喝去，心懷愧疚的他只能在兩人匆匆對視後無言離開。兒子見到他倒是開心不已，問他何時能回家。他心虛的說，很快。內心被自責啃得坑坑洞洞，回程路上強忍淚水。

某日，他無意間看到施工處有嚴重缺失，告訴了主任，免於後續繁瑣的修正。閒聊幾句，得知他是大學讀建築的。主任測試他的能力，他一一提出想法與建議，主任心喜，於是把他推薦給公司。原來主任是建三代，沒有端架子，願意給他機會，他趕緊抓住浮木。神通廣大的討債公司上門差點讓他丟了工作，所幸主任包容他的過往，提出一個條件，如果他能在期限內完成建築設計圖並拿下年底建築業界最高榮耀的「魯班獎」，會替他還掉三分之一債務。他決心藉著這個難得的機運東山再起，日以繼夜的構圖。他省吃簡用，多數薪水寄給妻子，一半歸還討債公司，少數當日常生活開銷。再次找妻子，沒把握她是否想見他，終於鼓勇走向她，告訴她他的近況。妻子聽完後僅說句，你瘦了，隨即被叫進去工作。這次回程他沒有哭，再次檢視自己的人生，加重決心一定要拿到「魯班獎」。

劇情內心戲居多，可不是掉幾滴眼淚就能隨便感動人，如何讓觀衆感同身受，對演員是一個很大的考驗。

魯彥不滿意馬立安的表現，而這一場只是剛開始。

「唐杰，不要以爲你是來串場的，你若把自己當成是素人，就是素人。我要的是演員，一個能把自己融入劇中角色的人！」

馬立安默默不語聽著魯彥的訓斥。他不是沒被人羞辱過，此景不就是檢驗他能否放下「馬立安」成爲劇中人的時刻？

「再來一次。」

潔瑪無聲無息的走進片場，有人看到她要喊出她的名字，她趕緊做了個噤聲的手勢。

「這是慰勞大家的，你們辛苦了。」

他們拿到兩大袋飲料、食物。「謝謝！我們都快餓扁了。」

潔瑪沒多作停留，隨即離去。幾秒後，馬立安朝原先潔瑪所在的方向望去。沒有人。隨後投入戲中。

收工後，女主角沈安琦找馬立安參加她的生日派對，他拒絕，魯彥卻替他答應，她喜孜孜的離開。

馬立安不爽的說：「你幹嘛答應？我想回家。」

「嘖嘖嘖……。」魯彥發出怪聲，馬立安怒目相向。「我知道你和潔瑪如膠似漆，不過，不能完全沒有唐杰的社交生活啊。別老是忘了你現在的身分，你們保持點距離比較好。」

某個虛無縹緲的思緒倏地一閃而過，馬立安來不及補捉隨即而逝。拍戲累了，他不願多想，點頭勉爲其難答應。

見慣了演藝圈各式各樣名目的派對，大同小異，馬立安覺得無趣，於是坐著與魯彥聊天，和其他人打屁哈啦，盡可能的壓抑自己想起身離開現場，直奔潔瑪家的衝動。

席間，沈安琦一直與他們同坐，看似平常，閒話家常，眼睛卻不時瞟向馬立安。

待了近一小時，馬立安終於忍不住起身藉尿遁朝外走去。戶外涼風吹來，稍稍提振他的精神。

「馬立安。」

他回頭看。「安琦。」

「這麼快就走，怎麼不多待一會兒？」

「我會再進去。」馬立安敷衍她。

她一副欲言又止的說：「自從我們一起拍戲，你很少找我講話，是不是還在生我的氣……？」

他禮貌性一笑。「沒有啊。」不認識她，無話可說。

「那……你最近好嗎？」

她不是每天都看到他？煩。「老樣子。」馬立安看出她有別的心思，他希望她最好別開口。拍戲累了，他想回家洗澡、陪潔瑪吃宵夜。

「我覺得你痊癒後整個人變得不一樣，有時候我甚至感覺你好像是另一個人。以前是陽光男孩，現在是冰山王子。」

「經歷過生死，任誰都會有所改變。」

「我在想……」她咬了咬下嘴唇，「我們哪天約個時間吃飯，你說好不好？」

見多了同樣的神情與語氣，馬立安明瞭在心。「妳不是有男朋友？」

「在你住院的時候就分了。」沈安琦爽快的說。「我曾想去探病，潔瑪說你需要靜養。」

「妳沒有看報紙？有佩姬在照顧我。」他提醒她名草有主了。

「我知道，但我感覺你們好像沒我看到的那麼……熱絡。」

「哦，從哪兒看出來？」

「女人的第六感。」

「是喔。」還眞準。

「總之，我想告訴你，有空的話我們可以一起出去吃飯什麼的。」她認爲她仍有機會。

「當然，有空再約。」馬立安應付著說。

「你快點進來喔！」

「好。」

唉，今晚報銷了。

＊　＊　＊　＊　＊　＊　＊　＊　＊　＊

馬立安一天比一天忙，一天比一天晚回家。白天，倆人因工作時段不同彼此無法見面。對他們而言，共處的時間少得必須錙銖必較，能在潔瑪睡前與她吃一頓宵夜是唯一紓壓的方法，亦是奢侈的企盼。多數時候她已先入睡，倆人僅能透過手機與彼此互道晚安。馬立安一句「晚安」成為潔瑪安然入睡的「良藥」。偶爾潔瑪嘗試做料理，結果全數餵給垃圾桶。

她不懂，料理怎麼那麼難？

＊　＊　＊　＊　＊　＊　＊　＊　＊　＊

甜甜剛健身完擦拭臉上的汗，坐下來休息，她的閨密滑著手機痴痴傻笑。

「幹嘛一臉花癡樣。看了就討厭。」

「心情好呀。」感應到甜甜良久不作聲，閨密瞄了她一眼，發現神情有異，關心問：「怎麼，妳心情不好啊？」

「……沒事。」

「妳愈說沒事就愈有事。告訴我吧。」

甜甜遲疑好久，勉強從齒縫擠出：「有個男人……。」

閨密心領神會立刻放下手機，訝然道：「誰那麼大膽不理我們家大小姐？」

「一個微不足道的混蛋。」甜甜咬牙切齒。

「哦──妳愛上他了！」

「別用那個字。我只是不爽他甩了我。」

「把他找出來，找人揍他一頓！」

「我就是不知道他跑哪兒去才嘔。要是讓我知道他在哪，我一定……一定……」甜甜話說不下去。

嗯，症狀嚴重。「要跟我談談他嗎？」

「不要。」

閨密知道她口是心非，故意激她：「他是男的嗎？」

「廢話。」

「他開瑪莎拉蒂？」

「哼，他只有一台破機車。」

閨密一聽，挑高眉。嗯，外在條件不佳，那就是某方面有過人之處。

「他『很行』？」

「用過一次，還不錯。」甜甜直言不諱。

「拜託！依妳的條件可以選更好的男人，只有一台破車的窮光蛋就算他長得帥，他不喜歡妳，妳幹嘛作賤喜歡他？這種男人最難抓住，想和誰上床由他來決定。妳應該把主導權搶回來。」

「連鬼影子在哪兒都不知道，搶什麼主導權？」

「老實說，唯一一次的激情是不是妳用計？」見甜甜目光顧盼左右，她冷哼一聲。「遜咖。」

閨密不留情的批評，甜甜心裡更氣，嘴硬的說：「我就是要他，等到手後再狠狠甩了他。」

「妳眞是失心瘋。就爲了一個消失的男人？他是多好看、多猛，教妳愛得要死又恨得牙癢癢？」

「還不賴，堪比唐杰。」

「嘿，不要拿我的唐杰跟妳那不存在的男人比。」閨密抗議道，飛快地把手機按在胸口，一副怕甜甜搶走它的樣子。

「我曾經與唐杰不期而遇，拍了張照片，他長得眞的像他。」

「妳的他長得像唐杰？」閨密突然想起了什麼，「等等，妳說的該不會是腹部上有道大大的疤痕，叫馬立安的那個健身教練？」

「就是他。」

「嗯……，他確實是有點像唐杰。他人呢？今天沒來？」

「已經不在這兒了。」

「那就幫不了妳。」爲了提振甜甜的精神，閨密拿出手機。「喏，妳看！這是那天糖粉見面會的照片。我跟唐杰合拍了好多張。」

甜甜順著閨密滑屏勉爲其難看了幾張，看著看著，愈看愈狐疑。閨密手機裡的唐杰的確很像馬立安。當她看到其中一張照片，唐杰某個角度輕扯嘴角的笑，她心頭一震。太熟悉了！

甜甜一把搶過手機，仔仔細細的審視每一張照片。看完後眼睛飄移不定，表情若有所思。她回憶起上次追蹤馬立安未果卻巧遇唐杰一事。那張與唐杰的合照拍得並不好，光線有些暗，唐杰的手勢擋在臉前未完全顯現出來他整張臉。

甜甜左思右想。長得像不代表她遇到的唐杰就是馬立安啊。她否定自己的想法。可是，她就是利用定位找到馬立安的位置啊！在唐杰住處大樓的停車場。甜甜又找到證據支持自己的想法。

馬立安曾短暫消失一陣子然後又出現，後來再去找他，房東說他已經退租，至此之後他的手機再也打不通。現在，貌似馬立安的唐杰出現在手機裡。咦，這到底是怎麼回事？

難道，唐杰就是馬立安？那唐杰呢？甜甜皺著眉頭想不透。

「怎麼了？甜甜。」

「妳覺得……唐杰有沒有哪裡跟以前不一樣？」

「當然有啊，他變得好成熟又好有男子氣慨喔！如果說以前他是隻可愛的秋田犬，現在是帥氣的狼狗。天使版的唐杰，惡魔版唐杰。妳懂我的意思吧。」

狼狗？嗯。

「這次見面會，他還記得你們每一個人？」

「我們跟他認識多久了怎會不記得？」閨密覺得甜甜的問話很愚蠢。算了，看樣子無法從閨密口中問出個所以然。甜甜放棄了。

「欸，我還有事，先走了。」

「等一下。」她喚住閨密。「你們什麼時候會再舉辦糖粉見面會？」

「不一定耶。他剛復出，又有新戲要拍忙得不得了！怎麼，妳想去？那可不是誰都可以參加！要有邀請函。」她驕傲無比的說。

「哼，我才不想去。」

「哼，妳沒資格去。下次見囉。」

「欸，等一下，把那幾張照片傳給我，我要看。」

「可以是可以，但千萬不能放在網站上。這是大家約定好的規矩。」

「知道了，別囉嗦，快傳過來。」

甜甜心情煩躁，沮喪的心情惡劣到極點。馬立安去了哪裡？誰可以給她一個答案？馬立安是不是唐杰？

「甜甜。」

忽然有人叫她，她回頭看。是剛入會的會員，羅伯威。她不喜歡他，但還是要虛應一下。

「幹嘛？」

「我知道馬立安在哪裡。」

她不悅。「你偷聽我們的談話。」

「想不想知道嘛？」他反問，一副胸有成竹。

甜甜猶豫片刻。「他在哪裡？」

他好整以暇地問：「我們去喝杯咖啡慢慢聊？」

「……你最好知道他在哪裡。」

＊　＊　＊　＊　＊　＊　＊　＊

唐杰的汽車廣告一經播出即造成轟動，大賣特賣。

「擁有一輛好車同時也要兼顧安全性。讓您盡情享受急速與歡樂。」

「脫胎換骨，配備升級。靈巧駕馭，無與倫比。你可以錯過，但不要後悔。」

畫面呈現出來效果相當陽剛，無論是車子造型或者行駛中的流暢感。特別是唐杰親自開車，有他臉孔的鏡頭，可信度與受歡迎程度更高。最棒的畫面是，下車後代理商撫著胸口驚喜又興奮的生動表情，與唐杰冷酷帥氣卻無可奈何的表情成對比，簡直太棒了！重新燃起所有男人的車魂夢。

這是一支成功的汽車廣告。

＊　＊　＊　＊　＊　＊　＊　＊　＊

「妳又要像上次一樣不理我？」

「你沒告訴我。」

「小事嘛，事先告訴妳又會瞎操心。」

「我不想要你有危險，馬立安。」可惡的廣告導演沒先和她商量。就算拍攝內容沒有告訴潔瑪，廣告一播出誰都看得到，而且大受歡迎！

稍早回到住處，馬立安匆匆梳洗過後就往潔瑪家奔去。他已經很多天沒有看到潔瑪，難得今天有空，他迫不及待提早回家。

可是，潔瑪像上次一樣把他擋在門外。這次她學聰明了，勾住門鍊，即使他有鑰匙，除非把門拆了，否則進不來。

馬立安嘆了一口氣。

「我是野草，生命力很強的。糖糖。」他隔著門縫對她說。

「就算是野草也會被踐踏而死。我不喜歡常常提心吊膽。你走開，我今天不想見你。」潔瑪由著門縫開著。他今晚別想進來。

「妳不想我？」門內無動靜。「每晚隔著手機親妳，沒有一點眞實感。好不容易提早收工趕回來，妳卻生我的氣。妳知道魯彥好嚴格，我被他磨練得都快變成『會走路的魚骨頭』，妳能看在這點份上可憐可憐我嗎？」他述說悽慘痛苦的遭遇。

馬立安何時這樣低聲下氣的求一個女人？潔瑪果然是他的繞指柔。

門的另一邊，潔瑪不爲所動。馬立安用苦肉計誘她開門，她對他既生氣又心疼。可是另一方面，她覺得這種被哄、被求而她欲拒還迎的感覺很甜蜜……。

馬立安沿著門扉滑落坐下。

「別折磨我了，糖糖。在片場吃便當吃到我想吐，現在肚子好餓又好痛，搞不清楚究竟是饑餓造成的，還是以前開刀造成的。」沒動靜。嗯，他需要再加把勁兒。他乏力的說：「妳眞的忍心看我爲情所困？我現在宛如雨中的流浪狗，又冷又凍，沒人收留也沒人理會，自生自滅。」

「少來這套，你沒有那麼可憐，有屋子可以住，而且外面沒下雨。」

馬立安挑起眉毛，暗自微笑。

「我只有今晚有空，糖糖。不要如此殘忍，讓我進去吧。拜託妳？我的大小姐？」還不軟化？「好吧，既然妳還是不肯開門，我就回去吃泡麵。」他發出吃力的聲音站起來。

這時，門關起來，鍊條被解開，門又重新打開。

馬立安炫風似的閃進門，「妳別想跑。」

「啊！」

他抓住了潔瑪，將她旋過身來然後抱住她狠狠的覆住她的唇，但只一瞬間他的唇就轉爲溫柔。他摟著她的腰，給她一記長吻。潔瑪沒拒絕，雙手圈住他的脖子，久久不肯放開，完全迷失在他懷裡。他的吻轉爲強而有力，熱烈的舌頭攻得她連魂全飛了，直到他們都不能呼吸他的唇才鬆開。

他粗喘著說：「我好想妳，糖糖。天知道妳對我下了什麼魔咒。」

潔瑪輕笑。「嘻嘻，這是哪一齣戲的台詞？」臉上泛著紅豔的春情。

「我想再抱抱妳。」潔瑪爲他討拍的行爲感到啼笑皆非，像隻大型犬硬要鑽進嬌小女主人的懷裡撒嬌。男人也有脆弱的一面，他願意在她面前「示弱」，代表他已然對她坦然相對，像家人一樣。她領悟到這個擁抱的含義，他需要她，不是爲了感官享受，他到她身邊尋求安慰。

她拍拍他的背，畫圓圈，他深吸一口氣再吐出來，發出滿足的喟嘆。嗅著他男性的氣息，有疲倦的味道。

「你還好？」

「我需要妳再吻我一下，安慰我。」

「沒問題。」她給了他深深的吻。

「我還想與妳滾床單，兩三圈就好。求妳？」他卑微的要求。她噗嗤一聲笑出來。

「瞧你這麼大的人，還像小孩似的要東西。平常在外面一副成熟又陽剛的形象，回到家完全變了個不一樣的人。」

「遇到妳，我就幼兒化了。」

潔瑪嫣然一笑，又吻他一下。「你有雙重人格，馬立安。千萬別讓其他女人看到這一幕。」

「只有妳看到我眞實的一面。」他頓了頓，低聲問：「糖糖，妳會討厭我如此軟弱嗎？」

「不，我只覺得可愛。你肩付的責任很多，偶爾也需要休息。你說過，我是你的避風港。」

他將她擁得更緊。「妳這麼溫柔，我會得寸進尺。」

「你不是這種人，馬立安，也不需要一個人扛起所有責任。」

潔瑪是如此相信他，他很感動，暗暗發誓絕不讓任何人傷害她。

馬立安忽然神情一變，瞇著眼，嘴角微微往上斜，似笑非笑，好像即將對她說出什麼驚世之語。潔瑪看了，不禁往後縮了一下。

「話說回來，糖糖，妳應該也有情慾吧？」

「我……」這要如何回答？

馬立安促狹地問：「妳對我沒有任何遐想？」

潔瑪惱羞地瞅他。「你人已經在我身邊了不是？」

「這樣妳就滿足？我還有很大的實力尚未發揮，就這樣擺著不用太可惜了。」

「我相信就算不用也不會那麼快過期，折損它的功能。」她裝作冷靜地說。

馬立安爽朗的大笑。潔瑪惱怒的瞪他，他在戲弄她。掄起拳頭揍他，他舉手投降，哀聲嘆道：「到底我存在的價值在哪？」

在她身邊保護她，陪伴她。拜託你了！一個耳語般的聲音說。馬立安看向潔瑪。

「怎麼了？」

「妳剛才跟我說什麼？」
「沒有啊。」
「奇怪……」馬立安皺眉，剛才那聲音聽起來有些著急……。突然空氣中飄散著燒焦味，
「咦，妳在煮東西？」
「唉呀！糟了！」潔瑪連忙往廚房跑去，鍋蓋正火山沸騰也似的震動，她想都沒想直接用手掀起鍋蓋，「啊！好燙！」
「糖糖！小心！」馬立安趕緊把她拉離開瓦斯爐，「有沒有燙到？」
「沒有。」
「給我看看妳的手。」她伸出手給他檢查，「幸好沒燙到。」
馬立安看到料理檯上散佈著食材、調味料以及垃圾桶裡失敗的菜餚，立刻明白怎麼回事。他瞥向她，她聳聳肩，一臉無辜表情。掃視一週，他拿起刀子，手起刀落俐落的切菜、片肉、倒油下鍋爆炒、佐醬料。潔瑪挫敗地坐在椅子上等開飯。
不消多久時間兩道菜就炒好了，香噴噴，油亮亮。
「妳可以等我回來煮啊。」
潔瑪悶哼道：「我豈不餓死先。而且，你也沒事先說要提早回來。」就不會在他面前丟臉了。
「玩這麼大，想給妳一個驚喜卻反倒嚇死我，搞成這樣，嘖。」
「哼，反正我不擅長。」

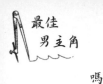

「別太勉強自己，做自己擅長的事即可。」

潔瑪盯著他看，「你變瘦了，馬立安。」

「劇情需要。」他斜瞥一眼旁邊大碗裡的麵團，問：「怎麼突然熱衷烹飪？」

「不想老是吃外食。」她嘆口氣，「顯然我沒有這方面的長才。」

「妳有我啊，糖糖。」

「你這麼忙，不如我自己隨便做一點簡單的料理吃即可。反正食物熟了就好，不需要太講究。」

「再怎麼說也不能太隨便。要不是這陣子太忙，我會做比外面還要好吃的東西給妳吃，順便教妳基礎料理。不過，一想到妳拿菜刀的樣子我就擔心。」

「放心，絕不會讓你吃到手指頭。」潔瑪訕訕道。

「那就好。」他微微扯著嘴角。

潔瑪注意到他有些失神。

「馬立安，你還好吧？」

「我沒事，一看到妳我就來精神。吃飯吧。」

馬立安不僅是餓了、累了，還有點不安。

不久前，他的劇本裡夾著一只信封，信的內容很簡單，以粗體字寫著：你瞞得了所有人嗎？

由於他很忙，沒在意，把它當廣告紙扔進垃圾桶。

第二次他又收到。寫道：我知道你是誰。

第三次寫道：眞相終有水落石出的一天。

第四次精簡多了，信封表面仍寫著唐杰，信的內容只有三個字：馬立安。

這才警醒有人已經知道他眞實的身份。那個人是誰？爲什麼不直接揭發他？那個人想看他自亂陣腳？或者威脅他付出昂貴的遮口費？幹嘛故弄玄虛，不直接約他出來談條件？

馬立安內心惴惴不安。

這些信潔瑪並不知情，他不會告訴她，她要煩的事夠多了。目前，一動不如一靜。馬立安是這麼想。時隔一天，他接到一組陌生號碼的來電。

「是我。」

「哪位？」

「你居然認不出我的聲音，太教我傷心了。馬立安。」

馬立安渾身一震，警戒地望了望四周，然後走到僻靜之處接聽。

「甜甜？妳怎麼會有這號碼？」

「我人緣好。」她得意的說。「你終於想起我是誰，馬立安。」

馬立安思忖著她的來意，預感大事不妙。

「有什麼事？」

「所以你承認你是馬立安，不是大家認爲的唐杰囉？我撥的可是唐杰的號碼喔。」

「妳想幹嘛？」

兒。

「和你的助理分手，與我交往。」從語氣聽起來像她才是決策者，他只有乖乖聽令的份兒。

「我拒絕。」馬立安冷冷的說。

「哼，不用想也知道你會這樣說。你這種倔強個性真是要不得呀。」

「我的個性不用妳操心。管好妳自己的腿，不要整天追著男人跑。」

手機彼端沒了聲音，也未掛斷，久久才又聽到甜甜裝作不在意，勝券在握的說：「既然讓我找到你，這次你再也甩不掉我。不過，我比較好奇的是，你扮演唐杰，那真正的唐杰又在哪裡？出事之後他去了哪兒？死了？傷殘了？」

「不關妳的事。」

「你這麼說我就更好奇。如果從唐杰受傷後入住的醫院查起，循線應該可以找得到他——」

「然後揭穿我？我能混到現在足以證明沒有人懷疑我不是唐杰，妳能奈我何。」馬立安冷哼道。

甜甜一怔，馬立安說的沒錯。

「好，非常好！算你厲害，馬立安。」甜甜語氣突然一轉，「不過，就算找不出證據，我也會找人修理她！」

「妳敢！」馬立安心頭一驚，一時間忘了甜甜所指的人是佩姬，不是潔瑪。

「相信我，馬立安，我敢。我得不到的，別人也休想得到。」

「信是妳寄的？」

「信？什麼信？」

「少裝蒜。」

「我沒寄信。不過，從你的反應看來，顯然收到了某種令你在意的東西。眞想看看你現在的表情，應該很緊張吧。」

「隨便妳怎麼想。如果傷害到不相關的人，那就互相毀滅。」馬立安口氣冷若寒冰。

這兩件事巴比和佩姬不曉得，更得瞞著潔瑪，他處理就好。

兩件事有關聯嗎？如果信不是甜甜寄的，那會是誰寄的？

潔瑪的手機鈴聲終止馬立安的思緒。

她的臉色瞬間刷白，身體搖搖欲墜往後倒，馬立安即時扶住她。

「……怎麼會……好，我馬上到……」潔瑪想站穩，但血液一下子從腦袋中抽離，頭暈目眩，全身癱軟站不起來，連呼吸都困難。

「糖糖，振作點。發生什麼事？」馬立安輕拍她的臉，緊張的問。

「……醫院……唐杰……」

馬立安一聽，先將她抱起來放在椅子上，然後迅速拿鑰匙、外套，再回到她身邊，問：「妳可以走路嗎？」

「你扶我……。」她氣若游絲的說。

他攙扶著她來到停車場，坐上車後替她扣上安全帶，然後火速趕往醫院。他堅定地緊握她的手。她的手好冰，顫抖不已，眼淚不停地滴落在衣服上。

馬立安全神貫注不停地超越前車，有驚無險的連闖數個紅燈。悲慟中的潔瑪隱約感覺得到車速飛快，她細碎的說：「你開……太……快了。」

馬立安不理會，只管開車，必要時長按喇叭。他太專注路況，以致於忽略了車後緊跟著另一輛同樣不要命的車子。

第八章

這一天終究還是來了。

儘管已有心理準備，做最壞的打算，但似乎永遠無法接受。

唐杰這次眞的與大家永別。

在車上還處於崩潰狀態的潔瑪，抵達醫院後反倒平靜，不哭了，能自己走路，除了臉色慘白。她面無表情，像個木頭娃娃。馬立安站立於她後方，默默地守候。

這就是眞正的唐杰？恐怕糖粉認不出來。他看過房間裡的照片，唐杰陽光般的笑容，帥氣的姿態與現在截然不同。那副身軀爲了生存已經奮鬥許久，面容消瘦枯槁，皮膚蒼白，放在被子外的手瘦到只剩皮，最終還是死神贏。他不擔心唐杰，他已經回到最後歸屬的地方。活著的人比較重要。想到從此潔瑪無人可陪，想要照顧潔瑪一輩子的心更加篤定。

驀地，馬立安全身一震，恍然大悟。

那聲音!!

起先他以爲是幻想，不知打哪兒來的聲音，認爲是自己錯聽。現在回想，自他和潔瑪合作後常常聽到的耳語，就是來自唐杰對他「喊話」。

唐杰知道自己將不久於人世，希望馬立安替他照顧潔瑪。不管是命運的安排或是佩姬與巴比在直播中偶然撞見他，讓他與潔瑪相遇，他的責任就是照顧她，保護她，陪伴她。

唐杰將潔瑪託付於他，他願意一輩子當她的靠山。

馬立安深呼一口氣，然後望向唐杰。他臉上表情祥和，看起來無牽無掛，想必知道心願已達成。

如果最在意的人突然去世，他會是怎樣的反應？馬立安想到自己的妹妹。多次病情惡化通知以及遲遲等不到移植的恐懼……。一個生命的殞落，是另一個生命的新起程。他緬懷感恩那位捐贈者，沒有他（或她）就沒有健康的妹妹。

護士勸潔瑪該離去，她們卸除唐杰身上的各種維生系統，拉上拉簾「唰」的那一聲，她終於撲倒在馬立安懷裡痛哭失聲。

由於情況特殊，葬禮超低調舉行。

沒有親戚、朋友、家人、粉絲的送行，這場告別式冷冷清清，只有四個人在場，潔瑪及其雙親和馬立安。儘管事先全盤告訴爸爸媽媽，兩人看到馬立安還是忍不住驚訝，媽媽抱著他喊：「唐杰，我的孩子……。」馬立安還以安慰的擁抱。

每個人來到世上都是哇哇大哭，離去是安安靜靜，生命結束就是這樣。可是，唐杰例外。

他應該值得一場大型告別式，讓所有喜歡他的人送他一程，悼念他，敘說著他往日的事蹟，感謝他曾帶給大家夢想與歡樂，留下不捨的眼淚。會有人希望親自向他道別，事實上也應該是如此。

只是，並非現在。

＊＊＊＊＊＊＊＊＊＊

馬立安站在渡假莊園房間外面的陽台，以手機跟魯彥說明情況，向他告假七天。

「太久了。」

「潔瑪正需要人陪伴，她心情不好也會連帶影響我拍戲，待她心情平復我會提前復工。」

「傷腦筋耶，那五天吧。」

「來不及了，我已經在目的地。」他說完隨即關機，魯彥來不及罵人。

看著屋內氣呼呼的潔瑪整理行李，他的嘴角忍不住往上揚，但隨即下垂，想著另一件事——

——喪禮結束後，他無意中聽到糖糖與她爸爸的對話。

「糖糖，唐杰已經走了，那個男的還在，這件事要怎麼解決，妳想過？」

「等他戲拍完，我會向公眾說他退出演藝圈，然後從此不再出現。」

「那妳跟他……？」

「我和馬立安只是工作上的同事。」

「儘快結束這件事，不要再和他有任何瓜葛。」

好啦，這下明白糖糖的爸爸不喜歡他，她的心情一定遭受雙重打擊。可是，糖糖的媽媽對他沒成見，還感謝他幫了糖糖，要他隨時都可以陪她回家。嗯……，他有一半的勝算。

馬立安的思緒再飄向六小時之前。他坐在潔瑪身邊，將她摟進懷裡，溫柔地撫順她的頭髮，問：「糖糖，要不要出去走走？」

「我哪兒都不想去。」她無精打采的說。

「我們去海邊？」

「不要。」

「百貨公司？」

「沒心情。」

「出國？」

「太遠了。」

「兒童遊樂園？」

「馬立安，」她望向他，露出有氣無力的微笑，「我長大很久了。」

「陪我去看看我妹妹？她術後恢復得很好，我好久沒看她，去關心一下她。」

「好啊。」她也想認識馬立安的妹妹。「什麼時候去？」

「現在。」

「現在？」她看了一下時間。「走吧。」

由於潔瑪心情低落，前往醫院的路上只顧著看車窗外發呆，偶爾問到了沒有。馬立安一逕回答快到了。待天色漸漸暗下，路燈點亮，車子愈來愈往偏僻的山路走，她才意識到不對勁，困惑的問：「馬立安，我們要去的醫院這麼遠？醫院在山上？」

「妳的手機。」他說。潔瑪未加思索就給他，只見他把手機關了，放進自己的口袋。潔瑪不解此舉動，接著他說：「我們沒有要去醫院。」

潔瑪眨眨眼睛，「那我們現在要去哪兒？」

「渡假。」

「吭？你什麼時候決定的？我沒答應。而且，我以爲你要去探望妹妹。」

「顯然我不是一個好哥哥，完全不關心妹妹，是吧？」

他假藉看妹妹名義把她騙出來!?「沒錯，你壞透了！」

「現在有個人專門照護她，我不必太擔心她。反倒是妳，需要好好休息散散心。」

潔瑪一時語塞，良久才煩躁的說：「只要幾天我就會恢復。我們開回去吧。」

「不。我開車累了，不想再趕路回去。現在不要吵我，山路不好開。」

「我才不相信你。你非要用騙的把我騙出來，好好講不行？」

「如果還記得的話，回想一下我是怎麼哄妳的。」潔瑪無言以對，只能雙手扠胸，吹鬍子瞪眼睛。「我全安排妥當，連妳的衣服也帶來了。」

「什麼!?你幫我帶衣服來?」潔瑪猛地轉身往後看，果然看到眼熟的行李箱。

「希望妳會喜歡。」他賊賊的笑說：「不過，我都挑我喜歡的。」

「馬立安！你——」

他再補一句：「包括內衣。」

潔瑪氣得七竅生煙。「你——唔……哼！」臉上又羞又怒。

看她氣噗噗的樣子，馬立安露出一個安心的微笑。生氣比悲傷好。

想到馬立安站在她的衣櫥前面考慮要帶哪幾件衣服和內衣的樣子，潔瑪羞得恨不得鑽進地裡。

哼！既然上了賊船就隨便他了。

接下來的路程潔瑪賭氣不跟馬立安說話。然而，當她看到一座充滿歐式風情的庭園溫泉渡假莊園，無數小夜燈點綴在黑暗中迎接她的到來時，她的怒氣頓時消了三分之一。好吧，一半以上。

他對她眨眨眼，促狹的說：「我去停車，妳去登記，然後我再過去敲妳的門。」潔瑪當著他的面用力甩上車門。

待他們都在房裡，馬立安這才到陽台打手機給魯彥……。

潔瑪獨自撐這麼久一定累了，她得好好休息，重新調整步調與心情。如果他不強押她出門，一定立刻投入工作，這不是好事。若非時間不允許，他會打包帶她出國。

馬立安推開陽台的門走進來，潔瑪看都沒看他一眼，雙手抱起一顆枕頭與被子塞給他，意思是：你給我睡沙發。然後拿著換洗衣物進浴室。

出來後，她瞧見他光裸著上半身做伏地挺身。佈滿汗珠的健康軀體，均勻用力的喘息聲，令潔瑪產生暇想。

眼前的馬立安，每一份男性魅力都在對她發散誘惑，她知道只要她願意靠過去，誘惑他，他一定立刻淪陷。

她不會這麼做，原因是希望在塵埃落定前不要節外生枝。上次緋聞事件，結果是佩姬當了馬立安的「女朋友」。如果他們的關係更進一步，就算以後馬立安退出演藝圈，他們倆能光明正大一起走在街上不會令人起疑嗎？他們永遠只能以姊弟的身份在一起，不能像情侶一樣在外手牽手約會。

他們可以只當朋友？光想她就痛苦……。

和馬立安保持距離是對的。潔瑪理智的想。

然而，眼前的這個男人，用他既強壯又好看的手臂做運動，堅實的胸肌與平坦的腹肌恣意暴露著，像在對她做無聲邀請。她的心跳加快，脈搏加遽，全身不由自主的燥熱起來……。

這幾天只有他們倆獨處，她若勾引他，他一定上勾。潔瑪暗罵自己不知羞恥，趕緊轉過頭去，怕被他看穿思想。看他健身是人生第一大享受，不過，她絕不會開口告訴他。

可是，她的意識在抗議，如果她不愛他，對他毫無情愫，她怎願意跟他到此渡假還住同一間房，並渴望被他擁進懷裡？

剪不斷理還亂的思緒弄得潔瑪頭昏腦脹。她假裝整理根本不需要整理的床鋪，眼睛不小心又往馬立安那兒溜過去，好巧不巧的被他抓包。他壓低頭，抬眼瞅她，抿嘴露出迷人又邪惡的微笑，聲音低兩度，壞壞的問：「我已經把『菜』熱好，要『吃』嗎？」

她死瞪著他，「快去洗澡，你臭死了，像酸菜。」內心小鹿到處亂撞。他看穿也似的哈哈大笑，走進浴室。那肆無忌憚的笑聲，氣得她把枕頭當成馬立安搥。

兩人梳洗完畢，門扉傳來咚咚聲，潔瑪起身應門，是服務人員送來晚餐。「請慢用。我們這座莊園後面有條路，沿途風景很好，明早可以去看看。」

「好的。謝謝你。」

倆人吃飽後，潔瑪爬上床，馬立安點亮一盞小燈，安份守己的躺在沙發上。倆人都沒睡，亦沒有滑手機或打開電視消除這份靜默。

「……馬立安。」

「嗯？」

「你曾感覺過孤獨嗎？」

「以前沒空孤獨。」他沒察覺自己用了過去式。

「對喔，你忙著生存。比起女人，男人好像比較堅強。」

「沒比較過不知道。妳孤獨？」

「唐杰走了，我感覺空了。」

「一直以來都是妳在照顧他，他是妳的生活重心，如今他不在，心裡少了個什麼是正常的。」

「我不要這種正常，馬立安。」她幽幽的說。

「所以才會有我出現。我『奉命』讓妳的生活不正常，塡滿妳。」

「奉誰的命令，嗯？」

「呃……命運的安排。」馬立安差點脫口說出是唐杰。

潔瑪嘆息。「自從我們把你拉進來一切都變得不正常。」

「我卻因爲你們而正常。」

「你確實變得跟我們當初見面時不一樣，那時候的你好討人厭，傲慢、冷漠，什麼事都不在乎，不知道世界欠了你多少，憤世嫉俗。」她一針見血的說，接著一轉溫柔的語調，「現在的你內斂多了，整個人變得溫暖有情感。」

「可不是每個人都能看到眞正的我，只有妳才能獲得這份殊榮。」她能給他自在感。

「殊榮？這是『得不到的永遠都是最好的』的心態在作祟。」她輕哼。

「妳，令我完美，糖糖。外在，我只是個演員，妳在我身上鑲金包銀，我有了商品價值。」

「這倒是眞的。嘻嘻，糖粉也變多了。」聽到潔瑪心無芥蒂的說唐杰的事，馬立安放心許多。

「妳對我最大的改變就是讓我有成家立業的衝動。」他難得一本正經的說，「內在有了妳，才使我眞正充實。」

「衝動？噢，那就是一時的。」成家立業？他想要和她結婚？潔瑪腦海幻想著家庭的畫面，馬立安掌杓，她追著不肯好好吃飯的小淘氣。可是，爸爸他……。

「妳眞的很愛抓我語病，糖糖。最想抱的女人明明觸手可及，我卻得忍住管好自己不騷擾妳，我都想爲自己頒個『貞操獎』。想想這個畫面，我拿著獎盃鞠躬致詞，觀衆席上出現一片歡騰與喝采。我致詞說：謝謝、謝謝！非常感謝！這是我人生中最美好的時刻。我知道在你們看來這一切輕而易舉，事實上背後隱藏許多不爲人知的寂寞與衛生紙。正因爲沒有潔瑪，所以才會催生出『馬立安大戰五姑娘』這齣戲，如果她願意加入『戰局』，那就是另一部可『哼』

可『嗯』的愛情『動作』片。所以謝謝大家，也要感謝潔瑪！」

潔瑪忍不住從床上跳起來，大聲罵：「說什麼鬼話呀！虧你想得出來！」不過還是成功地逗得她前俯後仰的笑。「那幹嘛不租兩間小木屋。」

「我想就近看妳，意淫妳，過過乾癮。」一顆枕頭冷不防飛過來砸在馬立安身上。他反應飛快的回應道：「喔，糖糖，妳主動送上門眞是太意外、太驚喜，就讓我用熱戀中的男女纏綿繾綣的方式回報妳。嗯——」然後對著枕頭親吻，發出嘖嘖嘖的聲響，情慾高漲的喟嘆聲，問它：「我現在腦袋裡出現十幾種不同的春宮做愛圖，想從哪一招開始？我配合妳。」

「討厭！你這個大色狼！」已經沒有枕頭可丟了。

馬立安忍俊不禁。

「即便如此，也是有史以來最偉大的色狼。所有大城市都該幫我豎立雕像，刻上我的名字，上面寫著：馬立安爲愛禁慾而死！再在我傲人的男性象徵處交叉貼上兩片ＯＫ綳。」

潔瑪再次捧腹大笑。

「雖然我還沒有得到獎，但已經有天王的神聖感。」

「有嗎？」

「有。禁慾天王。」

「別再說了，我肚子都笑疼了！」

馬立安欣慰地聽著她的笑聲，一邊瞪著天花板。上天一定在懲罰他。對！沒錯。

那些或許眞的對他有情但卻被他棄之如敝屣的女人，爲他的無情悲傷哭泣，祂命他爲過去的行爲反省。如今變成潔瑪胯下的座騎（被騎也很爽），他生命中的「馴馬師」。

他渴望擁抱她、吻她，卻不願意躁進，在結束唐杰的身份之前他的一舉一動都得特別小心，有太多次機會可以對潔瑪下手，多虧自己有如聖人的意志力，得以讓潔瑪免於「危險」。在公開場合，他不敢放膽去看潔瑪，他知道自己的目光只要一落在她身上就拔不開。私下，他允許自己親吻一下，然後趕緊找別的事做，深怕一個擦槍走火就……。

他得信守承諾，讓自己成長爲一個直得信賴的男人，讓她安心。他不能辜負唐杰的寄託。心靜如水……，心靜……如水。馬立安催眠自己，試著讓自己變成一灘死水。

「糖糖。」

她擦掉笑出來的眼淚。「嗯？」

他小心翼翼的說：「我對妳是認眞的。」

潔瑪瞬間沒了笑聲，空氣中瀰漫著一股緊綳、窒息的沉默。馬立安要許她一個未來？

潔瑪半喜半憂。她不是沒想過這個問題，礙於現實中有太多事尚未解決。

現在不要去想那些事，現在不要。這幾天她要好好享受和馬立安獨處的時光，將來面對地獄至少還有回憶可想。

「晚安，馬立安。我很期待明天與你一起看日出。」

這算是不錯的回應。馬立安溫柔的說：「我們睡吧。晚安。」

翌日。

天色尚未全亮，他們走出小木屋，潔瑪看見他們身處在一處清新、靜謐的美景之中，那分不清楚是雲是霧的朦朧洗滌去凡人一身的塵污。深吸一口氣，好久未聞的乾淨空氣令人神清氣爽。

「這裡好美啊！」她讚嘆。

「來，我們往那兒走。」

「馬立安，你快點戴上口罩免得被人認出來。」

「現在還早，沒人。」馬立安不在意的說，然後牽著她的手往小逕走。他們來到一處樹林，讚嘆長了青苔的高聳樹木，看到不知名的鳥類從天上飛過，見到鳥溜溜的不明小生物被人類驚擾而逃跑，潔瑪起相同反應，惹來馬立安一陣訕笑，她回以白眼。

有段好漢坡，對上班族女性簡直是酷刑。她皺著眉頭埋怨道：「你這個天才，只顧著收拾衣物卻忘了幫我拿雙運動鞋，害我這會兒踩著低根鞋爬山，腳痛死了。」

「我的錯，回去幫妳按摩腳。」

終於，他們來到一處平坦的觀日出之地。潔瑪帶著微喘的聲音問：「好累喔。這裡就是看日出的地方？」

馬立安牽著她的手在前方帶路，回頭看她的狀況，只間她朱唇輕啟，雙頰緋紅，幾縷散落的髮絲貼在臉頰，目露春情的模樣。

天啊，她非要發出這誘人的嬌喘聲不可？而他，太久沒有「運動」，她的無心舉動全被他解讀為「上我吧，上我吧」。他真是佩服自己，帶她渡假看日出，腦子卻盡是巫山雲雨。腦海中的暇想如果可以轉換爲文字，必定是本曠世巨著。

演完內心戲，馬立安體貼的問：「還好嗎，我們已經到了。」

放眼望去，眼前無數座高山，令人心曠神怡。

「哇喔！好棒的地方啊！你說是不是？馬立安。」

他摟住她的肩膀，微笑凝視著她。「只要有妳在的地方都很美。」她害羞的別開眼睛。他把她拉到前面，從後方往前環住她，她的背貼著他的胸。「而妳，是絕品。」她羞赧地蠕動。「別這樣，馬立安。要是被人家看到就糟了！」他的手腳長到足以把她包裹起來，好有安全感，想鑽進他懷裡再也不出來。

「就讓我這樣抱著妳。」他眷戀的說。不住地用臉頰摩挲她的頭髮，嗅聞髮香，意猶未盡的摩挲她的臉頰、脖子側邊……。他感受到她呼吸急促了起來，在脖子多逗留一會兒。原本安份停放在她肚子上的雙手，如蛇一般溜進她的衣服內，慢慢往上遊走……。

「馬立安，……不……不要……。」這聲音聽起來不是拒絕，是邀請。

「不要停，還是不要繼續？」他壞壞的問。哪個男人聽到女人吟哦聲不爲所動？他當然繼續。

潔瑪極力抗拒，毫無作用，因爲她困在他懷裡。他的呼吸吹拂到她臉上，熱烘烘的鼻息惹得她全身暖洋洋，軟綿綿，她相信就算他放開她也乏力站穩。

「你是一時迷惑陷入熱戀，維持不了多久的。」她力持鎮靜的說。

「妳嚴重低估我的能力與耐力，糖糖。」他輕咬她粉嫩的頸子一口，以示抗議。她吃痛的叫了一聲「啊」。「我專注起來很投入。以後不許懷疑我，聽到沒？」他在她耳旁輕聲但堅定的宣示主權。「回答我。」

「哼。」潔瑪輕簇眉心，倔強的拒絕回答。她是獨立自主的女性，雖不致力於提倡男女平權，但不可否認，她喜歡他的佔有慾和霸道。

馬立安不以爲意的低聲哼笑，雙手繼續往上走，落在她胸衣的下緣處，輕輕捧住她的胸部。他可以感受到她的呼吸急促，嬌軀輕顫。他很高興她對他的愛撫起反應。「妳整個人都是我的，一吋肌膚，一根頭髮都是屬於我。具體位置包括這裡，」他的大掌包覆她的胸，然後很快離開。「還有這裡，」他另一隻手來到她最私密的地方。潔瑪倒抽一口氣，頭往側後仰怒瞪他，反讓他一手攫住她的下巴，被飢渴的、懲罰的吻下去。他拚命壓抑自己瀕臨爆炸的性慾已然崩潰，他的手恣意的挑弄她，她的手無力掙開他的箝制。

這時，他們聽到有人走上好漢坡的聲音，趕緊打住。馬立安以自己的身軀作盾擋住登山客的視線，讓潔瑪整理衣服。

噢，她的身體還在發熱發燙，呼吸紊亂，他怎麼可以如此冷靜且快速的恢復原狀？不公平！

見她發窘，馬立安挑高眉，露出一副玩世不恭的笑容。「天公不作美呵。」

潔瑪轉過身不理他，惱怒的倚著安全欄杆，他復從後面欺身貼近，她徒勞無功地用手肘頂開他，只惹來他低沉的嘲笑聲。

「有人來了，還不快點戴上口罩遮臉。」她顧慮的說。

馬立安用眼角餘光瞄了瞄。「只是一個愛拍照的登山客。」覺得不夠成威脅。
她趕緊戴上口罩。「你不要再這樣逗弄我。」
「這是我唯一的樂趣。」
「你樂，我可不樂。」
「爲什麼？」
「感覺你滿腦子就只有性……。」她指責的語調中帶著點小委屈。
馬立安心領神會的一笑，然後把雙手放在嘴邊，做一個喇叭狀，朝山谷大聲喊：「糖糖！我愛妳！」聲音在山谷裡迴響。潔瑪沒想到馬立安挑在這個時刻示愛，她的心思飛馳，想不出怎樣回應才妥當，除了顯而見的答法。
「你如何知道我是你的『菜』？天天吃不膩？也許三五年就倒胃口。」她不爲所動。
「我是主廚，妳是我的滿漢全餐，從此再不想『外食』。」
「你愛我哪點？」她刁難的再問。
「人是由無數原子組合而成，我愛妳每一個原子。」
「你胡謅，我沒聽過這種論調。」聽起來一點也不浪漫。
馬立安思忖了一下後決定說實話。「唐杰要我照顧妳。」
她愣了一下。「什麼？」
馬立安把他感受到的感應一五一十的說出來。
「我不管是甚麼原因引我來此。我愛妳，糖糖。妳問我爲什麼？我答不出來。我只知道這輩子若沒有妳，性愛就只有性，只有姿勢，沒有愛。」總算有一句稍微像樣的情話。

「你看你，又來了。」

馬立安將她的兩隻手包覆於在自己的手掌心，問：「告訴我妳內心的想法，糖糖。」

「唔……」

「很簡單。」馬立安引導她：「『我愛你』，或者『我不愛你』。」

潔瑪深吸一口氣，緩緩吐出：「我愛你。」

他拉掉她的口罩。「聽不清楚，說大聲一點。」

「我愛你，馬立安。我愛你！」馬立安將她擁進懷裡，一手扣住她的後腦，一手緊縮她的腰，熱烈的親吻她，她也熱情的回應。直到倆人都喘不過氣他才捨不得的鬆開她。他們彼此深情款款的對視，堅信自己就是對方這輩子在等的人。幸福洋溢的滋味快把倆人爆開，再融合在一起，無法分離。

太陽已緩慢上升至山頂。他執起她的手，用手機拍下太陽在她手指上宛如璀璨鑽戒的一刻。

「有一天，我一定要爲妳的手指戴上真正的婚戒。」

「噢，馬立安！」她想也不想就將他的頭拉下，送上自己的唇，在他熱情的吮吻她時，靈魂深處發出一聲滿意的呻吟，「我想，我在等的人就是你。」

手機拍下另一張太陽位於倆人對視的正中央的照片。

這是愛的印證，也是摧毀他們的證據。

＊＊＊＊＊＊＊＊＊

「喲！這麼快就回來啦，潔瑪？」

「佩姬。」

「馬立安果然是華佗，這麼快就治好妳。」

「吭？」

「他要我謊稱妳生大病，需要久一點時間休養。沒想到妳提前回來，而且看起來恢復得不錯。」她悄聲問：「奔進『本壘』了？」

「想哪兒去了。」

「嗯，看來還沒。」佩姬點了點頭，「這傢伙定力眞好啊！我給他鼓鼓掌。不過，有個人對他可是念念不忘，想再與他重續前緣，最近頻頻向他示好。」

「誰呀？」

「沈安琦。」

「我相信馬立安自有分寸。」

「對他這麼有把握？」佩姬忍不住笑她。潔瑪挑挑眉，但笑不語。

叩、叩！

兩人轉頭看，是記者華泰。他一手搭在門框，一副有話想講偏偏得忍住不說的得意表情，整張臉看起來扭曲。潔瑪和佩姬面面相覷，不懂他在演哪椿。

潔瑪坐下來。「發生什麼好事嗎？華泰。」不是眞心想知道。

他走進辦公室，順手把門關上，接著逕自坐下，翹起了二郎腿。沒禮貌的行爲，令她們皺眉。

「你中了什麼獎，踴得二五八萬，華泰？」

他討人厭的歪了歪頭，檢查自己手指頭那根本不存在的汙垢，一副製造懸疑氣氛的模樣。

潔瑪注意到他左腋夾只大信封，直覺來者不善。

「有事直說，華泰，不要賣關子。」潔瑪說。不會是哪個藝人出包了吧？

華泰望向佩姬。她很識相的準備離開，但他擺手要她留下，然後把信封交給她，再用手勢要她交給潔瑪。潔瑪謹愼的打開信封，裡面幾張照片印入眼瞼，畫面熟悉得令人心驚！饒是冷靜著稱的潔瑪差點驚得從椅子上跳起來，將照片像是燙手山芋扔在桌面上，恐懼佈滿臉龐。

佩姬湊過去看。馬立安與潔瑪相擁相吻的照片，拍得一淸二楚，人眼可辨。

東窗事發了!!

佩姬不安的眼睛在兩人之間轉來轉去。

「從妳的反應看來，證明相片的可信度達百分之百。」

潔瑪欲用嚴厲的眼神瞪向華泰不成，反倒如作錯事的小孩低頭，垂下眼瞼，俯首稱臣……。

良久，她語氣僵硬的問：「你要把它刊登出來？」

不可以！這會毀了馬立安！潔瑪心裡狂喊。

華泰放下二郎腿，連忙揮揮手。「別慌，我不會這麼做。這幾張照片眞正的價值端看妳如何認眞看待這件事。」

「你要我買下它，否則公諸於世。」潔瑪想都沒想的就說出來。

華泰彈了一記響指。「聰明！一點就通。」

「辦不到。」

「辦不到？」這個反應不在華泰意料之中。不過，他認爲這是暫時的。

「照片裡的人長得很像我，但不是我。」潔瑪徒勞無功的否認。

「妳以爲世界上有多少情侶一個正好像唐杰，另一個正好像妳？噢！拜託！這機率太低了。佩姬，妳看呢？對了。我還聽到唐杰大喊『糖糖，我愛妳』！佩姬，妳絕對有資格發表想法，因爲妳是唐杰公開承認的正牌女友。」華泰忽然瞇起眼睛，「不對。妳是一個幌子，掩飾他們不倫之戀的事實。」

佩姬氣得拳頭硬了。

華泰點點頭，自以爲是地說：「妳知情，但爲了前途所以沒說。嗯，我能理解。我是個娛樂記者，看盡人生百態。妳們知道現在房價多高，別說豪宅，連大樓也買不起。汽車只能開到原廠零件都停產，到時候再換一輛最便宜的國民車，而且還必須貸款。」看似感慨萬千，實則暗示彼我兩方收入相差之遠，願彼方能「體諒」他艱困的生活，從善如流他的「提議」。

「你的生活與我無關，我不需要負責。」潔瑪擺明拒絕威脅，但心裡怕得要死。

他重重的嘆氣。「我以為妳很好商量，潔瑪。不然這樣吧，我先說出我要的數字，妳再評估值不值得這個價碼。嗯？」

「不用再說，我不會承認這件事！」潔瑪態度強硬的拒絕。

華泰的笑臉頓時消失，不多久又重新漾開笑容，像諂媚的小人說服她：「妳只要付少少的錢就可以省掉大大的麻煩，很划算的。」

她不付，他就將事情揭露出來。付了，誰曉得會不會是一個填不滿的無底洞？華泰雙手扼住馬立安和她的咽喉。潔瑪身子瑟瑟發抖，僵坐在椅子上。

「你眞會算計。」

「好了，廢話不多說。如何，潔瑪？花錢消災，我的要求眞的不會太高。」

「不。」

「不？好吧。」看來她要與他對峙到底。見勒索不成，華泰故作惋惜的搖了搖頭，隨後表情不變，不懷好意的預告：「我相信『亂倫姊弟戀』這個標題絕對會讓你們身敗名裂！」

華泰走後，潔瑪瞬間全身癱軟。照片曝光的衝擊力太大，她感到噁心暈眩，像離水求生不得的金魚，想站起來重又倒回椅子上。

「振作點，潔瑪！他不敢這麼做的。」佩姬無濟於事的安撫，邊咒罵：「華泰這小人，去死算了！最好一出門再被車撞一次！」

事態嚴重了、事態嚴重了！她最擔心的事發生了！潔瑪腦海不停地迴盪這句話。

「我得趕快告訴馬立安這件事！」她慌亂的從桌上抓起手機，手發抖得太厲害，頻頻掉手機。「該死！」罕見的爆粗口。

撥通了，沒人接聽。

「潔瑪，妳撥了沒用，魯導最討厭聽到鈴聲，大家都調靜音。」

「我要去現場！」

佩姬攔住她。「妳聽我說，潔瑪，先冷靜下來。華泰認為妳和唐杰只是姊弟戀而已，他還不知道他不是唐杰。妳懂我的意思嗎？」

潔瑪瞪大惶恐的眼睛，發怒的反問：「這樣說有比較好!?」

「沒有。姊弟戀的部分我們否認，打死不承認！」

「可是那些照片就是證據！」潔瑪任何感官都消失了，只意識到腳踩著的地塌陷了，她連累了馬立安！「不行，我得趕快告訴馬立安這件事！」

「妳的擔憂全寫在臉上，匆匆忙忙的跑去只怕會搞砸事情。而且，我認為華泰應該會再等個幾天，看妳會不會回心轉意。所以，我們不要現在去打擾馬立安，等他回來再從長計議。好嗎？」

「……好吧……。」潔瑪勉強同意。

但願華泰會再來找她，到時候她一定有辦法解決。

明明在拍落魄的戲，馬立安的眼神卻顯得神采奕奕，使得魯彥一再喊卡。

「你沒帶著潔瑪私奔，真意外呵。」魯彥受不了的嘀咕說。

「我是很想這麼做。」他幽默的說。「同時我也很敬業。」順便吹捧自己。

「既然自詡敬業就把你懦弱無能的一面演出來。」

「我盡量。」

他們繼續拍討債公司找男主角要債一幕。

「卡卡卡！羅伯威，發音咬字要清楚點，不要像嘴裡含著一顆滷蛋！就算是流氓也要好好說，還有你的動作。」魯彥隔空大喊，聲音震天價響。

「……是，魯導……。」

「壞人就是要壞，不是裝模作樣的壞，而是壞到骨子裡的壞，連路人看到你都覺得你壞透了，恨得牙癢癢。懂嗎？羅伯威，你需要好好再體會，多跟唐杰學習。」

向「唐杰」學習，是嗎？這句話激怒了羅伯威。「是。」

魯彥轉向兩人，「唐杰，等一下你和羅伯威對戲，他威脅你之後會揍你幾拳。動作指導！過來教他們兩個怎麼打。」

動作指導分別告訴兩人如何揮拳，如何接招。

「羅伯威，手下留情啊。」

「呵呵……，我討好你都來不及，想追潔瑪還得需要你在她面前美言我幾句。」

這傢伙還沒打算放棄潔瑪？

「追女人要靠自己的本事，總不能我拖著她去餐廳和你吃燭光晚餐吧。」

羅伯威再笑，拍拍他的肩膀。「呵呵，將來你一定幫得上忙的。」

唐杰隱約感覺到他話中有話。

「對了，我最近去『大熊來了健身館』鍛鍊身體，效果不錯。館長的女兒長得很漂亮！沒進演藝圈眞可惜。她叫甜甜，人如其名。你覺得我可不可以帶她去給潔瑪看看，試鏡一下？」

馬立安心裡「喀噔」一響，有不祥的預感。羅伯威絕對不是湊巧提及甜甜。

「我們每年辦試鏡，你認爲她行就叫她去試試。」

「甜甜告訴我，她很崇拜你。我說可以幫她取得簽名照。」

「簽名照沒問題。」

「那麼，你覺得簽唐杰比較好，還是……『馬立安』？」羅伯威說，接著秀出甜甜直撥中趁馬立安睡著時與她合拍的照片。

馬立安臉色頓時鐵青。被識破身分了！

羅伯威志得意滿地看著馬立安表情先是一愣再垮下笑臉。儘管他很快回復，但已經洩露破綻的跡象難以再完整復原。

「我就把你的沉默當作是默認囉，馬立安。是的，我知道你不是唐杰。」

原來，信是羅伯威寄的。他的身分一定是甜甜透露給羅伯威知道的。

馬立安側身看羅伯威，後者虎視眈眈地笑著，彷彿他已是甕中鱉，如何宰殺任由他。

眼前這張照片尚不足以構成任何威脅，因此馬立安一笑置之。

「只是一個長得像我的人。」

羅伯威不急不徐秀出另一張照片。那是唐杰最後長眠之地，在僻靜的一角，沒有照片，只有名字。此舉點燃馬立安心中的怒火。羅伯威再秀出幾張唐杰雙親、潔瑪與馬立安送別的照片。

「無話可說了吧？鐵證如山的證據。」

馬立安半晌不語。「我很意外你沒有爆料給記者。」他思忖了下，臆測羅伯威的想法，說：「看來，你有其他的打算。」

「沒錯。既然沒有任何一個人懷疑你，表示你演技很好，我無意在這點上打擊你。可是這張照片不一樣，它絕對會引起極大的震撼，同時毀了你、唐杰和潔瑪。你們處心積慮演這麼大一齣戲必定是爲了保安唐杰的名聲，如果現在丟出這些照片，後果可想而知。」

「男人說話俐落點，不要拖拖拉拉。」

「我知道你和潔瑪之間的事，一直都知道，只是我往錯誤的方向去想，以爲你們是姊弟戀。現在我知道原來你是來頂替唐杰的，暗地裡與潔瑪相戀，這讓我很不爽。」羅伯威用手機頂著馬立安的胸膛，然後歪著頭看他，發現了什麼端倪似的說：「其實，近距離看便可以從眼睛看出你和唐杰的差異處，他良善，你卑劣。你不會希望潔瑪擔心吧？聽我的話，離開她，否則就將這些照片公諸於世。」

馬立安冷眼與他對視，略帶輕蔑的語氣說：「你在演藝圈贏不了唐杰，贏不了我，最後只能以照片威脅我。」

羅伯威憤憤不平的說：「你一個健身教練，一個從來沒有涉獵過演戲的門外漢，你算哪根蔥膽敢進入演藝圈？」

令羅伯威更生氣的是，雖然他揭穿了馬立安的身分，但馬立安的的反應不如他想像中來得懼怕，甚至讓他以爲他是個蠢蛋，用這種下三濫的手段威脅人。

馬立安對自以爲是勝利者的羅伯威訕笑：「我能體會你的感受，羅伯威。」

羅伯威不甘示弱，笑容詭譎的說：「小心點，馬立安。你沒有嘲笑我的本錢。」他再度舉起手機示警，「事情沒那麼複雜，馬立安，與我爲敵太不智。建議你與潔瑪保持距離，不要讓她知道這件事，否則我直接將照片傳給她。你應該不希望她的世界再度崩潰吧？算我善意提醒。」

馬立安氣得臉上的肌肉幾乎要顫動起來。他竭力控制住怒火，不爭一時意氣，失去冷靜只會讓羅伯威得逞。他絕不能輕舉妄動，不能讓潔瑪知道這件事，不管現在有多想痛揍羅伯威一頓。

「你這麼做的用意是什麼？要潔瑪愛上你？」他需要時間想想自己該怎麼做，以拖待變。

「她的用途可多了。」

那個字眼讓馬立安勃然大怒，上前揪住羅伯威的領口。「『用途』!?你把她當做什麼!?」

羅伯威很高興看到馬立安失控的模樣。

「她是我的公主，我待她如女王。」

「你有什麼不滿衝著我來，不要威脅她！」

「我威脅她你能如何，嗯？你應該感謝我給你們留了條活路，只要你把潔瑪讓給我。」

「休想！」

「休想？那我只好公開這件事了。」羅伯威做出不得不的惋惜表情。

聞言，馬立安咬緊牙關，不情願的鬆手，用力推開他。

「現在，我需要你配合，遠離她，當個眞正的弟弟與其他女人交往，我會裝作什麼都不知情。」

「你以爲我遠離了潔瑪她就會愛上你？別作夢。」

羅伯威躊躇滿志的說：「那是早晚的問題，因爲你得一直扮演唐杰下去不是嗎？」

「你打錯如意算盤了，羅伯威。等這部戲拍完，我就會當衆宣佈退出演藝圈，你永遠威脅不了潔瑪。」

羅伯威隨卽仰頭大笑，馬立安愕然，不懂他在笑什麼。

「我猜，這原本是你們擬好的劇本，不但可以掩飾唐杰不在，最後還可以全身而退。不過，從現在起『劇本』由我來寫，你們照著演；你，繼續留在演藝圈，接一些小角色的戲，不要太出鋒頭。」羅伯威精明的算計著。

「你這麼恨唐杰？」

「我不恨他。我恨的是你，馬立安。」

馬立安的嘴角滿是嘲笑。「我的榮幸。」

「這是你最後一次耍嘴皮子。」羅伯威的嘴角咧到耳邊。

「開拍了！」魯彥大聲吆喝。

「再提醒你一遍，馬立安，遠離潔瑪。」

看著羅伯威比剛才更有自信的神態，馬立安清楚自己現在的處境同劇中人一樣束手無策。

「唐杰！快過來！」魯彥對他吆喝。

馬立安走過去準備與羅伯威對戲。當他對他施展拳腳，給他教訓，出言警告他儘快還錢，否則就修理他時，馬立安彷彿看到自己年少所受的屈辱產生的自卑與無助重又出現……。

成年後的他，天不怕地不怕。他可以冷靜的對抗羅伯威，但牽涉到潔瑪他就不得不有所忌憚。假冒唐杰身分這件事他可以無所畏懼，任受世人唾棄咒罵。

可是，潔瑪、唐杰、巴比、佩姬怎麼辦？

正式開拍，羅伯威毫不留情的朝馬立安腹部重擊一拳！馬立安痛得眼冒金星，抱著肚子癱跪在地，他忍痛抬頭仰視羅伯威，他那不可一世的眼神眞實反應內心的高傲。

不知情的魯彥對他們的「演技」誇獎不已，渾然不察兩個男人之間的暗潮洶湧。晚上趕戲，有些人必須留下來，馬立安是其中一人。他需要在一個沒有潔瑪身影的空間好好思考解決之道。

他費盡心思假扮唐杰，難道就要在此時功虧一簣，連累其他人？如果甜甜找上他時好好安撫她就不會發生這件事了。馬立安後悔不已。他不可能離開潔瑪，但他更怕羅伯威傷害潔瑪。一想到他可能會對潔瑪使出甚麼壞手段，他卽毛骨悚然，恨得牙癢癢。

他該怎麼辦？馬立安沮喪的閉上眼睛想著如何解決，不知不覺就睡著了……。

翌日。

馬立安迷迷糊糊醒來，棚內有少數工作人員走來走去忙碌著，他不顧凌亂的頭髮，隨意梳洗，然後出去買早餐。這時，他隱約感到空間中傳來不尋常的安靜。他看向四周，大家手邊都有事做，不過，與他對眼的人隨即別開臉，裝做沒事人兒一樣。和他擦身而過的人，表情不自然的向他打招呼，偷瞟他的人眼神透露出不尋常的懷疑神情。

怎麼回事？馬立安感到費解。大家怎麼變得疏遠？

終於有個工作人員忍不住上前詢問：「欸，唐杰，是真的嗎？你真的和潔瑪……？」語焉不詳。

「說清楚。」

「你還沒看到報導？說你和潔瑪姊弟戀！」

馬立安臉色一沉，首先想到的是羅伯威把這件事洩露出去。才想著，一群記者蜂擁而至，把他團團圍住，爭先恐後的問：「唐杰唐杰，你和姊姊潔瑪是什麼時候開始姊弟戀的？」

敏感字眼讓馬立安警覺了起來。

「你的女朋友佩姬知道此事嗎？」

「你們在山上共度三天，已經超越倫常，對此你有什麼解釋？」記者們等馬立安的回答。

他神色自若，故作不解的反問：「消息怎麼來的？」

華泰率先拿出頭版報紙，馬立安接過來看。圖片是他和潔瑪在山上擁吻的照片，畫面清晰，毫無造假可能。

「哈哈哈哈！」馬立安突如其來的大笑，反而嚇到記者們。這與他們預期的反應不一樣。有何好笑？「這是哪家報紙？」

「是我拍的獨家照片！唐杰。」華泰承認，不懷好意的笑問：「你怎麼解釋？」

原來是那名登山客。

這時，他瞥見潔瑪和佩姬悄悄躲在暗處，惶恐不安的看他。馬立安的腦海飛快地組織這幾個月所瞭解的演藝圈與記者彼此之間的「生態」，立刻卽做出反應。

他搖了搖頭，一臉不悅的問：「華泰，你先說清楚，我和你有什麼仇？」

華泰懵了。「仇？沒有啊。」

「那你修改這張照片是圖什麼目的？不就是爲了獨家新聞的獎金。」馬立安嚴厲地指控華泰。

「不！照片是眞的！」

「你不知道從哪兒得來的消息，誤以爲我和潔瑪在山上度假，所以跟過去偷拍。結果你拍到一對情侶，認爲他們就是我和潔瑪。」馬立安拿起報紙仔細端詳，「那個男人確實很像我。不過，這是角度問題。修圖軟體很厲害，醜男也能變俊男，女人也能變男人，無人分辨得出來。事實上，那三天潔瑪在家養病，而我有事請假到外地。」

華泰追問：「你去了哪裡？」其他記者的目光轉向馬立安。

「我有必要向你報備我的行蹤嗎？」唐杰一向給人溫暖和氣的形象，如今罕見的動氣，反而讓人質疑那張照片的眞實性。「你汙衊我，說我和潔瑪姊弟戀。這是多麼荒誕不經的指控。

『姊弟戀』，哼，我得承認這個標題下得非常聳動，一定會刺激銷售量與網路聲量，不過，僅限今天。對此，我保留法律追訴權。以後再做相關報導，將對貴報社進行提告。」

「你可以拿照片去驗證眞僞！」

「我沒空。」馬立安一口回絕。「誰有興趣就去驗吧！」他把報紙扔擲於地上。

眼看衆人對華泰產生存疑，他一時間啞口無言。明明是眞正的照片，怎麼三兩下就被攻毀。這時，華泰瞄到潔瑪在現場，趕緊指向她。

「潔瑪在那裡！我們去問她！」

記者提問的問題和剛才差不多，潔瑪不安了一夜，現在腦袋混沌，急速竄起的驚恐讓她無法做出專業上的反應。

「我……我和唐杰……他……姊弟戀？這……怎麼可能嘛……」她的喉頭緊縮，頭愈來愈痛，神經緊繃得猶如壓力鍋的安全閥，再不宣洩壓力就要爆炸開來。

「佩姬知道這件事，對吧？」華泰重新抓到痛點。

「根本沒有這件事！」佩姬急忙否認。

馬立安看出潔瑪的窘迫想替她解圍，然而目前還不到出手幫忙的時刻，顯得欲蓋彌彰。羅伯威不知何時來到他身邊，雙手交叉於胸前，一副看好戲的姿態。

「這件事終究紙包不住火，燒起來了。」

「嘴巴眞大。」

「我不過是隨口與華泰聊幾句，沒想到還眞被他追出消息。」羅伯威冷哼道。「這件事一定會持續延燒。」

「三天熱度。」

「整個情況看來對你非常不利。」

「言之過早。」

「和你在一起太危險，她跟著我比較好。」

「你想多了。」

馬立安意簡言該讓羅伯威很不是滋味。即使馬立安他內心害怕或緊張，他的外表也毫無流露，平淡地審視目前狀況，完全不把羅伯威放在眼裡。

馬立安的眼神聚焦在潔瑪，華泰對她步步進逼，她幾乎快招架不住。

「潔瑪，我聽到唐杰對著山谷喊：『糖糖，我愛妳』。我們都知道『糖糖』是唐杰對妳的暱稱。」

「這段……這段是你瞎……瞎編的……，無中生有！那三天我生病在家，是……是……我的男朋友照顧我。」

記者們一陣嘩然。他們未曾聽聞過潔瑪的緋聞，儘管她不是藝人，貌美的她有個明星弟弟唐杰，受關注度不亞於其他人，大家好奇她的神祕男友。

「妳可以告訴我們誰是妳的男朋友嗎？」

潔瑪無助地望向馬立安求援。記者們順著她的目光看去，馬立安和羅伯威站在一起，一時迷惑。

就在馬立安準備出手相救往前踏出時，羅伯威比他更快速的走到潔瑪身邊，把手按在她肩上，親吻她的頭髮，並藉此動作迅速地在她耳邊說話，然後面向大家，說：「我就是潔瑪的男朋友。我可以證明那三天確實是我在照顧潔瑪。」

羅伯威是潔瑪的男朋友!? 這消息勁爆了，不多挖一點怎麼對得起自己。

「你們從什麼時候開始交往？」

「很長一段時間了。在唐杰復出後。」

「潔瑪，這是眞的嗎？」

潔瑪低著頭，整個人尚未從新聞受到的衝擊中回復過來，現在又來了一個教她心臟痳痺的事情——剛才羅伯威附在她耳邊說，他知道唐杰是馬立安假扮的，要她配合他的演出。

潔瑪瞬間雙膝發軟，羅伯威順勢抱住她，在旁人看來她是很自然的依偎在所愛的人懷中。

「羅伯威眞的是妳的男朋友嗎？潔瑪？」

她趕緊站直，要離開他，但他看似輕搭她肩上的手卻不放鬆，暗中施力，要她「好好的」回答問題。

她費力調整呼吸，但肺部就是吸不進氣，完全說不出話，只好輕輕的點了一下頭，同時逼自己擠出微笑。「……他眞的是我的……男朋友。」

「大家都知道潔瑪爲了唐杰，爲了工作沒有交男朋友。簡直是工作狂！」記者們笑出聲。

「所以唐杰恢復健康後我開始追求她。原本以爲她會拒絕我，沒想到她很快答應。」

「對了，前陣子你們經常在一起，我們以爲你們在討論公事。」

捧。

「我們隱瞞得很好。可是，最後還是被你們知道。你們太厲害了！」羅伯威對記者又吹又

「唐杰知道這件事吧？」

「他當然是樂見姊姊有一個可以依靠的人。」

記者們沒料到今天的新聞峰迴路轉。他們想起了唐杰，欲知他對姊姊和羅伯威相戀有何想法。轉身一看，唐杰已不見人影，潔瑪也趁機脫離羅伯威的掌控。

現場唯一的勝利者是羅伯威。

事後，華泰咬牙切齒的質問：「你搞什麼鬼？羅伯威！是你說懷疑他們姊弟戀，結果卻變成你和潔瑪是戀人！」

羅伯威滿面得意的笑容，聳聳肩，轉身離開。華泰恨恨的瞪著他。

第九章

「你不要毀了我的戲！唐杰！要不是看在你是個可造之材的份上，我寧願選別人當主角！」魯彥眼見事情已穿幫，大局掌握在羅伯威手上，何時亮牌全由他，身爲導演的他有可能會被他懷疑。現在他的心情雙倍不爽。「你知道我現在得費多大的勁兒克制自己不要掐死你？給我專心點！重拍！！」

馬立安清楚事情的嚴重性，任由魯彥飆罵，把氣出在他身上。這是現實面，每個人心中都有夢想要實現，他不能毀掉魯彥的得獎夢。現在誰來罵他他都不當一回事，要緊的是找到潔瑪。

那天之後，馬立安終究有所忌憚，不敢輕舉妄動，但近一個月打手機沒人接，晚上她也沒回家。他以爲她三更半夜才敢回家，結果在她的屋子裡空等了好多天。

「潔瑪在哪裡？」休息空檔，馬立安問正在滑手機，不太搭理他的巴比。

「她是成年人想去哪兒就去哪兒，誰也管不著。」他無精打采的說。

馬立安按捺住性子，追問道：「她在佩姬家？」

巴比擺了張臭臉。「先顧好自己吧。捅這麼大個簍子。」

「我再問你一遍，她在哪裡？」馬立安聲音低沉，語帶危險的問。

巴比稍微有了警覺，斜瞥馬立安，他冷凜的表情讓他不安地挪動了一下身體。他從沒見過馬立安發火的模樣，眼下的他看起來不怒而威，他很怕不說實情會被他揍。

可是，佩姬已經千交代萬交代，絕對不能告訴馬立安，所以就算被揍扁他也要咬緊牙關。

巴比鼓勇的說：「別問那麼多，目前你專心把戲拍完，其餘的以後再說。我覺得短時間內你們不要私下見面比較好，免得節外生枝。」他強調似的補了句：「最好拍完戲之前都別見面。」

「她一定是在佩姬家。下戲後我就去找她。」馬立安看到巴比不以爲然的笑。「笑什麼？」

「潔瑪雖不是狡兔，卻有兩窟。這你不知道吧？」換他得意了。

「在哪裡？」

「無論如何我不會說，你也不要企圖找她。馬立安，這幾天的騷動才慢慢消散，還要再製造新的混亂嗎？」

「她躲避我，而你們在幫她。」馬立安手上的劇本被他捲得不能再捲。

「現在的你能做什麼？你是唐杰，你的女朋友是佩姬，潔瑪是羅伯威的女朋友，關係不夠亂？你想改變什麼？除了好好演戲之外什麼都不能，而那正是當初我們找你來的主因。」他嘆了口氣，嘟嚷的說：「誰曉得後面變成這樣。」

「她還好嗎？」

「你不要找她，更好！」

馬立安瞪視前方，久久不語。

這樣的沉默讓巴比一股不祥的預感油然而生。他稍稍用眼角偷瞥馬立安側臉，不過，馬立安只是一逕的笑，笑得巴比心裡發毛。他將手搭在巴比肩頸處。

「你……你要幹嘛？別碰我。」

馬立安扣住他，不讓他縮回去，「放輕鬆，不要太緊張。」

巴比要擺脫他的箝制，怎知他手指的力道瞬間加重，巴比整個後頸被緊緊掐住，又麻又痛，幾乎堵住了他的呼吸。「呃……我的……喉嚨……，我的……脖子……！」

「很好。我再問一次，」馬力安的笑容消失。「潔瑪現在在哪裡？」

＊＊＊＊＊＊＊

潔瑪機械般地執行每日的例行工作，不帶任何情緒，宛若一具空殼機器人。

唐杰的死給她一個打擊，馬立安身份被揭穿，羅伯威藉此威脅她……，唯有保持漠然，方能掩飾她內在四分五裂的心。她從未如此疲累，想找個依靠。她想逃避這一切，能多遠就多遠。

不，她不想逃到天涯海角，只想躲進馬立安懷裡。他會保護她！

叩、叩！

潔瑪驚了一嚇。尚未應聲，來人已逕自開門。

「嗨，糖糖。」羅伯威親密的喊，順手關門。

潔瑪渾身起雞皮疙瘩。「你應該等我回應才進來，羅伯威。」

「我例外。妳的大門應該永遠爲我敞開。」

她板起面孔說：「這裡是工作場所，你應該給我應有的尊重。」

「放輕鬆，對我不要那麼見外嘛，我們是男女朋友了，糖糖。」

潔瑪置若罔聞。「要脅來的感情不是眞的。還有，請你不要叫我糖糖。」

「可是大家已經認定我們是情侶，妳無法否認呀，對不對？」他一副無賴狀。「糖糖。」

「……你是怎麼知道馬立安的事？」她想弄清楚。

「噢，巧遇他的紅粉知己。」

「……甜甜嗎？」

「妳也知道她？這就要怪馬立安不對，誰教他到處留情。我就不追問妳唐杰去了哪裡！」

他欲蓋彌彰多加一句。潔瑪隱約感覺他好像知道些甚麼，心中驚悸不安。「嚴肅來看，是我救了你們倆個，否則姊弟戀足以毀了你們幾個，所以妳要好好感激我。」

要脅馬立安離開潔瑪一計，現在羅伯威要同樣施加在潔瑪身上。

「我不曉得如何感激一個威脅我的男人。」她不願輕易屈服。

他走到她面前，將她正在坐的旋轉椅轉向他，雙手撐在椅子扶手上，傾身欺近她。潔瑪徒勞無功地往後傾，無處可逃。他的眼睛梭巡她的臉龐，彷彿獵人考慮要如何肢解獵物。

「提供一個方法給妳參考，我們像一般情侶，做妳會對馬立安做的事，一起吃飯、聊天、牽手、親吻，甚至——不用我說，妳知道的。」言外之意不言而喻。

她急著澄清：「我們的關係很單純！」

羅伯威聳聳肩不置可否。「離開馬立安，否則我就揭穿他的身分，到時候記者會如何把唐杰找出來我就不知道囉。」

「你——」

「喔，對了，替我爭取高片酬的戲，原本給馬立安的廣告代言全轉來給我。在公開場合，一週最少與我進餐三次，隨點隨到。我牽妳的手妳就得勾著我的臂，我摟著妳的腰妳得貼著我胸膛，我親妳妳得熱情反應。」

潔瑪臉色刷地一白。「你要強——」

「我還算是個正人君子，只要妳乖乖聽話，我不會強『迫』妳，好嗎？離開馬立安，不管妳用什麼理由。聽到沒有？」見潔瑪沒有反應，他突然面露惡相用力搖動她的椅子，低吼：「回答我！」

潔瑪僵硬的點頭。「……是。」

羅伯威滿意地直起身體，解除對她的箝制，語調一轉陰柔的說：「希望我們有個良好的開始。不如今晚吧！我們吃速食餐，那裡很容易被民眾拍到。他們一定很喜歡補捉到野生的羅伯威和潔瑪。」

＊　＊　＊　＊　＊　＊　＊　＊　＊

他們倆熱戀的新聞宛如雨後春筍，喔不，是毒磨菇，一個接著一個冒出，看似美麗，其實致命。

「約會」中，潔瑪膽顫心驚，小心翼翼迎合羅伯威，盡量不要露出被他碰觸而嫌惡的表情。新聞熱度過後，他持續在社群軟體曬他們的恩愛照，巴不得衆所皆知，來自民衆的「祝福」格外刺耳，令她痛苦至極！幸好他拍戲忙，眞正能煩她的時間不多。

這齣戲拍完之後呢？她要一輩子受制於他？光想潔瑪便頭皮發麻。

噢，馬立安，我想見你……。

其實不用羅伯威警告，「姊弟戀」新聞讓她嚇得半死，不敢再與馬立安有任何接觸。她有一間以前買的二手套房，她躲到那兒。每次與羅伯威約會後，回到套房就像脫了一層皮般脆弱無助。肚子餓便以泡麵、麵包裹腹，或者什麼都不吃，倒頭就睡，希冀醒來一切恢復正常。

她感到前所未有的孤獨、無助……。

這天，潔瑪陪羅伯威吃完晚餐後，獨自回到套房，在包包裡翻找鑰匙開門。

「妳終於回來了。」

突如其來的聲音把她嚇了一大跳。

「馬……馬立安？你怎麼來這裡？你不應該知道這裡的。」他沒有回答，單單佇立在原地，她卽知道他要她開門。她本來要開門，繼而驚覺不能這麼做，慌張的說：「你不該在這裡！快離開！」潔瑪企圖把馬立安推走，他反手奪過鑰匙打開門，走進去，她反而不敢進自己家門。

他語調平穩的說：「進來。」潔瑪依言緩緩進屋。著亮大燈，她拘謹得不知手腳該擺哪兒。在他踩步看室內之際，她卸下外套與包包，心裡緊張得要命。最後他停在廚房，眼睛先是四周轉一圈，然後直直看向她。

「我用人生第一桶金買的二手屋。」

好一會兒他抿嘴沒說話，似乎斟酌要說什麼。「妳瘦了。」

「……差不多吧。」她輕輕的說，心情沒那麼緊張了。

馬立安沒有起伏的語調說：「我打手機給妳，沒接，聯合佩姬和巴比孤立我，不讓我知道妳在哪裡，這是什麼意思？」

「你應該知道的……。」

他聳聳肩。「妳告訴我啊。」

「……華泰的新聞。」

馬立安無話可說。這件事是他太大意造成，他的錯。

「妳至少接個手機，讓我曉得妳沒事。」

「好，以後我會接你的手機。現在你可以走了。」

他反客爲主，逕自坐下。「我第一次來這兒，不請我喝杯茶水？」

「我知道你來的用意不是爲了一杯茶水或其它。你趕快走，不要在這裡。」

「這麼急著趕我走，難道等一下羅伯威要來？」

「他不知道這裡。」

「我看你們最近很忙呵。」

離開馬立安，不管用任何方式。潔瑪想起羅伯威的警告。

「是啊。我們現在關係不同，比以前更親密！」

馬立安緊繃著臉。「哦，那我們在山上的誓言算什麼？」

「我想過了，你我未來根本不可能在一起，趁我年華尚在，他喜歡我，我……願意接受他。」

這不是事實，不是！潔瑪心裡吶喊。

馬立安深吸一口氣然後憋住，怕自己情緒失控。他吐出一句：「妳騙我。」

「這是我們早就知道的結果，不是嗎？」她幽怨地背對他。

他抓住她的肩膀把她轉回來。「妳喜歡他？」

「那天他救了我們倆個，我感覺他人挺好的，可以和他試著交往看看。」她試著用輕鬆的語調說。

「所以妳用這種方式回報他!?和他交往？」

「那是我的決定，與你無關。」她用力朝他胸口推了一把，「我們眞的不適合在一起。你走，你走！永遠別再來煩我。」

他思忖著，瞇起眼睛，然後帶著不確定的語氣問：「他威脅妳什麼了？」

「沒有！」她立即否認。馬立安靈敏的第六感讓她氣憤的大叫：「這一切全是你的錯！當初你不應該答應巴比，你不應該接受魯彥的戲約，你不應該帶我去山上，更不應該出現在我的生命裡！」說完後，眼淚不由自主噗漱漱滴落下來。

「妳在指責我，爲何同時哭？」

她悍然抹掉淚水，心一横，「和你一起每天都要提心吊膽，那不如就此結束，你輕鬆我也輕鬆，好嗎？你可以重新找個喜歡的人，光明正大而非偷偷摸摸的和她約會，這不是你原來的想法嗎？」

「妳不愛我了？」

她提醒他：「我現在在和羅伯威交往。」內心萬般無奈。

馬立安被她的話給氣昏了頭。「跟他分手！」

「我不行！」

「爲什麼不行？我知道妳被嚇到，但我不相信不到一個月妳就變了。」

「你不要再管我的感情生活了，我想被誰愛是我的自由！」誰想得到天堂和地獄竟然相差不遠。

馬立安爲之氣結。「他愛妳妳就接受？我不准！哪個男人我都不准！」他抓住她的手腕，她掙扎著，倆人雙雙撲倒在地上，他將她壓在身下。

她使勁推他，「快起來！不要壓著我。你不要逾矩，馬立安，現在不宜再增添事端了。」

馬立安知道應該收斂自己，拍戲時羅伯威亦時不時暗示他別接近潔瑪。可是當他看到羅伯威在社群裡曬恩愛照便忍不住情緒上來，非找她了解怎麼一回事不可。他要親自從她口中得到答案。

「回答我實話，糖糖。我愛妳，羅伯威愛妳，妳要選擇誰？妳選了誰就是誰的。如果不是我，我就此退出妳的生命。」他的表情認真。

馬立安這麼說，潔瑪的心碎了。唐杰走了，馬立安亦將離開她……。

「我選羅伯威。」她說。臉上露出淺淺的笑容，顯示她的自由意志。

馬立安沒辦法接受，頹喪的將頭埋進她肩窩處，聲音悶悶的說：「我不相信。」

「這沒什麼好爭論。」不要動搖、不要動搖。潔瑪悲慟的催眠自己。

他抬起上半身，一隻手將她的臉轉過來。「看著我的眼睛再說一次。」

這場景不久前同樣上演過。

她好想告訴馬立安她被威脅，如果不聽從羅伯威的話，他和唐杰都會毀掉。她想向他求救。

可是，她什麼都不能講！

潔瑪依言望著他。「放了我吧，馬立安。我沒辦法再愛你了，我已經和羅伯威……和他上床了……。」

馬立安腦袋轟然一響，久久無法言語。「我不相信，妳騙我——」

「需要我作證嗎？」他們同時看向不知何時就站在門口的羅伯威。他斜倚著門框，兩眼半瞇，彷彿不確定自己眼前所見的景象。「你不應該這樣壓著我的女朋友，馬立安。」

潔瑪慌忙地推開馬立安，從地上爬起來，撫平衣服。

馬立安質問道：「妳不是說他不知道這裡？」

潔瑪不語，放棄解釋。羅伯威是陰魂不散的幽靈。

她的沉默代表答案。馬立安瞪視羅伯威，瞪視潔瑪，混合著嫉妒和怨恨的情緒如利刃直直插進他的心臟。

驀地，馬立安一揚手，怒摑潔瑪一巴掌。

「啊！」她猝不及防跌在地上。

「賤女人！」馬立安滿腔的怒火勃勃燃燒起來。「一切如妳所願！哼！」

他可以忍受短暫不接近潔瑪，認為事情一旦過去她依舊是他的女人，相信倆人在山上的誓言不變。如今，他覺得自己是個一廂情願的愛情傻子。

羅伯威心滿意足的看著馬立安怒氣沖沖的離去，覺得自己是勝利的黃雀。他好心地想扶起潔瑪，未料，她踉踉蹌蹌衝到廚房，拿出一把尖銳水果刀指向羅伯威，滿臉殺意的說：「你膽敢強迫我做任何事情就殺了你！反正我已經沒什麼好損失！」

羅伯威見狀況已比他預期的還要好，不再步步進逼。

獨剩潔瑪一個人。

她說了違心之言，馬立安將不再回頭。潔瑪絕望的想。

她萬念俱灰的跌坐在冰冷的地上，淚水止不住的流下來……，最後伏倒在地上放聲大哭。

她不懂，為什麼一個人的心死了，身體還能活著呼吸？馬立安曾經說過他愛她每一個原子，現在她真的覺得自己分解成無數原子，但馬立安不再愛她，而她也無法復原了。

馬立安完全不相信潔瑪的話。

她承認與羅伯威上床，羅伯威也證實此事，偏偏他就是有種她在欺騙他的感覺。可是，什麼的女人會拿自己的名聲撒謊？她到底是說眞的還是假的？

馬立安向來敏銳的直覺因失去潔瑪的憤怒而失能了。

可惡、可惡、可惡！這齣荒謬劇到底何時才會結束!?

爲了信守承諾，他不敢將所愛之人擁入懷中，她卻因爲害怕立刻投入羅伯威的懷裡。豈有此理！

想到潔瑪的身軀已爲羅伯佔有，狂怒扭絞了馬立安的五臟六腑。

他的腳步以憤怒的節奏重踩人行道，每一步都像雷霆之火。

「站住！」有人大喝。馬立安沒停止腳步。「你撞到我不說對不起？喂！混蛋！我在叫你！」

那人的手一搭上馬立安的肩，隨卽反被馬立安抓住，反手一轉，對方來不及反應便吃了他一記重拳。馬立安白熾的怒氣正無處可洩，現有倒霉鬼送上門，他火力全開。馬立安用拳頭猛擊那人的腋窩，然後用側踢攻擊他的兩膝，跪倒在地。他毫不留情往那人的心窩捶擊，他彎下身子，痛得喘不過氣來。那人的兩名同夥出拳相挺，快速朝馬立安衝來，其中一個老遠就大弧度地揮動手臂，馬立安擋下後朝他的下巴反擊回去。

剎那間，他腦海閃過怒摑潔瑪的畫面。

他怎能這樣對她？唐杰將她託付給他，他沒照顧她已經夠糟了，還打她！馬立安萬分愧疚。他一個分神，被第三個傢伙連連重擊兩拳。

唐杰，你為什麼要將重要的潔瑪交給我!?

第三個傢伙趁勢拿起路旁快炒店門口的掃把，朝馬立安揮舞而來。馬立安猛地回神，伏身閃躲，對方接著很快地往他的腳猛掃，把他擊倒。馬立安整個人先是撞到路樹再臉朝下往柏油路面撞，痛楚讓他眼前一片黑暗。那人高高舉起掃把柄，像武士刀那般朝馬立安身上招呼。千鈞一髮之際，馬立安抓住了掃把柄並奪過來，他踉蹌地站起來，惡狠狠的瞪視他。他以為馬立安要用同樣的方式對他，嚇得往後退了好幾步。馬立安雙眼冒火，然後將掃把往旁邊甩出去，那人才鬆口氣以為逃過一劫，下一秒馬立安衝過來用肩膀把他撞到在地。他坐在他的身上，拳頭不停地往對方臉上招呼，直到見義勇為的路人聯手制止他才沒有打出人命。

馬立安又上新聞了。

這回不是娛樂新聞，是社會新聞。

＊　＊　＊　＊　＊　＊　＊　＊

「你不應該再來這裡，這會造成我的麻煩！」

「我……我只是想看看妳，看妳過得好不好？」

「現在才關心我？太慢了。而且說這些也沒意義，我們已經不再在一起，各過各的，你的關心顯得格外諷刺，所以還是省了吧！離開。」

「他還好嗎？」

「他很堅強，是個懂事的好孩子。」

「我會再來的。」

「你不要再來了！會害死我的。」

「不要這樣對我。」

「遠遠不及你對我！你走吧。他們找不到你就會來煩我，他們知道你會出現。如果你還在乎我，應該離我愈遠愈好，這樣對我才是公平。」

「好！」魯彥大聲喊。「非常好！男女主角演得非常好！大家休息，一小時後繼續。」說完，他走到馬立安身旁，拍拍他的肩膀，誇道：「最近怎麼表現得這麼好？令人刮目相看哪！」

「你不是想要得獎？我在配合你。趕快演完我要離開這鬼地方。」馬立安說。唯有專心致志投注在演戲上他才能暫時忘掉潔瑪的話。

……我與羅伯威上床……。時隔數日，他依舊近乎瘋狂的想這句話。

「這麼糟啊？」魯彥咧嘴而笑。馬立安恨死他那副趣味盎然的德性。「原先我還有些擔心，怕你從警察局出來後會意志消沉，影響我的戲。沒想到非但沒影響，反而更好。」

網路留言謾罵馬立安不在乎，只恨當時下手太輕。糖粉的關心讓他的情緒稍稍冷卻下來，記住自己是唐杰，不是馬立安。

「你滿腦子除了戲沒別的嗎？」

「你滿腦子除了潔瑪沒別人了？」魯彥嘻皮笑臉地反問。馬立安惱怒地瞪他，隨即撇開臉，不作聲。「會讓你不顧一切動手打人，可見情形眞的很糟。不過，想毀了唐杰的名聲也得等戲殺青再說。你們三個人的愛恨情仇恩怨糾葛我不多問，也不想知道。你搞得定吧？」

他就是無能爲力才會以暴力解決問題。懦夫，孬種，沒肩膀的男人。馬立安心裡嘔到想吐血。

「臭老頭，你少囉唆。我跟她以後除了合約之外沒有任何關係。」巴比和佩姬表面上一如往常，私下對他則是冷冰冰，他覺得他們很適合當演員。佩姬沒有明顯與他有情侶間的互動，外傳他們兩感情生變。這次打架讓唐杰的負聲量增加，巴比很不爽，幫馬立安上妝撲粉掩飾他臉頰的瘀青，故意用力地撲他藉此發洩怒氣。

「哦，是嗎？」魯彥眉毛高聳。「第一次認眞談戀愛吧你？覺得痛苦是吧？你們這種情形就像地下情，偸偸摸摸見不得光，到最後不是就地埋葬，就是破土萌牙。通常不是好下場比較多，眞慘。」說盡風涼話。

「哼，少在那邊嘰嘰歪歪。」

「男人一旦癡情起來也會有『回不去了』的感覺嗎？嗯……有意思。」魯彥心裡有個故事雛型，喃喃自語道：「品嚐過幸福的滋味，除非遇到更優質的女人，否則一輩子都會覺得有缺憾，會懷念，就好像美味料理。可是，再好吃的食物也有膩了的一天，與愛情有異曲同工之處，否則外遇不會那麼多。嗯……也許下一部戲可以拍『美食與愛』爲主題的戲劇。」

他說得沒錯。馬立安心裡不太想承認。這兩種他都體驗過，如今兩邊空……。

馬立安垂頭喪氣走到沒人的地方，從口袋摸出一包香菸，點燃了抽。爲了扮唐杰勉爲其難少抽，後來潔瑪嫌棄他嘴裡的菸味，不願跟他接吻，他斷然戒菸。

現在，抽菸能暫時解憂。

「唐杰，你一個人在這兒做什麼？」沈安琦出聲叫他。

「休息。」他吐出一口煙朝她飄去，她不以爲意。

「你這個壞孩子。什麼時候學會抽菸的，嗯？」

馬立安半瞇著眼，但笑不語，懶得回答。在沈安琦看來，他那帶股輕挑的笑容煞是迷人的性感。在別人眼中，他打架鬧事破壞形象，她可不這麼認爲，他比以前還要陽剛有男人味，想要他的渴望與日俱增，但不得其門而入。

「唐杰，你——」

馬立安打斷她，直接說：「晚上去喝一杯吧。」

沈安琦喜出望外。「好啊！」

女人自動送上門，有何不可。

大肆喝酒，有何不可。

既然她可以立即投入羅伯威的懷裡，他也可以如法炮製。

去他的合約！

去他的理想！

去他的一切一切！

以前是女人倒追他，以後也該是女人倒追他。沒有戀愛，只有性，而且來者不拒。

「火花」是間普通的夜店。就因爲普通，人不多，沒有名人光顧，馬立安和沈安琦一出現，沒多久卽被其他人注意到，造成一陣不小的騷動。唐杰的臉孔加上馬立安本身的魅力，頓時把所有女性吸引過來拍照、聊天、喝酒，差點沒把沈安琦當邊緣人。她耐著性子與一堆不相識的女人們閒扯淡，悶酒一杯一杯的喝。她瞅馬立安，他樂得不得了，喝得比她還多，不知醉了沒？她不敢離開坐位，深怕再回來位子易主。不行，她得想想辦法，否則不知拖到什麼時候才能離開。

沈安琦找個理由說：「唐杰，我們該走了，明天還要拍戲。」

女人們哀鴻遍野。「不要啦，再多待一會兒嘛！我們請客！」

「你們把我灌醉是不是有什麼不良企圖，嗯？」

「我們有很多想法，就看你要不要配合。呵呵呵……」女人們說得曖昧，笑得花枝亂顫。

「好女孩應該早點回家，爸媽在等門呢。」女人們發出掃興的噓聲。馬立安半哄半騙，說：「妳們乖一點，我明天還會再來。拜，謝謝妳們給我這愉快又醉人的夜晚。」向她們揮手道別。

戶外悶熱，馬立安酒氣上來。

「喝夠了沒？要回家了？」她滿懷期待的問。

「當然要回家。」他笑得賊賊。「一起回我家。」

沈安琦揚起嘴角。「好啊。」

他們伸手招攬計程車。上車之際，馬立安眼角瞥見羅伯威和潔瑪向他們走來。羅伯威早一步看見他們，於是故意環住潔瑪的肩，潔瑪遲疑五秒方輕觸他的腰。

「嗨，羅伯威，潔瑪，這麼晚了你們兩個還在約會啊。」沈安琦笑道。

「我帶潔瑪吃宵夜。」

「你下面給她吃。」馬立安話不入流，樂看潔瑪難堪。他的怒火在見到他們之後又難以遏抑地往上竄燒。他可以控制不顯露情緒，但管不住自己的嘴巴。「我是指下麵條給她吃。」

「欸。」沈安琦用手背拍他，提醒勿亂開玩笑。

「你們呢？唐杰，要去哪兒？」羅伯威問。

沈安琦代答：「我們剛喝完酒，要回去了。」

「回妳家還是回唐杰家？」羅伯威笑著給馬立安一計回馬槍。

「當然是去我家。」馬立安態度吊兒郎當，故意漠視約定：不能帶異性去唐杰家。潔瑪瞬也不瞬地直視著他，眼底有漠然也有憂傷。馬立安視若無睹，一副「妳奈我何」的踐樣，甚至學起羅伯威攬住沈安琦。她受寵若驚。

「對了，在此向你們介紹，這位是我的新女友！」

羅伯威揚起雙眉。「你們又復合了？你這樣做佩姬會很傷心吧？」

「我鬧那麼多事，差不多走到盡頭了。」

「潔瑪，妳不管管他？」

她淡漠的說：「他已經是大人，自己作事自己負責。」

羅伯威讚賞的點點頭。「嗯，他終於獨立，不用再背負靠姊姊才能立足演藝圈的名聲。」

馬立安反問沈安琦：「我有嗎？」

「有一點點啦。不過，師父帶進門，修行在個人，不能說完全依靠潔瑪，只是比別人多一點好運，自己也得更努力。」

「說得好！」馬立安給她一記唇對唇的熱吻。潔瑪看在眼裡。

她不怪他，是她逼走他，但心裡仍忍不住難受。想到等一下馬立安和沈安琦要一起回家……。

潔瑪不想再看到他們親熱，她嚥下一口口水，把手覆在羅伯威的手背上，轉頭對羅伯威輕聲說：「不要打擾他們，我們走吧。」

羅伯威視線下移至潔瑪的手，再轉頭看馬立安，意味深長的說：「嗯，你再交新女友是正確的，免得又被媒體誤會了什麼。」

馬立安向他們行童子軍禮。「祝你們玩得愉快！」然後鑽進車內。

車子一開走，潔瑪忙不迭離開羅伯威，卻被他抓住不准逃。

「我後來再去套房找妳，結果妳不在。」

「我搬去跟佩姬同住。」她是個有家歸不得的人。

「這麼怕我？妳看，我到現在沒有對妳做任何逾矩的事，應該要相信我。」

她忘不了他在辦公室對她惡言相向的嘴臉。「我幫你爭取了知名家電的代言。」她岔開話題，轉到公事。「原本要讓他代言的名牌球鞋，他們會重新評估選你或是他。」

他自顧自的說：「我不懂，他到底有什麼魅力，讓妳對他念念不忘。他走到哪兒都有女人喜歡。」

她恭維道：「你也不遑多讓。」

羅伯威很是嫉妒。以前他和唐杰競爭僅略輸一籌，現在不管在哪一方面都差馬立安一大截。要不是同時威脅這兩個人，他恐怕就像白矮星，漸漸沒了光芒，最後消失殆盡。

「今天到此爲止，下次再見。等我的手機。」

潔瑪鬆一口氣，逃也似的離開。

「你們要去哪？」司機問。

沈安琦望向馬立安，他面無表情的說：「……去妳家。」她大喜過望，心花怒放。

到了她的住處，兩人甫進門便省去前戲迫不及待開始脫衣服，馬立安近乎粗魯的撕破她的衣服，她驚得倒抽一口氣。「唐杰，你變了！」

「少廢話。」兩人激情擁吻。

沈安琦被吻得喘不過氣來，他撫摸她的力道像是要將她揉進他身體，饑餓得要把她吃下去似的。「等一下！唐杰。等一下！」

他一臉不悅。「幹嘛？」

「我身體好臭，想先洗澡。」她推開仍不罷休的馬立安。他露出不耐煩的表情，勉強點了個頭，她連忙進浴室梳洗，進去之前不忘誘惑的問：「你——要一起來嗎？像以前一樣。」他沒有回答。

她進浴室後，馬立安突然意識到了什麼。環顧著唐杰曾經來過的地方，他曾經與她一起吃飯、看電視、做愛。她現在要勾引的人是唐杰還是馬立安？他上唐杰的前女友，羅伯威上他前女友。

馬立安對此厭惡至極。

潔瑪跟誰上床與他無關。馬立安強迫自己不在乎。可是，他無法忽視她那受傷的眼神……。

笑死人了，她哪有資格「受傷」？被愚弄的是他，被甩的是他，被騙的也是他，緊守著白癡的約定。早知道她是薄情寡意的女人，他就不幹他媽的、該死的正人君子。

馬立安昂首瞪視天花板，滿腹怨恨心有不甘，然後褪下自己的衣褲，走進浴室。

＊　＊　＊　＊　＊　＊　＊　＊

「要吃點宵夜嗎？」佩姬問潔瑪。

「好啊。」她吃了三口滷味後就放下筷子不再進食，直瞅著電視看。

佩姬欲言又止，終於忍不住說：「我說妳夠了，潔瑪，現在就打手機給馬立安，告訴他妳被威脅，和羅伯威上床是假的，騙他的。」

「不要講話，劇情正好看。」佩姬奪過遙控器關掉電視。潔瑪緊抿雙唇，伸手阻止她發言。「我們不要再討論那件事了。」看來曾經講過多次但無果。佩姬鍥而不捨的追問的精神，很適合當記者。

「只要妳打手機給馬立安告訴他事情原委，我就不再說。」可惡的馬立安竟敢打潔瑪！這筆帳以後再找他算。

「他現在過得挺好，與沈安琦復合，說不說已經無所謂了。」潔瑪淡淡的說，雙手搓搓臉頰，希望替蒼白的皮膚添點血色。

「和沈安琦交往的人是馬立安，不是唐杰，何來『復合』？是妳逼他的。」

潔瑪頹廢的往沙發扶手靠，慵懶無力的說：「妳怎麼幫他說話？不是應該站在我這邊嗎？」

「你們彼此互相折磨。」

「妳又知道他被我折磨到？」潔瑪覺得好笑地笑了兩聲。

「氣歸氣，但我看得出來，」佩姬嘴角一撇，認眞的說：「他在自甘墮落——這是以前的說法。現在叫做『放飛自我』。因爲得不到，所以放縱自己。」

潔瑪竟大笑出聲，而且停不下來。好像這樣還不夠完整表達她的感受，撫著肚子繼續笑，最後笑出眼淚。佩姬雙手叉胸，惱怒的注視她。笑得差不多了，她拭去眼淚，向佩姬道歉。

「哈哈哈……，對……對不起，我不是故意的，只是妳講得太好笑了……。他是馬立安耶！原原本本的馬立安，不是安份守己的『唐杰』。」

佩姬嚴肅的看著她，「我認為只要他想要，誰攔也攔不住他的意志。他有很多次可以佔妳便宜都忍住了。」

「我們約定好的。」

「又沒有白紙黑字。」

「那現在——大解放啦！不用再受約束。所以，他並非自甘墮落，是他男人本性顯露。就這樣。而且妳要慶幸我跟他之間清清白白。」她自傲的說。

佩姬瞇起眼睛問：「妳真的不在乎自己的男人跟別的女人睡？」

潔瑪藉著揩拭狂笑的眼淚，同時抹去即將湧出的難過的淚水。一個人怎能同時交錯兩種不同情緒的眼淚？好折磨人……。

「當然不在乎。」她愈是拼命裝出開朗的語調，愈發不自然。嘴上不如內心那麼有信心，任誰都看得出來。「而且！他不是我的男人。」

「哼，騙誰呀。」佩姬連翻個白眼都懶了。

潔瑪一副看透了的說：「人們不都是活在謊言之中才能在社會上混？不管是善意或是惡意，無謊不成媒。妳看看我們。」

「妳什麼時候回妳的豪宅？」佩姬故意刺激她。

馬立安住在潔瑪的對門，倆人不見得碰得著面，可她就是不想回去，她與馬立安相處往事歷歷在目，怕見景傷情。山上示愛如黃粱一夢，夢醒成空。她討厭曾經擁有，如果未曾擁有，就不會難捨。

「我眞的不再在乎他，但也要一段過渡期啊，我需要有個人陪伴我。」唐杰走了，馬立安不信任她了，她的心靈脆弱得不得了。「欺騙他的事妳要替我保密，不能告訴他。拜託……」她睜著水汪汪的大眼睛，翹起嘴巴，裝可憐的求情。

佩姬認識她這麼多年，未曾見過她副模樣，亂噁心的，但也令人心疼。潔瑪動了眞情，奈何命運捉弄人。都是羅伯威害的！當然，還有她，喔不，她和巴比。現在懊悔這些來不及了，她要想辦法補破網。

＊　＊　＊　＊　＊　＊　＊　＊

唐杰夜宿沈安琦家，是移情別戀，忘卻助理佩姬的不離不棄？新聞這樣下標題。

「唐杰，你和佩姬分手了？」記者問。

「嗯。」

記者去問佩姬，沒想到佩姬竟笑著回答：「我們根本沒怎麼啊！」

「可是，唐杰承認。」

「他這個人就愛亂開玩笑，我警告過他好幾次了。」佩姬佯裝不滿。「事實上，我們好得很！甜蜜得不得了。」

「妳怎麼看他夜宿沈安琦家一事？」

「他們兩個是去談劇本內容，他跟我報備過了。」

「爲什麼不選在外面討論？可以避嫌。」

「在外面不好對戲。哎呀，別想太多。呵呵呵……」

記者們霧裡看花。

彷彿要駁回佩姬的話，馬立安不但和沈安琦過從甚密，還有B女、C女、D女、F女……等等等等。馬立安不再是乖乖牌形象的唐杰，變成放歌縱酒的唐杰。糖粉對他的微詞漸漸變多，儘管還有人替他說話，但無力可回天，事實擺在眼前。

奇怪的是，發生這些紛紛亂亂的緋聞，佩姬非但沒有表露任何不悅的情緒，還鄭重的否認這些新聞全是空穴來風，他們倆的感情依舊如故，化解了記者們的疑慮與追問。

與唐杰交情較好的記者私下問馬立安：「我看不懂你的做風，唐杰。事實上從你復出後我就愈來愈不懂你。你見一個愛一個，活像海王，然而佩姬似乎不將你荒誕的行徑當回事，甚至合理化你的行爲。例如跟B女是爲了聊她創業的事，詢問你的意見。你與C女親吻是不小心『撞』到，你原本要頰吻道別的。你在事業線很深的D女家過夜則是怕她失戀想不開，所以陪伴她，連續三天！F女對外宣稱說她才是你正牌女友，佩姬笑答你是人人心中的情人，F女會如此幻想，她不怪她。」說完，他攤開雙手等馬立安解釋。

馬立安請他再喝一杯酒，並沒有多說什麼，把話題岔開。

其實他亦不解爲何佩姬態度一百八十度大轉變。她在玩什麼花樣？他唯一想得到的理由是她在替潔瑪挽留他。可現在他和潔瑪形同陌路人，挽留他沒有實質意義。

難道佩姬眞想與他成爲戀人？不。私下依舊對他冷言冷語的她，完全一副不想和他有任何瓜葛的模樣，有次故意用力結領帶，恨不得勒死他。

這些亂七八糟的事連帶影響馬立安的代言，最後都給了羅伯威。別說網路負評，就連經紀公司都要對他開鍘了。首先的對象是潔瑪。

「潔瑪，管好唐杰，妳是他的姊姊。」

「……是，我會。」

「短時間內別再讓我聽到或看到他的不良言行。」

「……好，我會告訴他。」他會聽她的話？

潔瑪不想見馬立安，但上司有交待就得照做。她回到自己久違的住處，拿了備份鑰匙，走到唐杰的屋子將門打開，進屋等他。踏進屋內之前，她預料會看到不少女人留下的東西，結果房間乾淨整潔，沒有任何女人來過的痕跡。也許是鐘點清潔婦替他整理過了。潔瑪心想。

她不確定馬立安今晚會不會回家，等就是了。等著等著不知不覺睡著，是開門、關門聲和突如其來的亮光驚醒了她。她揉揉惺忪的眼睛，說：「你回來了。」

馬立安始料未及潔瑪在這裡，先是錯愕，然後垮下臉。「來檢查我的屋子有沒有藏女人？」

「你有嗎？」

「妳找我肯定沒好事。說吧。」他說，然後沒將她放在眼裡，逕直朝她走來。潔瑪立刻聞到濃濃的酒味與菸味，皺緊眉頭退縮一步。他冷冷的一笑，掠過她面前朝浴室方向走去，一路脫掉鞋子、襪子、外套、上衣、長褲……潔瑪旋即撇開頭，避免看到他裸身。

「你最近的行爲太超過了，公司要你收斂點。」她說。浴室傳來灑水嘩啦啦聲，沒聽到他的回應。她再走近，對著浴室門稍微揚高聲音，「馬立安，公司要你收斂點！」還是沒回應。正當要再度開口，浴室的門猛地打開，潔瑪嚇一跳，趕緊低下頭，後來覺得落點不對又將身體調轉，背對著他。

「妳剛才說什麼？」

「呃……我……」

「想跟我一起洗？」他故意扭曲她的意思。

「算了，等你洗好了再說。」她惱怒地說，紅著臉走到沙發重重坐下。

洗畢，馬立安浴巾纏腰走出來，一手隨意撥弄濕髮。潔瑪匆匆瞥一眼，覺得浴後的他好性感，但不再屬於她。潔瑪甩甩頭，將心思集中在公事上。他轉往廚房，她跟過去，他自冰箱取出一包水餃。

「你還沒吃飯？」

他半晌不語，最後陰沉沉的開口，說：「一整晚只喝酒。」

「……你常這麼做嗎？馬立安？很傷身體的。」

「放心，死不了。死了也不會有人在乎。」他哼笑一聲。

我在乎。潔瑪心痛的想。

她把冰箱打開，裡面空空如也，水餃是最後的食物。

「明天我叫佩姬幫你補滿吃的東西。」

煮冷凍水餃時間要久一些，潔瑪可以利用這段時間交代馬立安事項，然後離去，但她沒開口。等他吃飽了再說。她心想。可是，心知肚明自己找藉口拖延和他相處的時間。她沒事找事做，整理本來就擺放整齊的物品，然後聽到他叫她。

「過來吃水餃，潔瑪。」他將水餃分成兩盤。

「我吃過了。」她說。馬立安從桌面上滑過一根湯匙，不偏不倚停在盤子邊，執意要她照做。

她想教他換上居家服或其它衣服，但他一定會說不。「你可以穿件隨便什麼都可以的衣服嗎？」這樣她的眼睛才不會不由自主的朝他胸膛瞟去。

「這是我的屋子，想怎麼穿就怎麼穿。」他固執的說。「只有我一個人的話更是奔放。」

看吧。

「你最好穿上，你的體態有點走樣。」潔瑪直言道。馬立安臉色一沉，站起來作勢欲將大浴巾扯掉，她趕緊撇過頭，張開手掌擋住視現。「好好好！隨便你、隨便你。」

他惱怒的命令：「快吃。」潔瑪聽命坐下來吃水餃。

馬立安大概猜得到她來的用意，希望她快點把話說完後走人，但他同樣遲遲不開口。他暗中抬眼觀察她，一陣子沒看到她，瘦了，弱不禁風。難道羅伯威沒有好好照顧她？他們分手前她不是這個樣子，那時候的她肉肉的，抱起來很柔軟。現在看來就像是減肥過頭的女明星，沒有戀愛中的人容光煥發的樣子，倒像剛參加一場喪禮回來，同時餓了好些天。今天她自動送上門真是再好也不過，他預備用強硬的態度對付她，出言相譏羞辱她。然而，一看她的外表不禁軟化，語調放緩。

「水餃難吃死了。」他嫌棄的說。

她接口道：「冷凍的嘛，當然不好吃。等你有空再自己包來吃。」

「就算有空，也要挪來吃喝玩樂，幹嘛費事。」他冷哼。

「你可以吃喝玩樂，但也要注意營養，不要熬夜。」潔瑪的關心讓馬立安滋味複雜。

「你們最近好像不錯喔。」

「我們？」她一下子意會不過來，「喔，對，『我們』。呃，就那樣。很好。」

馬立安狐疑地看潔瑪。敏感如他，察覺到一絲不對勁，卻不夠沉穩到細量其中的疑點。因爲怨懟重又充塞心胸，容不了理智。

「怎麼，太多男人，不曉得我在指哪一位？」馬立安冷笑。

「才不是這樣。我不像你，到處尋花問柳。」

「聽起來妳倒是挺專情。」馬立安很不是滋味。

我是啊，只是你不知道而已。潔瑪在心裡對他說。

「專情是好事。」

「我從來不信這一套。直到認識一個女人，她讓我相信了，不過她把我戲耍一頓後就移情別戀。以後我不再相信了。」他咀嚼著最後一顆水餃，眼神帶著複雜萬分的情緒直盯著她，接著把手上的湯匙直接扔在盤子上，發生鏗鏘聲，藉此表達內心的不滿。「對此妳有什麼高見？」

潔瑪佯裝不知情的說：「每個人都會變，馬立安。有時候是自己願意改變，有時候是被逼著改變。不論如何你要原諒她，並且重新相信愛情。」

「妳教我如何做。因爲妳經驗豐富。」

這句話讓潔瑪胸口發痛，很受傷也很內疚。是她讓他相信愛情美好，卻又單方面的放開手。他一次又一次的幫她，她卻轉身投入羅伯威的懷抱，儘管那是謊言。可是，她毀了他對女人的信任。

「我沒有什麼忙可幫你。可是，我相信只要你願意敞開心胸，一定可以找到一個你愛她，她也愛你的女人。你不是有很多女朋友嗎？可以從中挑一個。」她嚥下一口口水。

「女朋友？妳指的是性伴侶吧。哈哈哈！我得說，演藝圈眞的是一個非常高級的人肉市場！燕瘦環肥，任君挑選。」他輕挑的笑說。「甚至不用我招手就主動倒貼。」

「你看的只是少部分女性，一定會有人是眞心愛你，等你回應。」她認眞的說，卻自私的希望那個女人最好永遠別出現。

「若要我說，最棒的還是妳。可惜沒嘗過。」他不懷好意的問：「要不要讓我試試？或者妳自己靠過來，這樣就不算我違反契約內容。」

她放下湯匙，面無表情。「講話不要那麼下流……。」

他鄙夷的說：「妳也不是多高尚。」

這句話宛如利刃刺進她的心，好痛。趁痛死之前，趕快離開吧。

「你最近的負面新聞太多，公司要你收斂點。再不改就教你去做免費的公益活動，扭轉形

象。」說完後她起身離去。在她即將開門之前，馬立安快她一步壓住門扇扉

她驚惶的問：「幹什麼？讓我出去。」

他看見她眼眶有淚。「我猜，妳對我依舊留戀，不然不會親自跑這一趟。不如就留下來吧，讓我們繼續上次渡假時未完成的激情。嗯？」

「不要。讓我走。」她使勁扳開他的手，他借力使力手腕一轉，一甩，便將她甩至地上。「啊！」她想站起來，馬立安已用身體壓住她，企圖吻她。她推開他的臉，「放開我！馬立安。我不要！」

馬立安沒放開她，他恣意的、粗暴的、狠狠的親吻她，一洩愛恨糾纏不清的氣。馬立安用力的碾壓潔瑪的唇，她左閃右躲不給親，因爲她知道這是報復性的親吻，她愛他，但不要這樣的吻。馬立安單手扣住她的後腦，把她緊緊地、牢牢地壓在地上，好像要將她的骨頭壓碎，另一隻手粗暴的扯開她的衣衫，毫不憐香惜玉的抓捏她的胸部，她痛得喊叫出聲，看她痛苦，更加激起他心中的怒火，喚醒他體內獸性的部分。她今天穿的是及膝裙，不好脫，乾脆直接往上掀。他想頂開她的腿不成，她死命的夾緊，倆人宛如在玩角力遊戲。仗著身強體壯，馬立安很快便攻破她的防衛，準備直搗黃巢。

「住手！馬立安！不要讓我恨你！」

「我寧願被妳恨。」馬立安失去理智了。

潔瑪揉合著羞恥與怒氣大喊：「住手！馬立安，我……我已經懷孕了！」

馬立安停止一切動作，面如土色。「……妳說什麼？」

潔瑪趁機躲開他的箝制，退避三舍，緊抓著凌亂的上衣，淚水順著臉頰淌下。

她懷孕了!?

馬立安整個腦袋嗡嗡作響，不停迴盪潔瑪的話：我已經懷孕了……。

不知過了多久，聽到潔瑪不停的啜氣聲，他才漸漸回過神。他頹喪又憤怒地跌坐在地，整張臉緊緊繃著，彷彿五官承受極大的壓力。

那涼涼的是什麼？淚水？他訝異自己竟然有淚水!?

不甘心的眼淚在眼眶中打轉，馬立安硬是不讓它掉下來。

這瞬間他明白了，愛與恨可以這麼快轉換，他愛她很深，恨她更深。

「……滾……。永遠別再出現我面前。」他說。輕輕的語調，好像暴風雨前的寧靜。

「……馬立安……」她嗚嗚的喊著他的名字。

他大聲巨吼：「我叫妳滾!!」

潔瑪帶著破碎的心逃離。

倆人從此是陌路人。

第十章

「佩姬，你知道我爲什麼叫妳來？」

「……不知道。」

「潔瑪告訴我她管不動唐杰——這讓我很吃驚。事實上，從唐杰復出之後總總行爲都讓我很吃驚，不過都是好的，表現還不錯，但是姊弟戀事件之後一切全走樣了。喝酒、抽菸、打架、鬧事、玩女人，這和以前的唐杰判若兩人，他怎麼會變成這樣？」

「可能……他最近壓力大，難免有脫序行爲。」

「我不容許旗下藝人行爲不檢點。如果連潔瑪都勸不動他，我只好請她走人。」

「吭？不要啊！爲什麼要爲這件事辭掉潔瑪？」佩姬著急的問。

「唐杰出車禍後，她的行爲就怪怪的，我們去探望唐杰，起初我們還看得到，後來他轉院再轉院，我們對他的訊息最後都來自潔瑪。我問她唐杰的情況，她告訴我說恢復得很好，於是我讓她開記者會，讓大家知道他快好了，然而我從來沒有收到唐杰親自打來報平安的電話，這挺怪的。接著，在沒預警情況下唐杰突然開直播，我才知道原來他眞的痊癒出院了。」

佩姬心虛的問：「這樣不好嗎……？」

「姊弟戀事件前很好，之後不好。姊弟戀……嘖，虧華泰想得出來。不過，那張照片還頗有幾分相似度。」

「你不能因爲唐杰的事歸罪於潔瑪，將她辭了呀！」

「我尚未對她提及此事，不過，她已經先我一步主動遞出辭呈了。」

「什麼!?」

＊　＊　＊　＊　＊　＊　＊　＊　＊

佩姬買了滿滿一堆東西開車至大樓地下室，在那裡巧遇馬立安，怒氣沖沖阻攔他的去路，興師問罪。

「我知道你那天對潔瑪做了什麼事。你這個混蛋!!」

他輕挑的笑，「我又沒得逞。」

「你傷了她的心！你誤會了她，害她哭得半死！」

他冷哼一聲。「我沒侵犯到她，有什麼好哭的。」

「睜亮你的眼睛，她所做的事都是在保護你——」

「她移情別戀懷了羅伯威的孩子，這叫保護我？嗯，眞是別出心裁的點子。天下負心女子應該把這招學起來，對付眞心愛她們的男人。」

可惡！不管了，她豁出去了！

「這一切都是她騙你的！」佩姬吼出來，聲音迴盪在地下室的空間。

「謝謝妳再次提醒，我知道了，而且會深切刻在腦袋裡。」馬立安不當回事。

「她怕影響到你，不得不配合羅伯威演那場戲。」

他歪著頭。「結果不小心假戲眞做。」

「天啊！怎麼會有你這種偏執狂!?爲什麼你就是不肯相信我說的話！」佩姬氣得跳腳。

「更正。話全是她自己說的，我當然相信她。」

「馬立安，你被仇恨矇閉眼睛了。」佩姬沒救的搖搖頭。「潔瑪從頭到尾都在爲你設想，然而你不但沒做她的靠山反而將她推倒，你算是男人嗎？你知道她被羅伯威威脅嗎？嗯？」她瞪大眼睛問馬立安。他怔了怔。「終於打開你腦袋的天線了？我告訴你怎麼回事，姊弟戀事件當天，羅伯威上前替她解圍，他告訴潔瑪你不是眞正的唐杰。當下唯一的做法只能順水推舟，讓大家相信他們是情侶，不然事件會鬧多大你知道吧？潔瑪是在保護你！」

潔瑪亦被威脅!?馬立安心頭一震。

「她……她可以告訴我啊。」

「羅伯威要她離開你！要我講幾遍才聽得懂啦？她要是不配合，他就將我們的秘密公諸於世。」

「我……我……」他支支吾吾。

「你不應該怪她移情別戀，她被姊弟戀事件嚇到了，哪敢再與你接觸？她和羅伯威的恩愛全是假的，做給別人看的。她在我家住了好幾天，她懼怕你們兩個臭男人！你不理解事情原由就算了，還打她一巴掌，傷了她的心。我眞想舉起車子砸死你這個王八蛋！」

別再提那一巴掌，他內疚至今。「可是……她說她懷孕了……」馬立安掙扎著反駁說。

「她也只能那樣說才能阻止你。沒人想在被誤會且粗暴的箝制下被侵犯，就算她愛你。你這個被捧上天的惡棍！」

馬立安一隻手摀住臉往下抹。他錯了！大錯特錯！

他焦躁地在停車場小範圍內走來走去，步伐凌亂又懊悔。他手指交扣置於後腦，表情難過，自責沒細心察覺。難怪……難怪……。如今想想，那些不合理之處全有了解釋。馬立安做了數次深呼吸，依舊無法平息激動懊悔的情緒，不斷來回踱步，揉著脖子，焦慮得像頭困獸。

終於，他停止腳步，雙手撐在引擎蓋上，低聲問：「……她現在好嗎？」

佩姬杏眼圓瞪。「你說呢？」

「……我猜她不想見我。」

「她寧願讓你恨她也不讓羅伯威傷害你，足以證明她愛你。不過，暫時不要打擾她比較好。」

「她安全嗎？」

「安全。她回老家了。」

馬立安皺眉。「回老家？」

「她辭職了。」佩姬說。馬立安愣愣住。「潔瑪兩年多來身心俱疲，再也承受不了更多壓力崩潰了，所以主動請辭，以後你歸別人所管。」

「我可以聯絡她？」

佩姬嘆氣，搖搖頭。「你讓她沉澱一陣子再說吧。她請辭了也好，羅伯威無法再脅迫她。」

馬立安心裡有個想法正在形成，忽然間地下室傳來不尋常的嘈雜聲，是大樓的保安與一名女子互相爭吵不休的回音。

「你放開我，我知道他在這裡！我等他很久了，今天終於讓我逮到他！」

「小姐，妳不可以再隨意闖進來，我警告過妳好多次，這是違法的，我可以叫警察來。」保安語氣嚴肅。

「你叫啊，以爲我怕啊！」才說完，她看見馬立安，悻悻然筆直走過來，手指指著馬立安。「你！爲什麼都不接我的手機？」

馬立安向保安使眼色，後者立刻報警。

「我很忙，甜甜。」馬立安小心翼翼應付。從甜甜表情上判斷，直覺感應是來找他攤牌。到目前爲止，他關關難過關關過，不希望再節外生枝，但有時候不受他控制。

不能小看由愛生恨的女人，誰曉得她會做出什麼瘋狂舉動。

「藉口、藉口、藉口！」她突然失控得大喊。「你可以跟其他女人亂來爲什麼不願意接受我？你知道我愛你！」

那次被馬立安掛斷手機，甜甜瞪著手機許久，彷彿它是她的仇人。面對威脅，馬立安絲毫不畏縮，不退卻。原以爲打手機給他會嚇倒他，逼他乖乖就範，幸運的話她可以進入演藝圈。顯然這招沒用，反倒惹怒他，不接她的手機。這與她原先構想的完全不一樣。她該怎麼辦？

揭穿他？不，身敗名裂的他更不可能理會她，甚至恨她。他說了，互相毀滅。她太瞭解他，一定說到做到。

可是，她不要他愛別人！不要！

他的助理與他相戀已經讓她抓狂，竟然還有數名緋聞女友，這個男人怎麼這麼可惡！而她卻偏偏愛上了他，無法自拔。甜甜氣得眼淚都快掉出來。

她決心不計一切代價也要得到他。倘若她得不到，別人也休想得到。

馬立安安撫她的情緒，「甜甜，妳冷靜，我沒有接受任何人。我和她們只是朋友關係。」

「她就不是！」她直指佩姬。「她是你公開承認的女朋友，坦護你。」

「那妳更不應該再來找我，有比我條件更好的男人喜歡妳。」

甜甜眉頭緊簇，眼睛泫然欲泣，表情極爲委屈。「可是，馬立安，我只喜歡你……。這幾個月我打了無數次手機給你，你都不接，找也找不到你……。」

馬立安大嘆一口氣，曉以大義：「甜甜，愛情是勉強不來的。」

「我先上去了，馬立安，你趕快把事情搞定。」佩姬好沒氣的說。轉身打開車門，半個人隱入車身內，然後拽著大包小包的東西走過來，說：「快一點。」經過甜甜面前，佩姬不耐煩的瞪甜甜一眼。

甜甜不甘示弱回瞪她，接著目光一瞬間轉成殺意。

「都是妳害的！」她面目猙獰撲上前揪住佩姬的頭髮死命拉扯，害她猝不及防手上的東西散落一地。

「啊！放開我！妳這個瘋婆子！」佩姬痛得哇哇叫，大聲咒罵。

「我今天一定要把妳給撕了！」甜甜仗著健身的體魄瘋狂似的毆打佩姬，後者毫無招架能力，只有被挨打的份。

兩名員警迅速到來，甜甜依舊沒有罷手的意思。

「住手！甜甜！」

馬立安運用技巧化解甜甜的攻勢，把她用力推開跌在地上，然後用雙手環住佩姬，姿態儼然護花使者。甜甜氣急敗壞地站起來，從包包裡掏出一瓶水，旋開瓶蓋，不由分說朝佩姬怒擲去。馬立安反射動作擋下大部分的液體，仍不免濺了幾滴在裸露的皮膚上，頓時刺痛不已。

馬立安驚愕的喊：「妳潑鹽酸!?」

「鹽酸？」佩姬驚呼，立刻從地上抓起礦泉手淋他的皮膚。

員警見狀，上前勸阻，「小姐，妳再動手我就押妳到警局。」

甜甜顯然不願意就此罷手，從地上撿起尚有剩餘鹽酸的瓶子欲再故技重施，兩名員警以迅雷不及掩耳的速度將她壓制在地，強行帶回警察局。

「謝謝你，馬立安。」佩姬說，一邊繼續幫他淋水。

看著這場鬧劇，馬立安心知快刀斬亂麻的時候到了。

＊　＊　＊　＊　＊　＊　＊　＊　＊　＊

「各位嘉賓，大家好，歡迎來到植物人基金會。今天我們很榮幸邀請藝人唐杰共襄盛舉，我們現在請他致詞。」臺下響起掌聲。

馬立安接過麥克風，以他低沉悅耳的聲音，道：「謝謝基金會的邀請。其實，能來這裡爲植物人基金會盡棉薄之力才是我的榮幸！我會說的簡單又明確，免得你們聽煩不願意簽下支票。」臺下發出輕微的笑聲。「植物人是社會弱勢族群之一，他們面臨的困境和其他人一樣，他們的家庭也是非常的無助，往往因爲負擔不起太多的醫療費用捉襟見肘，因人手不足而累倒，造成更大的付擔……」

「他不就是唐杰的替身？」

「……是的，爸。」

「他在替植物人基金會募款。」

「嗯。」潔瑪回答。眼睛擔心地瞟向父親，他雙手叉胸，表情嚴肅，看不出他眞正的想法。母親則是以一種懷念的眼神看著電視裡的馬立安。

「他最近新聞很多。」

「藝人嘛，有時候會故意製造話題，有好有壞，博人眼球與關注度。」

「替基金會募款也是刻意爲之？」

「就我所知，是他主動要求。因爲唐杰的關係，讓他特別有感觸。」潔瑪對此感到無比欣慰。

爸爸佇立好一會兒，離開前未再多言。

「這孩子有他的特質，與唐杰不一樣。」媽媽瞅著潔瑪，語重心長的說：「糖糖，妳愛他很深，逼得妳不得不離開原先的工作。」

「沒啦，媽，我早就厭倦演藝圈的紛紛擾擾。」

「我想，他也愛妳，否則不會陪你們玩這麼大一齣戲。」

「……我們錯了，媽……。」

「有些事冥冥之中自有安排。」媽媽看透了的說。

冥冥之中，冥冥之中……。潔瑪默念這句話，驀地想起了唐杰。

在唐杰重傷不起後，與馬立安相識莫非就是他安排的？即便必須經歷過這一切困難，他們仍註定在一起？

怎麼可能呢？現在如何收尾她都不知道，遑論日後一起生活。她想不出解決的辦法才會落荒而逃回老家。她逃走了，把爛攤子丟給馬立安。她把他捲進來，卻扔下他不管。

她逃走了，但心還留在他那裡……。

手機鈴聲陡然響起，是馬立安打來的。潔瑪猶豫要不要接？

她按下通話鍵，但沒有出聲，彼端也沒有聲音傳來，沉默灌滿了線路。就在她納悶是否收訊不好之際，他那低沉的聲音傳過來了。

「糖糖，是我。」他知道她在聽，不想開口，於是逕自說下去，「我誤會妳了，是我不對。我是不折不扣的混蛋，妳不想跟我說話也是我活該。妳回老家是對的，羅伯威威脅不到妳，我就放心了。妳不用擔心我——」

「我才沒有擔心你！」潔瑪打斷他的話，半惱怒半委曲的說：「你幹嘛打來，不是叫我永遠別出現在你面前？你打來只會招我生氣，討挨罵！去找那些招之即來，揮之即去的女人，不用屈就我！從今以後再有任何困難都不會再找你幫忙，因爲你已經沒有利用價值了！」說完，忍不住低聲啜泣。

馬立安微微一笑。「罵完開心了？要不要我本人親自去讓妳再罵一遍？」

「膽敢來我打你，打得你滿地找牙。」她惡狠狠的說，抹掉沒出息的淚水。

「可以，我欠妳的。不過，恐怕妳要多打幾拳才能讓我感到痛。」

「你這個自負的傢伙，很久沒練身體應該變成了肉雞。」

「妳可以親自鑑定。」

「我對她人的男友沒興趣。」

「我從來就不是她人的男友，我專屬一個特別的女人，」他懺悔的說：「可是，我做錯事，令她傷心欲絕，現在得想法子取得她的原諒。」

「我不是神職人員，不要向我告解。」

「既然已經聽了，就麻煩妳幫我傳話給她，要她多吃點飯，好好養身體。上次我抱她，覺得她好像是一副會走路的骨骼架，讓人看了心疼。我會完成合約的事，不會搞砸，請她務必相信我。糖糖，再麻煩妳轉告一句，**我愛她！**」

潔瑪聽了，淚如雨下，不住地擤鼻涕。他還關心她，愛她。

聽著彼端軟化了的哭聲，馬立安心中升起一股希望的火苗。他小心翼翼的問：「糖糖，妳認爲我要怎麼做才能獲得她的原諒？」

「把心挖出來血祭。」潔瑪咬牙切齒的說。「反正你也沒在用。」

「心，不行。它已經被愛喚醒，正噗通、噗通跳，渴望快點見到她。」

「少貧嘴。她不見得想看到你。」

「難道她沒想到我也很傷心？」

「是啊是啊是啊，好傷心，眞令人同情。」潔瑪摀住手機，趕忙抽很多張面紙將涕淚擦掉。

「任何一個男人聽到自己珍愛的女人上了別人的床，懷別人的孩子，都會失去理智。當然，打人是不對的，改天我會負荊請罪。」他再次強調。這個污點會跟著他一輩子，同時是他心裡的陰影。「我相信她一定還愛我，因爲她爲了保護我不惜撒謊——」

潔瑪再次打斷他的話。「她是爲了保護她弟弟的名聲。」

「也對。」馬立安落寞的說：「麻煩妳轉告她。希望我再來電時，她會迫不及待接手機。」

「她再接也是基於禮貌，不要奢求太多。」

「嗯，我知道了。那，麻煩妳務必告訴她，有了她，我的人生才會完整、幸福。我所做的事情全部動力皆來自於她。沒有她，我宛如行屍走肉。」馬立安感性的說。

另一端的潔瑪摀住嘴不敢發出聲音，淚眼婆娑……。

「順便告訴她，我想她，愛她。再見，糖糖。」

潔瑪怔怔地地看著手機，感到失落……。幹嘛悵然若失？她不甘心，原來自己比原先知道的還喜歡那混蛋傢伙。可惡……。

＊＊＊＊＊＊＊＊＊

「臭小子，該還錢了。」

「我正在努力。」

「快一點，我家老大可沒多大的耐性。不過，」他拉長了音調，「我倒是有個方法讓你快速還錢，只要你的老婆跟我，我會幫你還四分之一的債。」

「癩蛤蟆休想看天鵝。」

「你敢羞辱我！欠打！」癩蛤蟆出拳朝天鵝的老公打去，後者左閃右閃躲過拳頭。

「卡卡卡！」魯彥暴怒大喊：「唐杰，這個時候你應該被打、被打、被打！不是閃！」

馬立安掀眉撇嘴角，不置可否。這一段已經NG十多次就是拍不成，馬立安樂看羅伯威公報私仇不成而不悅，他的心情愈發飛揚愉悅。

「魯導，別太責怪他。最近負面新聞太多，心情不好表現不佳也是正常的。」羅伯威一副不說風涼話會死的樣子。

「事實上，我觸底反彈。」馬立安皮笑肉不笑的說。

「哦？你還有彈性？我以為潔瑪離職，你應該一獗不振。」

「如潔瑪所言，我要為自己的行為負責，該做的事我會做，」他陰鷙的直視羅伯威，「該報的仇我一定報。」

「我和你有什麼仇？不過就與你姊姊『交往』。」他刻意強調，故意刺激馬立安。

「羅伯威，你私生子的事處理得如何？」馬立安故意哪壺不開提哪壺。

「哪……哪有這回事？誰告訴你的？」

「這件事瞞不了多久，早晚要給女方一個交待。所以，你別耽誤潔瑪比較好。」

羅伯威怨恨地瞪著馬立安。那個女人最近頻頻打手機給他，揚言再不解決就向媒體揭露。開什麼玩笑！他正時來運轉，經她攪局名聲會毀掉。

「私生子」意味他不負責任、濫情，破壞公司名聲、個人形象，會被解約，屆時他會一無所有。

「潔瑪相信我。」

「你騙人的功力遠勝於我，可惜你的技倆已揭穿。」馬立安輕蔑不屑的冷笑。「潔瑪離職，你認為還有多少王牌在手上，嗯？」

「我會揭穿你的身份！」

「請便。」馬立安風清雲淡的說。

羅伯威氣結。他爲什麼不怕？他應該要怕才對。他討厭他總是一副誰能奈他何的模樣。

魯彥大吼：「繼續拍戲！唐杰，等一下就從你們在麵攤前打架接著拍。拜託，這次一遍OK，好嗎？」

爲了讓戲順利進行，馬立安順著羅伯威的攻擊做出被揍的演技，不過，他暗中卸掉不少被打的力道。羅伯威必定察覺到了，心浮氣躁地步步進逼，馬立安緩慢後退，當距離夠近，他小聲的對羅伯威說：「糖糖是我的，你死心吧。」

羅伯威一直認爲拿捏了潔瑪就等於掌握他的演藝事業，馬立安挑釁他，故意刺激他，無疑是想摧毀他，等著搶回潔瑪，重整自己的能量。

馬立安要重整自己的能量？這個猜測倏地襲上羅伯威心頭。他一震，完全不能接受。他自認打趴了馬立安，他憑什麼東山再起？他可是握有他們串演的把柄啊！

難道……潔瑪假裝辭職，實際上她暗中幫助馬立安？不行，他絕不容許這事發生！

羅伯威再也沉不住氣，像子彈一樣對著馬立安衝過去。馬立安閃過他數記毫無準頭的攻擊。羅伯威愈打愈生氣，數度揮拳落空，馬立安反守爲攻衝到他面前，一記上勾拳正中肚子，他頓時眼冒金星，不知爹娘是誰，待神智稍微清晰，馬立安再一記打到最棒的位置——他那俊俏的臉頰。

現場的人全傻眼。怎麼眞打了？兩個人未照原來的套路演，大家愣住，紛紛轉頭看魯彥的反應，豈料他支手托腮一臉興味，沒有喊卡的意思，因此攝影機繼續運轉。

馬立安等著羅伯威爬起來朝他揮拳。未料，他整個人飛撲過來抱住他的腰，兩人直接撞向麵攤，攤子倒了，熱水潑灑出來，馬立安和羅伯威皆被熱水燙傷。馬立安比較嚴重，他被壓在下面，背部著地泡到熱水，痛得齜牙咧嘴。

大家趕緊拿涼水給他們兩個沖濕降溫。

「拍得非常好！到此結束。」魯彥說。「唐杰，你可以去醫院了。」

原劇本是羅伯威打馬立安，但他那招抱著他撞倒麵攤被熱水燙到的一幕效果更好。

演員不照劇本演，導演不按牌理出牌。這齣戲最後會變成怎樣，眾人無一不捏把冷汗。

巴比將馬立安送回家，幸災樂禍的說：「好了，這幾天你會非常不舒服，忍著點吧。再見。」

經過冰敷擦藥治療，他並沒有比較舒緩，全身都在痛，活該他故意激怒羅伯威，招來皮肉痛。不過，能看到羅伯威慌張、狼狽的模樣，心裡還是很爽。

今晚他得趴著睡了，這背……。

打開門後，馬立安意外燈是亮著的，屋內飄散著食物的味道。他慢慢走向廚房，看到潔瑪正用隔熱手套端盤子至桌上。

他驚訝得張開嘴，說不出話來。

她放下手套，靦腆地走到他面前。「你回來了，馬立安。」

馬立安屏住呼吸，深怕一口氣不小心吐出來把眼前的「幻影」吹散。

他傻呼呼的開口：「妳回來了？糖糖？」

「歡迎不請自來的不速之客嗎？」

他感覺像在作夢，需要摸摸她才能確定是不是眞的。「糖糖……？」馬立安伸出雙臂欲將她擁進懷裡。一伸手，拉扯了背上的傷，忍不住呻吟。

「這是在提醒你，傷勢未好之前，切莫輕舉妄動。」

「瞭解。」只要能看到她，他就心滿意足了。「妳何時學做菜？」

「好一陣子了。過來試試我的『手藝』。」她扮了一個鬼臉。

一大盤蝦仁蛋炒飯在桌上。「妳會炒飯？」馬立安感到不可思議。

「嗯哼，我練好幾次，炒得不錯呢！地板吃得很飽。」潔瑪自我解嘲。馬立安就座，她給倆人各盛一碗。「今晚只有炒飯。」

他握緊她的手，心滿意足的凝望著她。「這樣便以足夠。」潔瑪紅著臉。

「我猜，你應該知道爲何我會回來。」

「我不知道。」他用臉頰去磨蹭她的手，愛看她赧紅了的容顏。「妳告訴我。」

「我看到你代言慈善廣告，有植物人、慢飛兒……！」她激動的說。「我很感動。」

「拋磚引玉換得妳重新注意，很值得。」

「佩姬告訴我，你護著她免於被硫酸波及。」

「誰教我是她的『男朋友』。」他苦笑。「她對外一再強調她才是我的女朋友、幫我『合理化』我荒誕行徑，替她擋下硫酸也算是回報。吃醋嗎？」

潔瑪笑著搖了搖頭。「背部還好嗎？」

「不太好，需要有一個人專門料理我的三餐，照顧我的身體，幫我擦藥或者洗澡之類的……。」他精心算計著。

潔瑪失笑。「你又來了，得寸進尺。」

「我一定要攻進妳的心，從此扎根生長，不再讓妳離開我。」馬立安執起潔瑪的手親吻她的手背。

「說反了，是你離開我的。」

馬立安舉手投降。「我們之間不會再有誤會、不會再有第三者，不會再有任何謊言。我這輩子苦過，折磨過，都不及離開妳，誤會妳。」他一一親吻她每一根手指頭。

「可是，我們開啟了謊言，卻不知如何結尾。」擔憂又重新湧現她眉頭之間。然而，馬立安臉上竟堆滿輕鬆愜意的笑。「馬立安，你……？」

放心吧，交給我。她「看」到他的內心話。

「來，讓我嚐嚐妳的炒飯。」他轉移焦點話題，大口咀嚼她的愛心料理。

「如何？」

「嗯……先來杯水。」

＊　＊　＊　＊　＊　＊　＊　＊　＊

潔瑪回歸馬立安後，他心性變得成熟、穩定，拍起戲來順暢無比。

反觀羅伯威，焦慮不安。那個女人後來鬧到經紀公司，爲了息事寧人，他給她五十萬，認爲可以從此解決這件事。女人看著支票良久，最後不發一語收下了。他鬆一口氣。

可是，她離去時木然的眼神令他沒來由的膽顫心驚。

算了，等戲殺青，他再去跟她談談，多給她些錢就是了。

魯彥拍攝監製的戲，獲得「魯彥出品，必屬極品」口碑。前陣子馬立安鬧出許多負面新聞，讓很多不認識唐杰的人開始注意起他，好奇這是一齣什麼戲。

最近馬立安密切的與糖粉們互動，在社群媒體向唐杰的粉絲道歉，希望大家原諒他的錯誤行爲。他回憶以前出道的經過，把那時候的照片秀出來，糖粉紛紛在底下留言，引起許多迴響。

「如果我退出演藝圈，你們會想我嗎？」

「不會，因爲不讓你退。」

「我沒有得獎，你們會宰了我嗎？」

「下次得呀！」

「如果我出意外，不小心死了，你們會懷念我嗎？」

有人開玩笑回應，有人抗議他諱言，多數是不捨得。

「呵呵呵，我也會捨不得你們，只是感慨天下無不散的宴席。我的新戲一定要去看！描述一名臭屁小子如何從自負、受到教訓、再從谷底翻身，勵志又不會無趣，保證精彩！」

＊　＊　＊　＊　＊　＊　＊　＊　＊　＊

重要日子到來，他在頒獎會場看到業界的各個人士，包括原公司的高階主管。他們很驚訝他也在場，免不了一陣冷嘲熱諷。

「啊！你來啦。是不是走錯地方了？這裡是頒獎現場，不是賭場。」

「欸，別這樣說。再怎麼沒能力他也可以來看看，看我們如何得獎。哈哈哈！」

「別糗他，我剛才看了，他竟然也在參賽名單當中。」

「眞的？那推舉他的公司一定是內部沒人才了。」

「哇，他公司哪來的勇氣請一個爛賭成性的人？」

「既然來了，就祝福你囉！希望能拿得『大獎』。」

大會按照流程進行，終於等到頒獎時刻。頒獎人故弄玄虛，煎熬所有人的神經，最後把「魯班獎」中透天樓類的獎項頒給他！所有瞧不起他的人錯愕了，掉下巴。他強忍欣喜的淚水接過獎盃，簡短的說：感謝落魄時所有幫助過我的人！

會後，他帶著獎盃直奔妻子工作處，告訴她他做到了，求她回來他身邊……。

＊　＊　＊　＊　＊　＊　＊　＊　＊　＊

演藝圈年度重大盛會即將開幕，所有參賽項目得獎名單已經確定。

魯彥「再建新人生」得到很高的評價，衝激人心；男主角悔不當初的痛苦，讓人感覺一步踏錯，步步錯的懊悔。獎盃是繼續突破的鼓勵，與妻相擁的淚水是贖罪。

男主角與男配角的打鬥戲是亮點之一，傳聞是眞打。大家對這部戲更加好奇了。

今天，現場衆星雲集，女星高貴美麗，男性帥氣迷人。主持人語氣高亢興奮，口條幽默風趣，吵熱現場氣氛。這一切潔瑪視若無睹，她的思緒飄到兩小時之前……。

她最後一次確認馬立安的服裝儀容，調整他的領帶時低語道：「你今天帥極了，馬立安。」眼神情感滿溢出來。

他親吻一下她的額頭。「那還用說。」

她把雙手貼在他的胸膛上，眼神柔和的凝視他。「千言萬語在心中，不管有沒有得獎，你盡全力了，我們很感謝你一路幫忙。」

「妳這樣說好見外。」他略顯不滿地說。

她微微一笑。「就快結束了，你準備好了嗎？」

馬立安緊握一下她的手。「爲了妳，我永遠待命中。」

「走囉！星光大道還差馬立安這顆巨星！」

她偏偏頭，和馬立安相視一笑，然後與佩姬、巴比一同坐上車駛向會場。

頒獎典禮開始。不意外的，魯彥拿下最佳劇本和最佳導演。

其它獎項一個接著一個頒發，潔瑪的眼睛凝望虛空，整個人出了神，許多回憶瞬間快速的湧上心頭，彷彿在看人生縮影。

「現在，我們要頒發壓軸的『最佳男主角獎』。」主持人的聲音，拉回她的心思。「我得老實說，這三位男主角的內心戲都很細膩，在決定名單的前幾分鐘大家還在掙扎到底要選哪一位，差點要擲銅板決定。」頒獎人傷腦筋的說，臺下一片輕笑聲。他再看一眼得獎人名，吊人胃口的說：「嗯，我個人給他極高的評語，簡直就是本人直接從故事裡走出來。我在此宣佈最佳男主角是——」頒獎人拉長音，最後簡短有力的喊出：「唐杰！！」

現場響起一片熱烈的鼓掌聲，潔瑪從大螢幕看到馬立安站起來向大家揮手，一邊步伐穩定的走上禮臺，然後從頒獎人手中接過獎盃。他面帶微笑，目光掃視全場一週。

「謝謝大家！今天能走到這裡是許多人在背後幫助我，讓我能親手感受獎盃的榮耀與重量。」臺下響起鼓掌聲。「我喜歡戲裡面的男主角，它非常貼近眞實人生的我，我手中的最佳男主角獎就是我的魯班獎。在你們眼前的我是最佳男主角，然而，我並非唐杰。」臺下傳來一陣笑聲，以爲他在開玩笑。此刻，潔瑪屏息以待。「瞞了這麼久，也該是向大家坦誠佈公的時候。其實，我不是眞正的唐杰。」

臺下出現遲疑的笑聲與交頭接耳的騷動，嗡嗡聲此起彼落。

燈光突然黯淡下來，一道巨型投影朝馬立安背後的布幕上投射出唐杰爽朗陽光的相片，以緩慢的速度一幀接著一幀播放。

「還記得一年多前唐杰拍片受傷的事情？在那之後，唐杰的傷勢每況愈下，不幸變成植物人。」臺下靜悄悄完全沒有任何聲音。「一年多後，『我』，馬立安，以唐杰的身份復出，出現在衆人面前，代替他完成未竟之事，包括現在在我手中的最佳男主角獎——我眞希望是唐杰親手拿到！現在，我要告訴大家一件不幸的事，你們喜歡的唐杰已經不在了，永遠離開大家，長眠於一處幽靜的地方。」臺下一陣嘩然，馬立安繼續以平穩的語調說：「我本來可以一直隱瞞到頒獎結束，然後宣佈退出演藝圈，不再出現大衆視野。可是，我若不說出眞相，有辱他對演藝的熱愛與大家對他的支持，所以我必須藉這個機會告訴大家。復出後，所有不良行爲皆是我個人所爲，不是眞正的唐杰，我在此澄清，以免污辱他的名聲。我希望大家永遠記得有這麼一個人用生命在演戲，那個人就是唐杰。請大家不要忘記他！謝謝！」

燈光再度著亮，馬立安已不在臺上，不知何時消失，衆人茫然得以爲是一場夢……。

＊　＊　＊　＊　＊　＊　＊　＊　＊　＊

「所以……？」

「幸好魯彥神通廣大，說服大會變動頒獎順序，否則不但無法繼續頒獎，恐怕你也走不出大門。可憐了主持人，竭力穩定現場的騷動，閉幕式在有史以來最混亂的情況下結束。」

「還有呢？」

「很多人找你，很多人罵你，更多人好奇你，很多人想告你……」

「告我？」

「告你欺騙他們的感情。」馬立安哈哈大笑。「嗯，大概就這些。總之，會亂上好一陣子。不過，演藝圈就是這麼亂，充滿戲劇性。」

「我領教過。」

潔瑪淡淡的笑，眼睛望著前方某一點，那兒有鮮花，有照片，還有無盡思念。現在唐杰已經移到顯眼處，很欣慰終於可以讓更多人到他長眠之處弔唁。

「妳還好嗎？」

潔瑪點點頭，接著想起馬立安看不到她的動作，所以「嗯」一聲。驀地，她有種被注視的感覺，直覺馬立安在附近，繼而想起他現在在外縣市，要兩星期後才會再見面。現在兩人是以手機通話。

「經紀公司有責罵妳？」

「當然。可是，他們現在忙著處理更嚴重的事。那名被羅伯威始亂終棄的女子最後決定向媒體公佈兩人關係，公司火速與他切割，告他違約。比較於你，他完全毀了公司形象。」

「他們應該考慮把妳找回去，重新建立新形象。」

「這個嘛……，他們確實要找我回去，他們希望我把你也帶回去。」

「謝謝，下次再聯絡。」馬立安幽默的說。

「別見怪，世事就是如此，人生隨時可能急轉彎。」

「這次不轉了，我要朝我自己的夢想前進。」他那低沉悅耳的聲音語帶興奮的說：「我找到一棟不錯的房子，很適合做餐飲。」

「哦？太好了——」

這時，潔瑪突然感察身後有人靠近她，她回頭看。

「馬立安!?」

「糖糖。」他咧著大大的笑容，掛斷手機，對她敞開雙臂。

她投入他的懷裡。「什麼時候回來的？我以爲你還在外地。」

「想我嗎？」

「想。」她坦然承認，臉上浮現溫柔的笑意，依偎著他的胸膛。「你在我身後站多久了？」

「妳在這兒站多久，我就站多久。」他緊緊抱著她，把自己埋入她的頸窩，鼻子嗅著她的髮香。久違了。「太想妳了，所以提前回來。」

「你看起來容光煥發。」

「這一年消耗掉的全補回來了。」

「我喜歡你現在這個樣子。」他的神情樣態與從前大不相同。

「我也喜歡妳肉肉的樣子。」他撫摸她的臉頰，親吻她的掌心，摩挲之，久久不願放下。

她發現他很喜歡做這個動作，而她自己也非常喜歡；馬立安曾要求她也打他一巴掌，讓他謹記在心以後不能隨便打女人，那時他說……

「動手吧！糖糖。」

「我才不要這樣做。」

「妳不做我會內疚一輩子。求妳了。」他低聲下氣，將她的手指握成拳頭狀。

潔瑪瞇著眼睛，算計要如何讓他付出「代價」。只是回敬一拳太便宜他了。「你聽好了，馬立安，我不打你。可是，我依舊要懲罰你，罰你一輩子煮飯給我吃。」

「妳在向我求婚？我答應！」

「吭？我……我不是那個意思！我只是說你要一輩子煮飯給我吃。」

他搖搖手指頭。「沒有結婚，沒有一輩子。我煮飯給別人吃是要收錢的。不過，煮給老婆吃就不用了。」馬立安臉上堆滿幸福的笑容。

潔瑪不領情。「哼，那我不吃。我這輩子從來沒打過人，不想開先例，你就內疚一輩子吧。」

「我怎麼可能輕易放妳走。要走，至少辦個婚禮啊什麼的，一起走一輩。」

潔瑪抬眼瞅他，他挑高雙眉，滿臉神秘笑容。

「現在是你向我求婚。」她篤定的說。

馬立安露出會心一笑。「知我者，潔瑪。」

「等你找到開店的房子，我再來考慮考慮。」潔瑪拿翹地說。

「行啊。」

後來，馬立安就去外縣市找房子，順便避風頭，預定半個月後見面。沒想到他提前回來。

「你這麼快就找到了？」

「之前工作有留意過幾間不錯的房子，所以整個過程進行得很快。現在萬事俱備，只缺人手。」

「哪種人手？」

「『人』妻之『手』。」馬立安說，接著把她的手抬起來，不由分說套了一個婚戒在她手指上。

潔瑪一手摀住張開的口。

「馬立安，你怎麼可以不問問我的意見就把戒子套進來。」

潔瑪佯裝生氣，作狀要脫下，馬立安立刻秀出戴在自己手指上的戒子。

「它們是一對的，拆散它們太可憐了。」

「哼，自作主張……。」潔瑪嬌瞋的瞪他一眼，垂下眼睛偷偷欣賞起戒子，內心甜蜜蜜的。

他摟著她的肩，她環著他的腰，倆人一起望向前方唐杰長眠之地。

「事情總算圓滿結束，擔心好長一段時間。」

「把困難交給我就對了，不用擔心。」

甜甜潑酸事件後，馬立安當機立斷向魯彥提出想法，決定向公眾告知唐杰已逝之事，不管他有沒有得獎。魯彥回覆更棒的想法，就是在頒獎典禮全盤托出，細節由他安排負責。

他說話的時候雙眼發亮，彷彿準備幹一件驚天動地的大事。

事後證明，效果確實轟動又令人難忘。

潔瑪再佇立了一會兒，勾著馬立安的手臂說：「我們走吧，帶我去看看你的房子。」

他更正她：「『我們』的房子。」

「你想我們做得起來嗎？」

「有了妳，就是好的開始。」他心滿意足的喟嘆：「我們終於可以光明正大住在一起。」

「你這麼渴望家？」

「當然！不過，我更渴望的是妳，現在解封了，走吧！」

「你好色。」

「妳不是早就知道。喏，妳喜歡哪一招我配合妳？」

「討厭，懶得理你。」她脫離他的手臂，他把她抓回來。

「我過禁慾生活很久了！」

「那是你的事。」

馬立安臉色一沉，冷不防地攔腰扛起她，走到汽車處打開車門，把她丟進後座椅，然後欺身壓上去……。

國家圖書館出版品預行編目資料

最佳男主角／武小萍著. --初版.--臺中市：白象文化事業有限公司，2023.9
面； 公分
ISBN 978-626-364-077-1（平裝）

863.57 112010505

最佳男主角

作　　者　武小萍
校　　對　武小萍
封面設計　陳均宜
發 行 人　張輝潭
出版發行　白象文化事業有限公司
412台中市大里區科技路1號8樓之2（台中軟體園區）
出版專線：（04）2496-5995　傳真：（04）2496-9901
401台中市東區和平街228巷44號（經銷部）
購書專線：（04）2220-8589　傳真：（04）2220-8505
專案主編　李婕
出版編印　林榮威、陳逸儒、黃麗穎、水邊、陳媁婷、李婕
設計創意　張禮南、何佳諠
經紀企劃　張輝潭、徐錦淳
經銷推廣　李莉吟、莊博亞、劉育姍、林政泓
行銷宣傳　黃姿虹、沈若瑜
營運管理　林金郎、曾千熏
印　　刷　基盛印刷工場
初版一刷　2023 年 9 月
定　　價　249 元